宿州学院 2021年博士科研启动基金项目（第二批）"中国'先锋小说'的价值重估"（2021BSK034）结项成果

九州文库

# 中国『先锋小说』的价值重估

邵一平 著

九州出版社
JIUZHOUPRESS

图书在版编目（CIP）数据

中国"先锋小说"的价值重估 / 邵一平著 . -- 北京：
九州出版社，2024. 12. -- ISBN 978-7-5225-3364-3
Ⅰ. I207.42
中国国家版本馆 CIP 数据核字第 202497UD39 号

中国"先锋小说"的价值重估

作　　者　邵一平　著
责任编辑　郝军启
出版发行　九州出版社
地　　址　北京市西城区阜外大街甲 35 号（100037）
发行电话　（010）68992190/3/5/6
网　　址　www. jiuzhoupress. com
印　　刷　唐山才智印刷有限公司
开　　本　710 毫米 ×1000 毫米　16 开
印　　张　14. 5
字　　数　181 千字
版　　次　2025 年 1 月第 1 版
印　　次　2025 年 1 月第 1 次印刷
书　　号　ISBN 978-7-5225-3364-3
定　　价　89. 00 元

# 目　录
## CONTENTS

# 绪　论

　　20世纪80年代出现的先锋小说曾经在中国文坛留下一道惊鸿，同时也给学界和评论界留下了无尽的问题与想象，它如同一个幽灵一直盘桓于中国文坛，乃至整个思想界的理论天空，也成为影响一代中国作家的文学资源。但是，富有意味的是，虽然作为一种文学思潮意义的先锋小说已经离我们远去三十余年，然而，时至今日，它如同一个巨大的资源库，仍然为当下的文学界和思想界提供着思考各种理论问题的起点、契机、和思路。今天，世界文化/文学态势因其政治/文化格局不断地发生着变化，先锋小说也于此处再次具有了不同寻常的价值与意义。

## 一、研究对象、问题意识与研究意义

　　在当代文学史中，先锋小说一直是一个较为重要的存在。虽然，现在离其兴起已经有三十多年之遥，但是它至今仍然被学界反复讨论，难怪南帆如此感慨：“'先锋文学'不过是一个仅供展览的遗迹吗？不，'先锋文学'还常常游荡在我们周围，如同一个神出鬼没的幽灵。的确，那些称之为'先锋文学'的文本业已式微，但是，'先锋文学'这个名词的理论含义仍然十分活跃。作为一个显眼的标志，'先锋文学'正在成功地组织各种文学史话题。当'先锋文学'开始承担这些话题的理论轴心时，深藏于这个名词的多重影像逐渐显露。”[①]但是，另一方面，无

---

[①]　南帆. 先锋文学的多重影像［J］. 文艺争鸣，2015（10）：17.

法否认的是，先锋小说在评论界和学界的评价及判断极其不稳定，往往呈现出具有某种极端倾向的两种声音。这提示我们，虽然三十余年来对先锋小说的讨论一直在持续，但至今尚有很大的可供言说的空间等待我们去进一步开掘。

与此同时，今天我们已经站在了21世纪第三个十年，中国和世界较之先锋小说兴起的20世纪80年代都有了质的改变：一方面，从某种意义上说，以基督教为底色的西方现代文明已经显露出某种疲态，并呈现为对人类发展的现实性损害。在这种背景下，如果说以前对西方现代性的质疑与反思更多的是理论层面的推演，那么现在更需要的是现实层面的改变。另一方面，中国在世界范围的崛起已经是不争的事实，无论是经济实力还是话语权上，其较之改革开放之初都处在了一个完全不同的层次上，历史和现实也同时再一次说明，中国的发展不可能依靠嵌入西方现代体系中来取得成功，对此，吴晓明在其发表的长文《当代中国的精神建设及其思想资源》中一针见血地指出："第一，中国的发展部分地从属于现代资本主义文明，而这种具有部分从属关系的大规模发展如今却迅速抵达该文明的历史界限；第二，中国的发展是在与西方完全不同的历史前提的基地上开展出来的，因而这一发展不可能完全进入到现代资本主义文明中去。这意味着，我们会很快面临一个根本的转折点。在这个转折点上，中国实际地参与到（而不是拒绝）现代世界中去的发展因素，将不可避免地——辩证地——转化为使现代资本主义文明处于解体状态的因素。因此，中国的未来要么仅仅作为从属的一支而一并（甚至更快）进入此种解体状态中去，要么是在自身发展的独立性中开启出新的文明类型。"①——而以上因素均构成了我们"重审"与"回望"的历史语境与现实基础。

---

① 吴晓明. 当代中国的精神建设及其思想资源 [J]. 中国社会科学，2012（05）：16.

　　将先锋小说与上述如此之宏大的问题相联系，绝不是笔者故作惊人之语，而是该问题的确与"80年代"的诸问题具有十分广泛且复杂的联系。20世纪70年代末、80年代初，随着"文革"结束及党中央对极左思潮的及时清算，中国社会的现代化问题再次被提上日程。早在1977年8月举行的中国共产党第十一次全国代表大会上，中央做的政治报告中就重申了在20世纪把我国建设成为社会主义的现代化强国的新时期党的根本任务。1978年10月，邓小平代表中共中央、国务院在中国工会第九次全国代表大会的祝词的标题则为《工人阶级要为实现四个现代化作出优异贡献》。而两个月后召开的具有历史意义的党的十一届三中全会，决定将全党工作重点转移到社会主义现代化建设上。与此相关的是，在该次会议结束仅仅三天之后的12月25日，《人民日报》就在头版刊登了题为《把全党工作的重点转移到现代化建设上来》的社论，此时，"实现现代化"成了中国政治生活中的头等要务。与此相伴的是，文学艺术领域也出现了与此相一致的诉求。1979年10月30日至11月16日举行的中国文学艺术工作者第四次代表大会，邓小平代表中共中央和国务院所作的祝词中，"现代化"一词出现了9次之多，并且，邓小平强调："同心同德地实现四个现代化，是今后一个相当长的时期内，全国人民压倒一切的中心任务，是决定祖国命运的千秋大业。各条战线上的群众和干部，都要做解放思想的促进派，安定团结的促进派，维护祖国统一的促进派，实现四个现代化的促进派。对实现四个现代化是有利还是有害，应当成为衡量一切工作的最根本的是非标准。文艺工作者，要同教育工作者、理论工作者、新闻工作者、政治工作者以及其他有关同志相互合作，在意识形态领域中，同各种妨害四个现代化的思想习惯进行长期的、有效的斗争。要批判剥削阶级思想和小生产守旧狭隘心理的影响，批判无政府主义、极端个人主义，克服官僚主义。要恢复和发扬我们党和人民的革命传统，培养和树立优良的道德风尚，为建设高度发展的社会主义精神文明，做出积极的贡献。"① 茅盾和周扬则在会议中分别指出，这次会议的主题是紧密围绕"四个现代化"进行的。② 与此同时，在学界和批评界，文学（艺术）的现代化也成为一个重要议题，其中比较重要的文章有徐迟的《文艺与"现代化"》《现代化与现代派》《新诗与现代化》，张媛忻、李陀的《谈电影语言的现代化》，邵牧君的《现代化与现代派》，理迪的《〈现代化与现代派〉一文质疑》，李准的《现代化与现代派有着必然联系吗》，尹明耀的《也谈现代化与现代派》，张炯的《也谈文学的现代化与"现代派"》③ 等文章。虽然这些文章彼此之间立场、观点、视角不尽一致，甚至其中还有互相质疑，乃至攻讦，但是，这些文章基本上都存在着一个共识，其用陈晓明的话来表述就是"这些讨论逐步形成这

---

① 邓小平. 邓小平同志代表中共中央和国务院在中国文学艺术工作者第四次代表大会上的祝词［M］//中国文学艺术界联合会编. 中国文学艺术工作者第四次代表大会文集. 成都：四川人民出版社，1980：3.

② 茅盾在会议的开幕词中说："如何进一步解放文艺生产力，繁荣社会主义文艺事业，更好地为四个现代化服务，是党和人民向我们提出的战斗号召，是文艺界同志们密切关心的问题，也是这次大会所要讨论的主题。"（茅盾. 中国文学艺术工作者第四次代表大会开幕词［M］//中国文学艺术界联合会编. 中国文学艺术工作者第四次代表大会文集. 成都：四川人民出版社，1980：14.）周扬则说："我们的文学艺术将怎样担负起时代所赋予的光荣使命，求得更大的繁荣和提高，怎样为实现四个现代化服务，为培养社会主义新人，提高人民的精神境界，促进社会的进步和发展，不断满足人民群众日益增长的文化需要做出自己应有的努力，这就是我们这次会议要认真商讨的主题。人民期望我们这次会议对这些问题作出正确而实际的回答。我们不能辜负人民的期望。"（周扬. 继往开来，繁荣社会主义新时期的文艺——在中国文学艺术工作者第四次代表大会上的报告［M］//中国文学艺术界联合会编. 中国文学艺术工作者第四次代表大会文集. 成都：四川人民出版社，1980：17.）

③ 徐迟的《文艺与"现代化"》发表于1978年9月15日的《文艺报》上；《现代化与现代派》发表于《外国文学研究》1982年第1期，同年11月7日的《文艺报》转载了此文；《新诗与现代化》是作者在新诗创作座谈会上的发言，该文发表于《诗刊》1979年第3期；张媛忻、李陀的《谈电影语言的现代化》发表于《电影艺术》1979年3月号；邵牧君的《现代化与现代派》发表于《电影艺术》1979年第5期；理迪的《〈现代化与现代派〉一文质疑》发表于1982年11月7日的《文艺报》上；李准的《现代化与现代派有着必然联系吗》发表于1983年2月7日的《文艺报》上；尹明耀的《也谈现代化与现代派》发表于1983年3月7日的《文艺报》上；张炯的《也谈文学的现代化与"现代派"》发表在1983年7月12日的《文艺报》上。

样一个命题，即实现现代化不能忽略文学的现代化"①。从这个意义上加以审视，"80年代文学"的行进脉络基本上贯穿着一条追逐现代化的主线，而在这条主线之内，仅从其文学史流派命名的角度着眼，则多少存在着一条具有机械达尔文主义的脉络——由"伤痕"而"反思"，由"反思"而"改革"，由"改革"而"寻根"，而"现代"，最后直抵"先锋小说"与"新写实"，在这条脉络上，后者构成了前者的"答案"或曰"解决方案"，先锋小说同"新写实"一道则构成了某种意义上"80年代文学"的"现代"之"顶点"。

沿此向度，"80年代"对于中国也有着非比寻常的意义。20世纪80年代的中国普遍被视为一个文学的"黄金时代"，学界、文学界都在此后的数十年间追忆、怀念、反思着这一独特的文学/文化场域。从某种意义上来说，这一时期对自"五四"以后的中国历史，意义非同寻常，这恰如学者杨庆祥所言："80年代就不仅仅是一个关涉到'起源'的时代，它既是'起源'也是'终结'，既是'原点'也是'终点'，或者说，它是一段真正叠加的'历史'，这一叠加，不是简单的时间段落上的重合，而是一种'质'的意义上的'生成'，八十年代就是一个浓缩的取景器，在这里，蕴含了一切'大历史'所具备的要素：'时间'和'空间'互相指涉，清晰的历史界限被抹平，断裂性和连续性互相纠缠，主体被多种意识形态裹挟，并最终形成一种如安德森所言的空洞的时间观念和幻象的共同体意识形态。"②换句话说，从某种意义上看，如何理解"80年代"直接关涉我们如何理解近代以来的中国历史的问题。但颇有意味的是，在很多人的印象式的意识中，这个时代创作自由、作品丰硕、成绩非凡，颇具"五四"气概。这种观点从某种视角望去似乎确实

---

① 陈晓明. 中国当代文学主潮（第二版）[M]. 北京：北京大学出版社，2013：317.

② 杨庆祥. 在"大历史"中建构"文学史"——关于"重返八十年代文学"// 程光炜，杨庆祥主编. 文学史的潜力——人大课堂与八十年代文学. 北京：文化艺术出版社，2011：67.

并没有什么太大的问题，但是或许我们需要注意的是，任何历史从来都不是一条平滑、优美的曲线，而是充满着褶皱、缠绕，甚至偶有断裂的线段，而这些褶皱、缠绕、断裂之所以现在显得隐而不现，只不过是因为随着时间的流逝，它被我们的记忆渐渐遗忘、渐渐抚平。然而，遗忘并非没有存在过、抚平也不意味着扭结的消失。在人类历史进入21世纪第三个十年的时候、在全面建成小康社会的昌盛的时代里，或许我们更有必要偶尔停下前进的匆忙脚步，回望一下我们来时的路，这不但是为了缅怀过去、反思自身，更是为了在接下来的征途中更好地前行。

或许还需要加以说明的是，这里的"80年代"并非要为其找到一个本体——事实上，虽然一段已经发生了的"历史"一定存在着一个"真身"，但是由于对"历史"的回望与追忆只能基于历史学家的写作及通过写作达成的"共识"来加以实现，而历史学家的写作及其所谓的"共识"一定会受到历史学家（们）个人（或集体）经验与主观立场的干扰，那么对其"真身"的探寻也就成为一种虚妄。我们并不打算寻找一个"80年代"的"真身"与"本体"，而是试图还原两个"80年代"的"假身"——其一是先锋作家的创作及其思想中的"80年代"；其二是在今天的视域下，以当前中国之社会现实与文化需要所"呼唤"出来的"80年代"①，通过梳理后者的演进过程，并不断与前者进行比较，从而理解我们是如何来到"今天"，又将如何走向"未来"的。

## 二、研究现状

关于先锋小说的研究，一个值得我们注意的现象是，虽然在今天

---

① 这并不是说我们要依靠纯粹的想象编造出一个"80年代"的历史，事实上，任何历史都具有不同的侧面，想要在历史书写中还原一个事无巨细、面面俱到的"真实历史"，无论是从技术角度来讲还是从本体意义而言，既不可能，也无必要，任何时代撰写的史书都是为了回答当时的时代问题，而与这些问题无涉的另一个历史侧面必然会受到"压抑"与"隐藏"。

的文学研究领域，对先锋小说的讨论看似已经处于一种边缘化，但是只要在中国知网上稍加检索我们就会发现，自1990年以后，在学术期刊中，先锋小说没有一年缺席讨论，即便是在数量相对较少的1990-1992年，也有4-6篇文献①，而在2007年则达到了空前的97篇，并且，在研究生学位论文方面也显示出了与期刊一致的趋向——自2000年中国知网开始收录硕博学位论文至今，先锋小说的论题同样没有在任何一个学位授予年度出现过缺席。

按照时间的先后顺序，我们可以列出这样一组在本题域内富有代表性的学者和批评家的名单：李劼、吴亮、李陀、南帆、程德培、张颐武、胡河清、洪治纲、陈晓明、吴义勤、陈思和、谢有顺、季红真、张清华、王德威、王尧、程光炜、贺桂梅、李建立、杨庆祥、金理等，如果进一步延伸，我们还可以将洪子诚、戴锦华、张旭东、孟繁华等学者囊括在内。之所以列出这一串长长的名字，是笔者想陈述这样一个事实：中国当代文学研究领域中，几乎所有的重要学者都参与了有关先锋小说问题的讨论。固然，他们介入这一讨论的题域、角度、方式乃至所涉猎的问题各有不同，但是这也同时说明了该论题理论与现实向度上的极大包容性和延展的广泛性。

但与此同时，另外一个不容忽视的事实是，虽然对先锋小说的讨论自其现身就不曾出现实质性的断流，虽然当下在当代文学研究界和评论界，几乎所有的著名学者都涉猎其中，然而，时至今日学界对先锋小说一些颇为基本的理论问题都没有达成某种具有坚实基底意义上的共识，这些基本问题包括但不限于：先锋小说是如何发生的？它现在还在延续吗？如果它还在延续，那么这三十余年的过程中它发生了哪些变化？是什么具有中国特性的东西使它延续至今？如果它已结束，

---

① 这两年文献相对较少可能也与时间过于久远、中国知网在这个时间范围内的文献收录存在遗漏有关。

那么它是从何时起因何而衰落的？它又留给中国文学界哪些遗产？它于世界艺术史中的被称为 "先锋派" 的现象与事实有何独特价值与意义？而更为遗憾的是，在一些文学研究者或文化史研究者的感性认识里，它更像是一个幽灵——来得猝不及防，去得不留痕迹，我们只能勉强地用所谓 "中国80年代的特殊历史语境" "思想解放运动的深入展开" "西方思潮的大规模涌入" "对'左'的拒斥" 等 "宏大视野" 来掩盖我们对其认识不清的孱弱与无力。如果说以上看法并无不妥的话，那么我们要继续追问的是，在更深的艺术史和文学史脉络中，究竟是怎样的历史合力促成了这种文学与美学的变革？是怎样的力量又促使这种 "变革" 成为史书中绕不开的 "常识"？这恐怕是我们更应该予以深究的问题。

正如本书前面所言，或许我们可以使用政治、历史、文化上的大观念以证明80年代中期出现的先锋小说并非历史的偶然，但不可否认的是，在美学观念及创作手法上，当时先锋小说的出现都具有一种极富神秘色彩的突然性，这也就是为什么，每当文学史家和评论家在谈论先锋小说时还会使用诸如 "震惊" "断裂" "横空出世" 这类词语的原因。其实，这些词语在关涉先锋小说的理论性文章与批评文章中的频繁出现似乎就是在说明我们对其某种把握上的尴尬——一方面，我们努力地尝试将其合理地安放在中国当代文学的整体精神脉络之中，但另一方面，这种努力与尝试每每深入历史的、美学的、文学的理论纵深处时我们无不感觉到一种徒劳的悲哀。虽然上述说法未必得到其他研究者的认同，但一些与此相关的文学事实似乎从侧面佐证着笔者上述观点的可靠性与有效性。例如，先锋小说出现之时命名上面临着的困境，有论者就这样说道："在当代文学史上，对各种思潮，各种流派的命名，没有比'先锋小说'更加混乱的了。先锋小说又曾经被称为'探索小说''实验小说''新潮小说''现代派小说''现代主义小说''后现代主义小说'等等。20世纪80年代以来,'先锋小说'不断被赋予新的内涵。"① 而程光炜则进一步指出:"'先锋小说'(当时叫'先锋派文学')的名称可能最早出现在《文学评论》和《钟山》编辑部一九八八年十月召开的一次'现实主义与先锋派文学'的研讨会上。九十年代后,密集使用这一概念的是陈晓明、张颐武等批评家。它是一个带有追授性色彩的历史性命名。它之所以被'追授',说明它本来包含着矛盾而多样、大家当时无法解释清楚的丰富的文学史信息。也就是说,一九七九年至一九八八年间出现的被称作'意识流小说''实验小说''现代派小说''探索小说''新小说''新潮小说'的小说实验,一开始携带着各种不同的历史目的,有不同的文学诉求,而后来所说的'先锋小说'就是从这些命名中分离出来的;但在当时,即使在上面这次'研讨会'上,人们还不会注意这个复杂的问题,更不会对它作历史分析。"② 而同时也有论者认为,先锋小说这一命名完全是因为其对小说形式的推崇:"在1980年代中后期,当这些小说刚刚在文坛上出现、扩散时,批评家并未立即使用'先锋小说'来命名之,其时风行的现代派小说、探索小说、新潮小说、实验小说等名称虽不是专指'先锋小说',但都曾将它涵括其中。究其缘由,这既是因为彼时批评家对先锋小说在新派小说中的特质认识尚较模糊,更是因为他们宁愿专注于先锋小说与其他新派小说之间的共性质素,即他们都具有区别于传统现实主义小说的写作特性。这一写作特性,在当时对先锋小说评论最为活跃的李劼看来,乃在于文学形式被推到了文学的本体地位。"③ 也就是说,先锋小说在出场之时就给文学研究与批评界带来了许多难以

---

① 钱颖伟. 先锋小说研究述评 [J]. 淮阴师范学院学报(哲学社会科学版),2001(02):254.
② 程光炜. 如何理解"先锋小说"[J]. 当代作家评论,2009(02):7-8.
③ 谢刚. 进化论、后现代主义与圈子批评——1980年代先锋小说批评的话语脉络及存在形态 [J]. 福建师范大学学报(哲学社会科学版),2014(01):96.

解决的困难。其实，更进一步讲，如果我们还以先锋小说之命名问题沿着某种历史进程继续追问下去，就会发现，即便是看似在今天已经达成共识的对于这种文学现象的"先锋"二字的指认仍存在着一定的逻辑上的漏洞，也正因为如此，为了求得逻辑上的自洽性和言说上的合法性，有的论者不得不提前如此做出一番解释："先锋派并不是某一个特定时期出现的特定派别，它应该指可能发生在任何时期的、有创新精神，并且明显超越传统的文学群落或派别。概念经常是在约定俗成中确定它的特定含义，先锋派这一概念在当代文学批评实践中有特定的所指。为了与1980年代上半期出现的现代派相区别，它用于指称1980年代后期出现的一个在文学形式方面大胆创新的作者群体。"[①]——这一表述在某种意义上说明了先锋小说这一命名只不过是一种当年理论界无奈之下权宜之计而已。

但是，需要说明的是，本书的最终目的并非要为上述先锋小说诞生的理论困局找到某种解决方案——从某种意义上而言，这一问题既有历史的原因也有理论界话语资源乏力的原因——而解决这些问题并不是能够一蹴而就的，更不是能够依靠某一本专著或一部学位论文的问世予以一次性通盘解决的。本书要做的工作是试图寻找一个解决这一问题的可能的方向与路径，而这一路径具体来说就是在今天的历史语境（21世纪第二个十年已经结束的中国）及视野中从不同角度对"先锋小说"演变、生成的历史逻辑与审美脉络进行重新梳理，并讨论、重估其中涉及的与今天有关的文化理论问题。

循此，我们要在以下几个向度对相关文献进行一番梳理。

（一）先锋小说是如何发生的？

在这里，我们所说的先锋小说的发生问题是在追问究竟哪些历史、

---

① 陈晓明. 中国当代文学主潮（第二版）[M]. 北京：北京大学出版社，2013：341.

政治与文化的因素导致了这一变革的出现。对于这一问题，似乎学界早已达成了某种共识："80年代中、后期，与'现代派'文学相关的先锋文学探索，集中爆发形成一股潮流。在此期间，文学与政治的关系已经不像80年代初那样呈现'粘着'状态，文学成为政治意图和观念载体的方式，不再获得普遍的赞赏、呼应，意识形态'整合'能力有所减弱。与此同时，商品经济的发展，不可避免地改变人们的生存条件和生活方式，文学的'边缘化'趋势日益明显。'文革'后涌动的文学创新压力，又持续困扰众多作家。在这一情势下，文学探索、调整的步伐加速。"[①]这样的表述被看作中国当代文学史在讲述关于先锋小说发生"故事"的"规定动作"。我们认为，上述论述在高等学校中文专业的教学意义上不乏科学性与正当性，但问题是，如此宏观的"条件"不但不足以充分孕育先锋小说，而且还存在着遮蔽历史细节，甚至真相的危险。有论者就尖锐指出："在一般的文学史叙述中，一套关于先锋小说起源、衰落的知识通过学院知识生产、教育、传播，已经被我们所熟稔。在这套知识里，先锋小说的起源动力来自对'现实主义'的反拨和突破。在这种历史叙述里，一个作为'对立面'的'现实主义'成为先锋小说发生的内在动力。先锋小说的发生被看成是对挣脱'社会主义现实主义'及其所象征的政治紧身衣的产物，成为取代'现实主义'的一个方向性的文学方案。需要警惕的是，一种具有覆盖性影响的历史叙述一旦形成，很可能会压抑其他的历史叙述，从而遮蔽掉更为丰富和复杂的'历史真相'。同样，上述的历史叙述也是如此，因为这种历史叙述意味着，先锋小说的发生似乎只是一场'美学观念革命'或'形式革命'，它只是发生在文学创作领域内部的自足、纯粹的文学实验，更多地基于作家个人体验而形成的对旧有创作观念、手法、

---

① 洪子诚. 中国当代文学史（修订版）[M]. 北京：北京大学出版社，2007：291.

风格的反叛。而'先锋小说'发生背后的社会历史环境，则可能被弱化、忽视，从而可能遮蔽掉其中包孕的更为丰富的历史内容。循此，应该把'先锋小说'生成、兴起和衰落的另一历史维度重新纳入考察视野，以应对日趋单薄、固化的'旧观点'。"① 也是在此意义上，程光炜认为："我们所知道的'先锋小说'，某种意义上也可以说是八十年代作家、批评家和编辑家根据当时的历史语境需要而推出，经'文学史共识'所定型的那种'先锋小说'。"② 所以，我们认为，对于"先锋小说如何发生"这一问题，不但应该进行更深入、更细致的探讨，也即向"深处"挖掘，而且还应该将其发生语境在更大的历史尺度上进行延伸，亦即向"广处"扩展。事实上，在学界已经有学者开始这一方面的工作：对于前者而言，程光炜及其弟子在21世纪初年开启的名为"重返80年代"的探讨就显示出了在此向度上的努力，而有关"先锋小说"的探讨基本集中在这样几篇文章里：《如何理解"先锋小说"》（程光炜），《文学史对苏童的不同命名》③（刘洪霞），《何谓"现代"，"自我"何从——重读刘索拉〈你别无选择〉兼及八十年代新潮批评》④（杨晓帆），《在文学机制与社会想象之间——从马原〈虚构〉看先锋小说的"经典化"》⑤（李建周），《以马原为对象看先锋小说的前史——兼议作家形象建构对前史的筛选问题》⑥（虞金星）。而在参与"重返80年代"

① 乐绍池. "1980"是如何通向"1990"的？——对先锋小说兴起与衰落的再解读 [J]. 南方文坛，2017（02）：29.

② 程光炜. 如何理解"先锋小说" [J]. 当代作家评论，2009（02）：4.

③ 杨庆祥，程光炜. 文学史的多重面孔：八十年代文学事件再讨论 [C]. 北京：北京大学出版社，2009.

④ 程光炜，杨庆祥. 文学史的潜力：人大课堂与八十年代文学 [M]. 北京：文化艺术出版社，2011.

⑤ 程光炜，杨庆祥. 文学史的潜力：人大课堂与八十年代文学 [M]. 北京：文化艺术出版社，2011.

⑥ 程光炜，杨庆祥. 文学史的潜力：人大课堂与八十年代文学 [M]. 北京：文化艺术出版社，2011.

讨论的学者中，河北师范大学的李建周则是更加倾向于从先锋小说兴起的因素入手进行研究。他于2014年出版的《先锋小说的兴起》一书是目前笔者能看到的从"重返80年代"视角对先锋小说予以讨论的唯一一本著作，在这本书的结语部分作者说道："考察20世纪80年代先锋文学的建构过程，并非旨在简单的历史还原。文学史自身逻辑的展开与历史本然之间存在很大裂隙。文学史研究也一直处于历史与现实多重交织的张力结构之中。将先锋文学放到80年代上海这一具体时空，从文学生产、体制等文学社会学意义上的外部环节考察，实际是对被经典化表述所覆盖的先锋文学的祛魅。共时角度呈现的是错杂纷乱的历史表象，其后潜藏着被线性历史想象所遮蔽的丰富的历史细节。同时，先锋文学形式探索背后有着特殊的表意功能，这种功能在80年代先锋文学界是一种隐秘的契约。文学的先锋性受惠于反转现代主义传统的制度性想象，当时几乎是'精英群体'一种普遍的阅读期待。"[①] 此外，程光炜、杨庆祥、黄平等学者也在其他很多讨论"80年代"问题的文章和著作中对先锋小说的发生问题进行了富有意义的探讨。对于后者——即先锋小说发生的"广度"问题——而言，很早就有学者看到，虽然先锋小说与中国既往的文学传统确实存在着断裂，但这并不意味着我们就可以武断地将先锋小说以前的文学史割裂在先锋小说研究的范围以外。"要想对先锋小说进行一次彻底而客观的评估，就必须将其置于当代文学甚至整个中国文学的发展系统之中，从其现象入手，然后透过现象探究先锋小说在当代文学史中的意义。"[②] 而学者李建周则进一步认为："文学史的共识性错位想象遮蔽了历史岩层深处的复杂景观。长期以来，有关先锋小说的叙述基本停留在80年代的知识谱系中，形式实验的优先性意味着阻碍了人们进入复杂历史现场的通道。先锋

---

① 李建周. 先锋小说的兴起［M］. 北京：中国社会科学出版社，2014：250.

② 张语和. 重估先锋文学的意义［J］. 文艺争鸣，2007（06）：40.

小说好像成了一块脱离文学机制的飞地，对先锋'经典'的阐释变成了一种高级智力游戏。"①也正是在此向度上，许多学者做出了有益的尝试，很多学者都认为，对先锋小说的系统性考察离不开对"十七年文学"与"文革文学"的把握与观照，如洪子诚先生就认为："'先锋小说'不少作品，在它们的'形式革命'中，总是包含着内在的'意识形态含义'。对于'内容'、'意义'的不同程度的解构，对于性、欲望、死亡、暴力等主题的关注，归根结底，不能与中国历史语境、与对于'文革'的暴力和精神创伤的记忆无涉。"②又如张清华认为："在当代中国文学变革过程中的一系列现象背后，存在着一个不断演进的先锋性文学思潮。它孕生于六七十年代，并在八十和九十年代经历了一个从启蒙主义到存在主义的演变过程。"③更有学者倾向于在中国的传统文化中溯根求源，如胡河清的《论格非、苏童、余华与术数文化》（《中国作家评论》1992年第5期）一文就是此类的代表性文章之一。此外，与该问题有关的比较重要的文章还有《禅与先锋写作》④《先锋小说的传统文化意味》⑤《从东方主义到中国经验——先锋小说的巫术传奇》⑥《先锋小说的古典精神与复古倾向》⑦等文。

（二）先锋小说是如何结束的？它留下了怎样的遗产？

在部分学者看来，20世纪80年代的先锋小说并没有衰落，更没有结束，它们只是经历了一次深刻的转型、转向而已。在学者吴义勤、

① 李建周. 在文学机制与社会想象之间——从马原《虚构》看先锋小说的"经典化"[J]. 南方文坛, 2010（02）：70.

② 洪子诚. 中国当代文学史（修订版）[M]. 北京：北京大学出版社, 2007：294-295.

③ 张清华. 从启蒙主义到存在主义——当代中国先锋文学思潮论 [J]. 中国社会科学, 1997（06）：132.

④ 朱斌. 禅与先锋写作 [J]. 成都大学学报（社科版）, 2001（04）.

⑤ 朱斌. 先锋小说的传统文化意味 [J]. 甘肃理论学刊, 2003（06）.

⑥ 叶立文. 从东方主义到中国经验——先锋小说的巫术传奇 [J]. 天津社会科学, 2017（05）.

⑦ 韩松刚. 先锋小说的古典精神与复古倾向 [J]. 中国现代文学研究丛刊, 2017（11）.

刘永春的《先兆与前奏——20世纪80年代先锋作家走向90年代的转型历程》一文中，作者通过分析余华、格非、苏童等几位先锋作家的作品后认为："先锋小说在80年代末所孕育的这一波'转型'和'变向'确实是真实而清晰的。这是一次意义非同寻常的'转型'与裂变，是先锋小说'再出发'和自我反思的宣言。因此，它不是撤退或倒退，不是绝望与堕落，更不是死亡与'终结'，而是先锋文学新的审美可能性的自觉发现与公开命名。也可以说，这是一次勇敢的'奥伏赫变'，既是对先锋文学价值的再次确认，又是对90年代先锋文学的生存空间和多元化存在方式的自信表白。"① 其实，早在80年代末、90年代初，就有学者看到了先锋小说内部存在着某种危机，陈晓明早在1992年就敏锐地指出："1989年，'先锋派'以其转向的姿态完成历史定格。我说过，我宁可认为这不过表明他们期待更深地回到生存的现实和本土文化的根基上来。然而作为'晚生代'，他们只能以非常特殊的方式与现实社会对话，因此，不难理解，他们暧昧的目光投向'历史'的深处。"② 而当时的青年评论家谢有顺也指出："文学的当代性正是要建立在作家的艺术良知上，先锋小说已经走到了应该终止游戏与拒绝逃避的时代了，单靠技艺的修习显然无法使我们的文学与世界文学平等对话。技艺是可以学习和模仿的，唯独真实的生存体验是无法模仿的——这是唯一具有人类感的文学精神。当先锋小说的形式功课基本完成之后，它是否有勇气从中抽身而出，找到一种有力量的表达方式而进入现实生存的深处呢？作家在玄奥的形式迷宫中、在复杂的话语规则里可以行乖卖巧，在现实生存的表达中却无法掩饰自己的真实水平，尤其是

---

① 吴义勤，刘永春. 先兆与前奏——20世纪80年代先锋作家走向90年代的转型历程［J］. 解放军艺术学院学报，2003（01）：55.

② 陈晓明. 最后的仪式——"先锋派"的历史及其评估［J］. 文学评论，1991（05）：135. 着重号为原作者所加。

在生存的体验上，更是无法弄虚作假。在先锋小说迷恋历史欲罢不能的时候，我们重提一种生存感与精神性，就是呼吁作家要有直面现实的勇气。历史和形式不会是文学的终极在所，作家要想成为我们时代的精神代言人，文学要想企及精神的终极家园，回到当代是一条必经之路。"① 但是，我们认为这种"转型"其本质是放弃了先锋小说家最初写作的美学动因——对文本自足性的追求，所以，这种"转型"不过是"终结"的另一种说法而已。事实上，与"转型说"同时期，"终结说"也在孕育之中。早在1990年，学者邓善洁就在《文学自由谈》上发表了题为《"先锋小说"不再令人兴奋》的文章，文中说："社会现实、读者所关心的对象、流行的读物不是构成对先锋派小说威胁的主要因素，读者的知识水平、文化素质也不是使先锋派小说陷入困境的主要因素。那么，问题的根本还是在于我们的作家本身和他们所提供的作品的价值。……最现代的不现代，最先锋的不先锋，或者说这些作品虽然与旧的东西有所不同，但'新'得并不成功，还谈什么先锋派呢？"甚至，作者这样断言道："与其说中国的先锋派小说已经陷入了不被理解、不被接受的困境，毋宁说是中国的先锋派小说还没有真正地产生。"② 而在2000年评论家孟繁华就已经直接使用"终结"二字表明先锋小说的状态，他说："'先锋文学'的终结不仅与先锋作家的分化有关，与全球化的文化处境有关，同时更与多元文化时代的各式新潮前卫文化的彼此消长起伏有关。'先锋文学'成就了一批声名显赫的作家，但是他们最初的影响仅局限于趣味相近的文学圈内。他们被广泛地认知和接受，显然还来自于电影家通俗化的'转译'工作……如果没有这种通俗化的'转译'是不可能走进千家万户的。当'先锋文学'经历了这一通

---

① 谢有顺. 历史时代的终结：回到当代——论先锋小说的转型［J］. 当代作家评论,1994(02)：108.

② 邓善洁. "先锋小说"不再令人兴奋［J］. 文学自由谈, 1990（02）：49.

俗化过程后，先锋作家对待故事的处理方式也就离开了原来的立场。"①
其实，在本书看来，先锋小说是"终结"还是"转型"往往与论者所
处的理论视角有关，而且，这种视角产生的背后机理可能要比其讨论
的问题本身重要得多。

（三）先锋小说作家（及作品）、批评家（及文本）与"80年代"
的互动

从某种意义上看，一方面，先锋作家的创作及其文本的诞生是80
年代中国特殊历史文化语境的产物，而另一方面，先锋作家及其文本
也强势参与了"80年代"之于中国的问题意义的建构过程，而将二者
建立起事实联系的毋宁说是参与了先锋小说讨论的批评家和研究者。
所以，我们应该就此问题在以下向度上进行一番文献的梳理：当时文
学批评家的言说如何关联起了先锋小说与"80年代"两个话题并进而
建构了怎样一个有关"80年代"的问题。

据此，本书拟重点梳理一下与"重返80年代"有关的一些情况。
"重返80年代"的提法始自中国人民大学文学院教授程光炜及其弟子。
其最初动机，据程光炜回忆道："自2005年底开始，我在中国人民大学
文学院为博士生开设了一门叫做'重返80年代'讨论课。它的目的，
是想调整单纯'课堂讲授'的生硬形式，通过讨论，让博士生直接参
与到研究80年代文学工作中来"，"但是我注意到，关于80年代文学
的认识、评价和结论，已经被固定在大量的文学史教材和研究论文之
中，很多后来的研究，一定程度上是从那里面'拿来'的。这种现象
的存在，也许并非没有道理。因为所谓的'历史'是必须先被'固定'
下来，才成其为'历史'的，否则后面的人们都无法与之对话。但这
样的结果，也会造成把那一代作家、批评家和研究者对文学史的看法，

---

① 孟繁华. 九十年代：先锋文学的终结 [J]. 文艺研究，2000（06）：11.

强加在今天的研究者身上，让他们以为这就是自己所发现的'80年代文学'。我们会以为，二十多年前的文学是一成不变的，尽管今天的历史语境包括人们的生活方式、思维方式都已经发生了深刻变化，但'80年代文学'却是纹丝不动的，我们的生活观、文学观，不都是在这一过程中被定型的吗？"①"重返80年代"的论题一经提出便在学界引起极大的关注，参与讨论的学者除了最初的程光炜及其弟子杨庆祥、黄平、李建周等人之外，洪子诚、王晓明、贺桂梅、蔡翔、王尧、旷新年、张旭东、唐小兵等知名学者也纷纷加入其中，而多部论集②的出版也将这一讨论延伸至整个思想界。而从一定意义上说，学者张旭东的一段关于"长时段的共和国历史分期"的表述或许可以被理解为"重返八十年代"讨论的最终理论诉求，张旭东说："事实上，理解改革开放以后30年和前30年的关系，必然要借助第一个30年（1919–1949）的中介，必然要把1949年以前的现代史纳入一种新的历史叙述和未来想象。换句话说，关于后三十年（改革开放时代）历史定位的争论，必然要借助1949年前的三十年作为一种历史与合法性参照，从而决定'新时期'同毛泽东时代的关系。……在二十世纪中国的整体框架里看，两个30年的关系，实际上是两个60年的关系，即1919—1979阶段和1949—2009阶段的交叠关系。重叠部分是中间的30年（1949—1979），而这正是人民共和国的奠基时代。这30年承前启后，继往开来，把二十世纪乃至近代以来所有的可能性融为一体，放置在一个强大的国家体制之

---

① 程光炜：前面的话［A］. 见：杨庆祥等著，程光炜编. 文学史的多重面孔：八十年代文学事件再讨论. 北京：北京大学出版社. 2009；1.

② 这些论集包括北京大学出版社2009年出版的"八十年代研究丛书"一套三本（含《文学讲稿：八十年代作为方法》《重返八十年代》和《文学史的多重面孔：八十年代文学事件再讨论》）、文化艺术出版社于2011年出版的《文学史的潜力——人大课堂与八十年代文学》（杨庆祥 程光炜主编）、北京大学出版社于2011年出版的《当代文学的"历史化"》（程光炜著）、《"重写"的限度："重写文学史"的想象与实践》（杨庆祥著）等。

下，从而为后30年开辟可能性。"①

　　而作为"80年代"重要文学现象的先锋小说自然是该题域下无法回避的问题，但是一个值得注意的现象是：在这些讨论中，除了我们上文提到的程光炜、刘洪霞、杨晓帆、虞金星的几篇文章和李建周的一本著作外，其余讨论均零散地溅落在其他文章中。而上述著作和文章，除了李建周的著作《先锋小说的兴起》及程光炜的《如何理解"先锋小说"》一文外，也都是对先锋作家（作品）的个体论——从某种角度说，这或许可以作为我们进入对先锋小说与80年代关系更深讨论的一个入口。

　　在此还需说明两个问题：其一，笔者在此处只述不评并非是因为疏忽——本书要做的，是在今天的历史语境下对"先锋小说"进行重估，"今天"与"昨天"之不同本身就构成了讨论的新空间，所以在此处进行文献梳理并非要寻找此前研究的不足与空白，而是要与本书研究形成某种对照与呼应；其二，在本书的具体行文中，还会涉及一些较为枝节、琐碎的问题，对这些问题的文献梳理笔者并没有放置在绪论中，而是在相应部分随讨论一并进行，这一方面是为了保证论述的流畅性，另一方面也是为了使"绪论"部分不致过于臃肿。

## 三、概念辨析

　　笔者拟在本书框架下对涉及的核心概念做出某种规定与界说，这是为了更加有效地进行本项研究的必要准备，当然，这种规定并不强调历史逻辑的普遍合理性且仅在本书框架下有效。

　　首先，需要说明的是，本书与"先锋"有关的下列概念，都是在"小说"这一特定文体下运行的，其不涉及包括诗歌、戏剧在内的其他

---

① 杨庆祥. 在"大历史"中建构"文学史"——关于"重返八十年代文学"[M] // 程光炜，杨庆祥. 文学史的潜力——人大课堂与八十年代文学. 北京：文化艺术出版社，2011：65-66.

文学形式，更不涉及音乐、美术等其他艺术形式，但有特别说明的除外。

其次，由于后文中我们将专题讨论这些概念彼此的联系与差异，故不对各概念内涵及其外延做出详细解释，而是仅说明这些概念在本书语境中的特定用法。

本书涉及的与"先锋"有关的概念有以下四个。

（一）"先锋"

在本书中该词有以下两种用法：其一是在本书第一章中，是指"先锋"这一词汇，它是一个包含能指与所指的复合体，该概念是在纯粹词语的层面使用的，尤其在涉及概念辨析与词语溯源时多有使用；其二，在除第一章外的其他章节中，"先锋"与先锋小说同义。在大多数情况下，这是一种带有修辞性质的表达，其目的是保持论述在语言上的某种弹性与可读性。另外，如果其他章节也出现该词第一种的用法（即作为词汇）时，我们则使用"作为词语的'先锋'"一语强调说明，以示区别。

（二）"先锋派""先锋派艺术""先锋派文学"

这一概念特指西方语境下，尤其是20世纪欧美语境下的、其内涵已在相应艺术史、文学史中取得某种共识的文学艺术活动。建基于此的概念还有："先锋派艺术家""先锋派作家"，意指在此意义从事艺术创作、文学创作的人；"先锋派作品"，意指在此意义上由"先锋派艺术家""先锋作家"创作出来的文学艺术作品。

（三）"先锋文学"

这一概念指代的是文学题域下，在今天的学术讨论和文学批评中一切被指认为"先锋"的文学现象、作家及其文本，这一概念的时间范围上溯可及"五四新文学"的初兴，下则直抵当下。建基于此的概念有："先锋文学作家"，意指在此意义上从事文学创作的人；"先锋文学作品"，意指在此意义上由"先锋文学作家"创作出来的文学作品文本。

（四）先锋小说

这一概念指代的是今天文学史共识中的、发端于20世纪80年代中期、结束于八九十年代之交的特定文学思潮。在具体使用时，"先锋文学"涵盖这一概念。建基于此的概念还有："先锋作家""先锋作家群落"，意指在此意义上从事文学创作的作家个体或作家群；"先锋小说作品"（"先锋小说文本"），意指在此意义上由"先锋作家"创作出来的文学作品文本。

以上为本书的一般规定，在遇下述情况时，不依此例：

A.引号、书名号中的使用；

B.引述前文内容且不存在歧义的情况；

C.笔者在相应位置或相应注释中另有说明的情况。

# 第一章

## "先锋"的困难及先锋小说概念
## "最低限度"的讨论

对先锋小说的研究，是一项颇为复杂、繁难的工作，这不仅因为其本身并不只是一个纯粹、简单的文学现象，它背后关涉了众多思想问题——这些问题涵盖文化、政治，甚至经济等各个方面——的复杂文化事实，而且更为麻烦的是，学界在与其有关的很多基本问题上仍然缺乏有效的共识，比如在其概念界定及其指认上就一直存在着不同研究者自说自话的现象。本章，笔者试图揭示如下问题：其一，先锋小说的概念为何难以界定？其二，对于先锋小说概念的界定问题目前学界研究现状如何？在此基础上，我们尝试从思潮命名的一般规律入手，提出我们针对这一问题的解决策略。但是，可能需要说明的是，本书对先锋小说的这一概念的界定也不意味着就是该问题的终极解决方案，甚至本章最后的界定仍存在逻辑上不够周延、史实覆盖不够全面之处，这一方面固然是因为笔者水平有限，另一方面也是由于下文中所提到的"先锋"本身的自我解构性质所产生的理论坍塌所致。所以，在本章，笔者最后的结论仅仅是一方面为本书论述提供一个研究框架和起始基点，另一方面也是为了展示"先锋"内部问题的复杂性，从而为后文从文学史与文本角度的论述提供一个切入点。

## 第一节 "先锋"一词的龃龉

### 一、"先锋"的词源学梳理

在展开相应论述之前，我们首先尝试对"先锋"一词进行词源学的梳理，这是为了方便我们后文论述所做的必要准备。

关于"先锋"的词源问题存在着西语与汉语两个角度：对于其西语语源来说，我国学界早在20世纪90年代就有了相对完整的讨论与研究，其中学者王宁、洪治纲、周韵都从不同角度予以了介绍与梳理，后来美国学者马泰·卡林内斯库（Matei Calinesce）的《现代性的五副面孔》（*FIVE FICES OF MODERNITY*）一书被全文引进到国内，更加丰富了这方面的材料。总的来说，"先锋"一词的西语语源可追溯到法语单词 avant-garde，其最初是一个军事用语，指战时率领先头部队迎敌的将领，后约在18世纪初期被引入社会政治领域，其后又被圣西门的信徒奥林德·罗德里格斯于1825年运用于艺术领域。"1870年，随着早期象征主义诗歌的崛起以及接踵而来的现代主义思潮的同行，这个术语便进入了文学艺术界，用来专门描绘新崛起的现代主义作家和艺术家，因此在相当一部分写作者和批评家那里，这一术语仍有着极大的包容性，直到有的学者将本世纪的达达主义、未来主义、超现实主义、表现主义等思潮流派统称为'历史先锋派'（historic avant-garde）并将其区别于少数几位现代主义艺术家时止。1968年，关于后现代主义的讨论在北美文化和文学界愈演愈烈，后结构主义理论思潮的风行更是为这场论争向纵深发展推波助澜，这时，这一术语又不再专门用来指涉已经死亡的现代主义艺术了，而是部分地被用来描绘战后的后现代主义文艺运动中的激进的一支。"①而对于"先锋"的汉语语源来讲，《辞源》上说其最早来自《三国志·蜀·马良传》，其上载："时有宿将魏延、吴壹等，论者皆言以为宜令为先锋。"解释为："战时率领先头部队迎敌的将领。"②在这里我们发现，"先锋"在古汉语和西语中的语源，在词义上是基本一致的。但是，从此后的文献中看，在汉语中，该词（汉语）至"五四"前期都似乎并没有发生如其同义的西语那样向社会政治领域，甚至是艺术领域迁移的情况。这种情况的出现可能最早始于1917年，中国新文化运动的早期倡导者陈独秀就在其著名的《文学革命论》中使用过该词以称赞胡适在新文化运动中的贡献③。换句话说，此时汉语中的"先锋"一词才被引入社会政治领域使用。

从以上梳理我们可以看出，当该词进入政治社会领域后，其含义上接近于"创新"的意思，而且这种"创新"更多的是以一种反叛的姿态出现的，而在文学艺术领域里，则更多地强调着与此前既有范式和形态的某种决裂，这是我们理解先锋小说概念要考虑到的一个维度。

在此维度下，我们还需要追问的是，既然在中西语境中"先锋"意涵大致相似，那么对于中国先锋小说而言，该词是中国本有"先锋"之化用还是西来的呢？我们的答案是，它是一个舶来品。原因有二：一是今天当代文学领域所称的先锋小说普遍视马原在1985年前后的创作为开端，而在"先锋"一词没有启用之前，当时的评论界和批评界普

---

① 王宁. 传统与先锋 现代与后现代——20世纪艺术精神［J］. 文艺争鸣，1995（01）：38-39.
② 广东、广西、湖南、河南辞源修订组，商务印书馆编辑部编. 辞源（修订本）第二册［G］. 北京：商务印书馆. 1980：279.
③ 《文学革命论》中说："孔教问题，方喧呶于国中，此伦理道德革命之先声也。文学革命之气运，酝酿已非一日，其首举义旗之急先锋，则为吾友胡适。余甘冒全国学究之敌，高张'文学革命军'大旗，以为吾友之声援。"（陈独秀. 文学革命论［J］. 新青年，第二卷第六号. 1.）

遍将其与几乎同时发表作品的刘索拉、徐星放置在一起加以讨论，而刘索拉和徐星的作品又被视为中国现代派文学的发轫之作。二是先锋小说最初是以"先锋派文学"之名出现的，二者的这一字之差似乎也印证了其西语来源的观点。另外，还值得注意的是，西方意义上的"先锋派"一词很早就被引入中国，新中国成立以后的1958年,《世界电影》第2期上发表了一篇题为《1957年西方先锋派电影活动》的短评，"先锋派"一词由此出现，文末的信息显示，该文并非国内作者撰写，而是来自当时西德《电影评论》杂志1957年12月号的一篇译文[①]，除此之外，"文革"结束以后，欧仁·尤奈斯库（Eugène Ionesco）谈论"先锋派"的文章也于1984年被译介到中国[②]，这些恐怕也可以构成某种佐证。故而，在本书看来，中国先锋小说之"先锋"不但是 avant-garde 的译用，而且中国先锋小说本身就是西方（后）现代派文学影响下产生的结果。

## 二、"先锋"一词内嵌的悖论

对"先锋"进行界定和规约的难度可能还来自该词内部所嵌着的悖论。

在前文中，我们曾经谈及"先锋"的词义曾经历过从军事术语向社会思想领域的转换。在笔者看来，这种转换之所以会发生，乃是由于其中内在隐含主体性质的改变。在军事领域中，"先锋"的价值在于突前，为后续主力部队试探敌情、开辟战机、清除障碍，其重点在于对以主力部队为核心力量的整个战斗创造条件，但担负"先锋"任务的部队本身往往并不是关键力量，其所担负的任务也往往不是整个战斗的核心目标。在这里，整场战斗是同一方面的参战部队的集合，是

---

① 该文编辑在文末以括号形式标注如下信息："舒取材自1957年12月号西德《电影评论》杂志"。（舒. 1957年西方先锋派电影活动［J］. 世界电影, 1958（02）：96.）

② ［法］欧仁·尤奈斯库. 论先锋派［M］//法国作家论文学. 王忠琪等译. 北京：生活·读书·新知三联书店, 1984：567-579.

一个群体,而"先锋"只是这一群体中的一员而已。然而在社会思想领域,情况却发生了陡然的变化。如果要将社会思想领域的碰撞也视为战争或战役的话,那么参与战斗的往往是以一个个"人"的个体为单位予以展开的。即使多个个体形成了某种带有共同倾向的流派,在其内部也往往是各自为政,甚至彼此之间存在着差异、争端乃至攻讦。而于军事领域更加迥异的是,上述的这种"差异、争端乃至攻讦"非但不会被认为是一种"错误"和"犯罪",反倒会受到鼓励,乃至赞赏,因为这本身会激发出更加富有意义的思想火花,从而推动、促进相关领域的发展——换句话说,军事领域所要求的听从指挥、整齐划一在思想领域是行不通的。而与此同时还需要指出的是,军事领域中的"先锋"作为整个参战部队的一个组成部分,其打击目标是一致的;而思想领域中的"先锋"与其站在一个战壕里的唯有自己,或者可以说,对于"先锋"自身来讲,凡是具有"他者"属性的力量皆为敌人,那么这也就注定了思想意义上的"先锋"从诞生之初就不是孤独的、无助的,而且要承受腹背受敌之苦,否则,一旦这种情况发生改变,那么也就意味着"先锋"冠冕的失落,甚至会面临着被逐出思想原野的危险。

而艺术领域中的"先锋"正是其在思想领域中的具象化表达,这不但是因为从大的方面来讲,艺术领域本就是思想之范畴的子集,更因为,将二者最初连缀在一起的也同样是法国空想社会主义家们,"因为在他们看来,工程师虽然是新社会的推进力量,但他们更加明白'人们缺乏灵感的鼓舞,基督教本身已智竭技穷,因而需要树立一种新的崇拜'"①。而在洪治纲看来,圣西门写于1820年的《圣西门致陪审员先

---

① 洪治纲. 守望先锋:兼论中国当代先锋文学的发展 [M]. 桂林:广西师范大学出版社,2005:4.

生们的信》就可以看作这种连缀的开端[①]。但文学艺术在思想文化领域之内，又具有着自身的独特性——它通常是思想文化领域所有子集中最为敏感、反映最为迅速，同时也是介入大众日常生活最深的部分之一，它往往能够最先感知到将要发生的变动，从而及时地做出反应与表达，并为思想文化领域的其他子集试探敌情、规划进攻的可能路径。也许正是因为这一缘故，每当人类的历史将要发生某种具有革命性的转变时，我们往往能够看到艺术家和文学家们高举变革大旗的身影，而我们每每谈论过往的这些历史变故之时，艺术家与文学家也从来不曾在历史著作中缺席。

事情很可能还不仅如此。文学艺术具有审美属性的这一思想文化领域其他子集都不具备（或许更准确地说审美属性在思想文化领域其他子集中可能存在，但一定不是其最为重要的属性，也不是其作为目的本身所要凸显的属性）的属性，而"审美"这一价值往往由于与人的感情相贯通、相契合，具备了超越时空限制获得在一定范围、一定层次中传播的可能性。如此一来，与某一历史时期的现实语境、时代精神不相容，甚至相悖的思想文化领域中的其他子集往往会在出生的顷刻就遭遇被扼杀在摇篮里的命运，然而文学艺术则有可能在一定范围获得某种生命力，哪怕这种生命力也是短暂的，但其毕竟具有某种传播的现实通路。比如说，在一个完全现代化了的社会，倘若有人宣传某种君权神授与复辟帝制的思想，如果通过思想文化领域的其他载体予以传播，很可能都不会有人问津，甚至把该思想者视为疯子与精神病，然而这一思想如果搭载文学艺术领域予以传播，并且其审美属性被发挥到一定程度，其很可能会在一定范围内引起人们的关注——虽然其最后被绞杀的命运无法避免，但"绞杀"的过程本身就已经意

---

[①] 该段文字为："新的思考向我表明，事情应该在艺术家的领导下向前进，他们后面跟着科学家，工业家应该走在两者之后。"该段文字出现于洪治纲的《守望先锋》的第4页。

味着其传播通路的搭建成功。

在建立起传播通路的可能性这一意义上，或许只有宗教①可以与之媲美。因为宗教是依靠信众们对特定意识形态系统中绝对权威的极端虔诚崇拜联结在一起的，他们具有无条件地相信"绝对权威"的义务与责任。虽然，在众多宗教的历史中都曾出现部分信众对"绝对权威"的某个旨意发出质疑，乃至反叛的声音，但是这种情况一旦出现，往往会发生两个后果：一是这些发出质疑、反叛之声的信众会遭到无情的镇压、迫害，乃至肉体上的消灭；二是宗教本身会发生分裂，产生出新的教派，这两种情形都与文学艺术领域中的情况是具有同质性的。但是二者之间不同的是，从受众范围上来讲，宗教的受众是相对固定的、是界限明晰的，基督教大主教传达给全体基督教徒的某个"圣谕"不会对一个伊斯兰教徒在思想、生活上产生影响，然而文学艺术领域的受众范围却是无边界的，其思想的传播是呈现出播散状的，比如一个尊崇古典现实主义的人，很有可能因为在欣赏了现代主义的艺术以后，在思想和情感上产生共鸣，从而成为后者的追捧者，乃至创作者。另外，对于宗教而言，无论多么激进、反叛的声音都只能被框定在一定的程度之内，因为甲宗教成为甲宗教乃是因为其往往存在着一个绝对神圣的教义圣典，而这个教义圣典的内容也实质上框定了其可被阐释的最大边界，突破了这个边界不但是被绝对禁止的，而且倘若具有突破的可能性，那么该宗教也会因为突破行为本身获得成功而彻底瓦解、消失，换句话说，在一定意义上，教义圣典就是该宗教是之所是、在之所在的原因与根据。而文学艺术领域则没有这种限制，甚至某些激进的艺术风尚已经使"文学"与"艺术"的概念本身沦为被重构，乃至无法再建的东西。故而，在这个意义上，文学艺术领域的先锋具有特殊性。

---

① 这里的宗教指的是广义的宗教，包括带有极端崇拜色彩的一切意识形态。

### 三、"先锋"一词性质决定下的概念命名难题及其解决

从目前国内学界的研究现状来看，就先锋小说的概念来说，最大的困境可能在于，在国内学界和批评界的讨论中，作为词语的"先锋"其能指与所指是处于断裂状态的，作为概念的"先锋"其内涵与外延之间的关系是不稳定的。而且，这种"断裂"与"不稳定"的表现形式也显得颇为复杂，其表现为以下几个方面：一是在文学史的层面，先锋小说概念的内涵存在着很大的差异；二是在文学史和学界的一般讨论之间，先锋小说概念的外延存在着两副面孔；三是在学界的一般讨论之间，无论是概念的内涵还是外延都处于一种"各自为政"的状态。

（一）文学史中先锋小说的内涵差异

一般来讲，文学史叙述和一般的学界讨论是存在着一定差异的，一方面，由于文学史在设计之初需要一整套带有体系性的历史观与线性时间思维的介入，它需要将其观照对象纳入一个较为统一的视野里加以观察、梳理与解释，所以其较为注重不同论述的稳定性；另一方面，在我国，文学史通常会成为高等学校相关专业的教材，这就要求相关史料的梳理和观点的阐述一般会采取学界讨论中的"最大公约数"，而避免将最有争议的部分引入论述。但即便如此，我们还是会看到，在涉及先锋小说的讨论时，不同文学史之间的论述有着较大的差距与嫌隙。

在当下，就一般的情况来讲，使用比较广泛、影响力比较大的中国当代文学史大致有三部：一是洪子诚所著的《中国当代文学史》；二是陈思和主编的《中国当代文学史教程》；三是王庆生主编的《中国当代文学史》。这三部文学史对先锋小说的论述如下：

> 80年代后期，一批年轻小说家在小说形式上所做的实验，出现了被称为"先锋小说"的创作现象。……在"先锋小说"中，个

人主体的寻求，和历史意识的确立已趋淡薄，它们重视的是"文体的自觉"，即小说的"虚构性"，和"叙述"在小说方法上的意义。①

80年代中期马原、莫言、残雪等人的崛起是先锋小说历史上的大事，某种意义上甚至可以把它当作先锋小说的真正开端。这一开端在叙事革命、语言实验、生存状态三个层面上同时进行。马原是叙事革命的代表人物，并因之被某些批评家称为"形式主义者"。

稍晚于他们也被人们看作是先锋小说家的有格非、孙甘露、苏童、余华、洪峰、北村等人。②

80年代中后期，一批受到西方后现代主义影响的先锋作家走上文坛，他们是马原、洪峰、残雪、余华、格非、孙甘露、北村等。……新时期先锋作家对后现代主义的借鉴，主要是从文本模拟开始的。起初多是学习后现代主义艺术的形式：高度重视形式技巧的营造，强化语言的自指功能，力图通过陌生化的语言形式阻断作品与生活的联系，拖延能指对所指的追踪，以技术化的叙事瓦解文本的深度模式等。③

我们可以注意到的是，三本文学史的以上论述，似乎在关于先锋小说的外延上，即指涉的作家作品上并没有很大的不同，但是在概念的内涵上却存在着一定的差异：洪子诚较为注重先锋作家创作动机的社会历史环境影响；陈思和则强调其创作的特征、特点；而王庆生则更看重的是西方思潮，尤其是后现代主义对他们的外来影响。从某种

---

① 洪子诚. 中国当代文学史（修订版）[M]. 北京：北京大学出版社，2007：293.

② 陈思和主编. 中国当代文学史教程（第二版）[M]. 上海：复旦大学出版社，2005：291、292.

③ 王庆生主编. 中国当代文学史 [M]. 北京：高等教育出版社，2003：402.

角度而言，这似乎只是三位论述者所着眼的向度不同，可能构不成某种"分歧"，但考虑到三本文学史从写作之初就带有强烈的教科书属性，这种"着眼点的不同"已足以说明在先锋小说概念内涵问题上学界讨论背后的某种共识性的欠缺。

（二）先锋小说概念的繁杂性

如果说文学史叙述在先锋小说概念内涵的问题上存在着一定的差异，而在外延上还具有相对的共识的话，那么到了一般的学界讨论之中，这种外延上的共识性也构成了问题，这甚至突出表现在，同一个论者在个人著作和文学史教材中也采取了两种不同的论点，例如陈晓明的相关著述。

众所周知，陈晓明是较早涉猎先锋小说研究的学者之一。早在20世纪八九十年代之交，他就一直将先锋小说作为其重要的研究对象之一。有文称，其"将德里达的哲学思想运用到中国当代先锋小说研究中确实堪称独步"[1]，而他于1993年出版的第一部著作《无边的挑战——中国先锋文学的后现代性》是国内最早系统研究先锋小说的理论著作，这本书曾两次再版，到目前为止仍是该领域绕不过去的重要理论成果。该书第三版的编辑称，这部著作在今天"依然有相当活跃的读者群，也有较为充沛的引用率"[2]。不仅如此，即便在先锋小说已淡出学界关注视域核心地带的今天，其仍处于陈晓明学术视野与旨趣的观照范围之内，几乎每隔一段时间，都会有他谈论，或涉及这一题域的成果出现。陈晓明本人也如此表达过他对先锋小说的一种独特的学术情感，他说："《无边的挑战》凝结着我最初的敏感和激动，那种无边的理论想象，

① 陈晓明，张晓琴. 从先锋批判到从容对话——北京大学中文系陈晓明教授访谈录［J］. 甘肃社会科学，2014（04）：99.

② 陈晓明. 无边的挑战：中国先锋文学的后现代性（修订版）［M］. 北京：中国人民大学出版社，2015：1.

那种献祭式的思想热情","我从存在主义、结构主义和后结构主义的理论森林走向文学的旷野,遭遇'先锋派',几乎是一拍即合"①。也正因为如此,陈晓明在此论题中的观点理应得到我们更多的重视。

2009年,陈晓明出版了他较为重要的成果之一《中国当代文学主潮》,此书后又于2013年修订后再版。该书"先锋派的形式变革及其后现代性"一章中对先锋小说的概念做出了如下界定:"当代的先锋派虽然不是一个有组织的流派,但它显然已经有了比较固定的界定——这个称呼的基本含义是指马原以后出现的那些具有明确的创新意识,试图在艺术形式方面开创一条道路,并且初步形成自己的叙事风格的年轻作者,主要有莫言、马原、洪峰、残雪、扎西达娃、苏童、余华、格非、叶兆言、孙甘露、潘军、北村、吕新等人,他们影响了1990年代更年轻一代的作者。"②而这,或许可以视为陈晓明关于先锋小说这一概念问题做出的最为明确的界定。然而,这种"明确"在此前或此后陈晓明涉及这一问题的讨论中算是一个异数,更进一步说,他在其他地方的表述远没有如此的"坚定",而是表现出了一种犹疑、含混的态度。例如,他在《无边的挑战》这本书的第三版中,有这样的表述:"我们称之为'先锋派'的那个创作群落(他们主要包括:马原、苏童、余华、格非、孙甘露、叶兆言、北村等),是在20世纪80年代后期步入文坛的,他们不仅面对着'卡理斯玛'解体的文明情景,而且面对着'新时期'危机的文学史前提——这就是他们无法拒绝的历史和现实。"③但需要引起我们注意的是,作者在该表述的前后分别还有这样的论述,其一:"1986—1987年,马原、洪峰、残雪各自以不同的方式提

① 陈晓明,张晓琴. 从先锋批判到从容对话——北京大学中文系陈晓明教授访谈录 [J]. 甘肃社会科学,2014(04):99.

② 陈晓明. 中国当代文学主潮(第二版)[M]. 北京:北京大学出版社,2013:341.

③ 陈晓明. 无边的挑战:中国先锋文学的后现代性(修订版)[M]. 北京:中国人民大学出版社,2015:21.

示了过渡时期的经验。他们讲述的故事不再具有意识形态的实践意义，然而却预示了现实性的转折。文学创作变成个人化的写作经验，变成方法论的游戏和纯粹的幻想经历。"[1]其二："对于年轻一辈作家来说，在艺术上已经没有退路，在1986—1987年，当代中国文学，在诗歌方面矗立着北岛这座高塔，在小说方面横亘着莫言和马原两道山峰。在背离传统的语言和叙事方式两项艺术革新上，莫言和马原对年轻一辈的作家既是诱惑也是压力，尤其是超越马原乃是他们崭露头角的必经之路。"[2] 在这里，我们需要对第二段的引文的阐释背景做一点介绍：陈晓明在文中所说的"年轻一辈的作家"仍旧指的是出现在80年代后期走上文坛，但晚于马原和莫言出现的创作者们，文中作者将这批人称之为"晚生代"，作者说："20世纪80年代后期崛起的创作群落可以被称为'晚生代'——这一指称实际上并不仅仅指'先锋派'，它同样适用于'新写实主义'那批作家……以及其他的后起之秀。"[3] 而第二段表述正是作者在论述"晚生代"作家的"特殊规定"之一——"面对'大师'，他们无法摆脱艺术上的'迟到感'"——的观点时的论点、论据。那么，这里就存在着一个颇有意味的问题：在陈晓明的表述中，马原、莫言究竟属不属于"先锋派"的这个群体？如果按照前文的说法，马原自然是在"先锋派"作家之列，而莫言却在其之外。但这岂不是与后文的说法相矛盾？

可能这个问题的答案藏在《无边的挑战》第一版的相应位置，我们会发现在第一版中，这个"先锋派的群落"是没有马原的，原文是：

---

① 陈晓明. 无边的挑战：中国先锋文学的后现代性（修订版）[M]. 北京：中国人民大学出版社，2015：21.

② 陈晓明. 无边的挑战：中国先锋文学的后现代性（修订版）[M]. 北京：中国人民大学出版社，2015：22.

③ 陈晓明. 无边的挑战：中国先锋文学的后现代性（修订版）[M]. 北京：中国人民大学出版社，2015：21.

"我们称之的'先锋派'的那个创作群落（他们主要包括：苏童、余华、格非、孙甘露、叶兆言、北村等）……"① 换句话说，在《无边的挑战》第二次再版时，陈晓明对"先锋派群落"究竟指涉的是哪些作家的问题时，观点及其阐述上发生了一点点变化与困难，而这个"困难"在《无边的挑战》付梓时并没有得到最为恰切的解决。

事实上，如果在更大的范围上阅读陈晓明有关先锋小说的论文和著述，我们会发现，作者一直对这个问题的表述呈现出暧昧和犹疑的态度。这种态度，在陈晓明的逻辑框架下来源于两方面的困难：一是如何定位马原、残雪、洪峰和扎西达娃的问题；二是如何定位80年代末出现的"新写实主义"作家的问题。下面，我们来分别讨论一下。

第一，如何定位马原、残雪、洪峰和扎西达娃的问题。在陈晓明的相关著述中，似乎他一直比较犹豫是否应该将马原纳入先锋派群体中予以考察。他承认："马原把传统小说重点在于'写什么'改变为'怎么写'，预示了小说观念的根本转变。"②（洪峰则"一直被当作马原的第一个也是最成功的追随者"③），他们"为后起的'先锋派'铺平了最初的道路"④。但是，他又认为，马原和洪峰（这里还包括残雪），"既是一个转折，也是一个过渡，在他们之后，文学观念和写作方法的某些禁忌已经解除，但是，留给后来者的不是一片广阔的可以任意驰骋的处女地，而是一个前途未卜的疑难重重的世界"⑤，也许就是在这个意义上，陈晓明认为，马原是"先锋派"所要面对的"大师"与"山峰"，而非同道中人。然而，我们认为，这样的说法是不能够对马原（和洪

① 陈晓明. 无边的挑战：中国先锋文学的后现代性 [M]. 长春：时代文艺出版社，1993：26.
② 陈晓明. 最后的仪式——"先锋派"的历史及其评估 [J]. 文学评论，1991（05）：130.
③ 陈晓明. 最后的仪式——"先锋派"的历史及其评估 [J]. 文学评论，1991（05）：130.
④ 陈晓明. 最后的仪式——"先锋派"的历史及其评估 [J]. 文学评论，1991（05）：131.
⑤ 陈晓明. 最后的仪式——"先锋派"的历史及其评估 [J]. 文学评论，1991（05）：131.

峰)为何不是"先锋派群落"成员这一问题做出合理解释的。在结合陈晓明其他文章的阅读后,笔者猜想(这种猜想或许有些武断),在陈晓明的视域中,他可能认为,马原与洪峰属于"85新潮"的代表,而他认为,"严格地说,'85新潮'是一拨人代表的一种文学现象,先锋文学实际上是另一拨人代表的另一种文学现象","它们之间有联系,但是更有区别"①,正因为如此,"先锋派与既定文学史传统有血缘联系,苏童、余华们是站在王蒙、张承志、韩少功以及马原、莫言、残雪的肩上写作,他们占据了小说的形式主义高地"②。而对于残雪和扎西达娃来说,陈晓明将他们排除在"先锋派群落"的理由似乎更加清晰,"先锋派被归为一个群体……有时会把残雪也算在内,但残雪的女性身份过于独特的气质,使她游离先锋派群体";"扎西达娃以西藏异域色彩享有先锋派的殊荣,但也因为作品数量较少而难以持续讨论,加之他主要还是藏地写作,在西藏的论题中讨论他更为恰当"③。

二是如何定位80年代末出现的"新写实主义"作家的问题。在通常的文学史共识中,80年代的先锋小说和新写实主义文学虽然在出现时间上是前后相继的,甚至有彼此重叠的地方,但毫无疑问,二者是泾渭分明的两个创作群体、两种完全不同的创作倾向。但关于这一点,陈晓明似乎并不那么认同。证据之一是,在许多著述中,陈晓明都出现过如下类似的表述:"在我看来,这个称呼(指'先锋派'——引者注)的最低限度的意义是指马原以后出现的那些具有明确创新意识,并且初步形成自己的叙事风格的年轻作者","他们主要有:马原、洪峰、残雪、扎西达娃、苏童、余华、格非、叶兆言、孙甘露、北村、叶署明等人,此外还有一些正在崭露头角且颇有潜力的新秀","因篇

---

① 陈晓明. 先锋文学三十年:辨析与反思 [J]. 南方文坛, 2015(03): 10.

② 陈晓明. 关于九十年代先锋派变异的思考 [J]. 文艺研究, 2000(06): 5.

③ 陈晓明. 先锋文学三十年:辨析与反思 [J]. 南方文坛, 2015(03): 11.

幅有限，那些划归到'新写实主义'名下的作者只好另作别论，王朔的情况比较特殊也暂不论及"①。而在《无边的挑战》中，陈晓明还曾这样谈道："20世纪80年代后期崛起的创作群落可以被称为'晚生代'——这一指称实际上并不仅仅指'先锋派'，它同样适用于'新写实主义'那批青年作家，如刘震云、刘恒、李晓、李锐、杨争光、池莉、方方，乃至王朔，以及其他的后起之秀"②。换句话说，至少在陈晓明"晚生代"的理论构架下，如何剥离"先锋派群落"与"新写实主义"的作家群，是存在理论困难的，甚至如何定位异质性较大的王朔也显得力不从心。

我们说，陈晓明深耕于中国当代文学研究近四十年的时间，其成就为世所共知，尤其是在先锋小说研究领域，他不但是早期的拓荒者和奠基者之一，而且一直也是重要的引路者与耕作者，其学理上的严谨性与逻辑性自然不需要受到质疑。这样说来，上述矛盾的原因只可能有一种解释，那就是，陈晓明也未能厘清先锋小说这一概念的边界——而这很可能也是这么多年来，他一直思考但却始终处于犹疑状态的重大理论问题之一。

然而，问题或许还有另一个方面：陈晓明在其所著的《中国当代文学主潮》一书中对先锋小说概念的界定，在态度上是坚定而明晰的，但是他在包括《无边的挑战》一书等其他著述里，这一态度呈现出很大的犹疑状态。我们如何来解释这个现象呢？原因就在于，《中国当代文学主潮》是一部文学史，也是一部教材，陈晓明在这本书的后记中说："写作一部当代文学史，其实是我多年的愿望。2003年初，我调到北京大学中文系，秋季那个学期，我上必修课'中国当代文学史'。虽

---

① 陈晓明. 最后的仪式——"先锋派"的历史及其评估［J］. 文学评论，1991（05）：128.

② 陈晓明. 无边的挑战：中国先锋文学的后现代性（修订版）［M］. 北京：中国人民大学出版社，2015：21.

然有指定的教材，但上课总不能照本宣科，只有自己写讲稿。我当然
也不能例外。这讲稿就是这部文学史的初稿……"① 事实上，这并非陈
晓明个人的处理方法，在非教材类的学术研究著述中，先锋小说的概
念及其指涉却与教材中不同，呈现出一种似乎是"云无定形"似的"争
议态"——先锋小说概念无论从内涵上，还是从外延上都被极大地拓
展了。例如，有论者认为，先锋小说的指涉范围可以上溯到茹志鹃与
王蒙，学者张清华甚至试图将中国当代文学中的"先锋文学"的概念
在内涵上与启蒙主义和存在主义相勾连，认为其"源于'文革'时期
地下状态的启蒙主义写作"②，而他在其所著的《中国当代先锋文学思潮
论》一书中，还曾有过这样的表述："在哪一种意义上确定'先锋'的
性质？在以'前工业化'为基本特征的中国当代文化情景中，在以'现
实主义'和'浪漫主义'为主流构造的20世纪中国文学传统面前，'先
锋'显然应具有相对确定的含义，也就是说，它的起点的定位应是现
代主义性质的……对小说而言也同样如此，先锋的首要使命就是要破
除和改变由平板的机械唯物论的反映论，甚至庸俗阶级论所决定的'现
实主义'独掌天下的局面……因此，基于这样的定位，所谓'中国当
代先锋文学思潮'实际上也可以理解为'中国当代的现代主义文学思
潮'"③。而如若将其下限延伸，甚至有人提出了"后先锋"的概念，指
代"1985年至21世纪初的文学"，如，有学者认为：

> 后先锋文学创造的界限就是后先锋文学场域的界限，没有先
> 验的核心与边缘，它是文学场域的界限在场域作用停止的地方。

---

① 陈晓明. 中国当代文学主潮（第二版）[M]. 北京：北京大学出版社，2013：599.

② 张清华. 关于先锋文学答问 [J]. 文艺争鸣，2016（03）：56.

③ 张清华. 中国当代先锋文学思潮论（修订版）[M]. 北京：中国人民大学出版社，2018：3-4.

它是以去中心为特征的，因而是自主化的。其文学场域在发展的过程中，体现出自己固有的矛盾的本质，它坚持：包括了一致性的多元化的思考。

后先锋文学阐扬：世界是由不可还原的多元种类和属性所组成，所面对的，不是一个受系统的或齐一的定律支配的统一的世界，而是由一个各异的领域组成的多维次、多视角的世界，多成为一。①

而这一概念的提出者之一的葛红兵则认为：“后先锋的出场并不是终结先锋写作的，相反它是将先锋的旗帜接手于创作界的新人，因而它是先锋精神的另一种延续。”②

换句话说，如果将以上“争议态”的所有表述加以整合，先锋小说的概念在时间指涉上，其萌芽可以上溯至“文革”时期，下及正在行进中的当下，而内涵则趋向于“无法界定”的所谓后现代主义阐释方式。

（三）先锋小说概念的“最低限度”

从上文中，可以看到，对于先锋小说这一概念，无论从内涵上还是外延上，学界都没有达成某种富有坚实基底的共识。或许，在学术讨论中，对某种文学现象、文学思潮或概念界定存在一定程度上的争议并非不可理解，甚至还有可能是学术场域活跃的一种表征，而对于他们的学术共识的达成也往往是通过争鸣加以实现的。但对于先锋小说这一概念来说，上述说法似乎并不适用。其一在于，从某种角度说，

---

① 陈亚平，王晓华主编. 先锋之后新世纪后先锋文学编年史［G］. 北京：中国戏剧出版社，2013：4.

② 葛红兵，王韬. 中国文学的趋向问题——关于“后先锋”写作的对话［J］. 探索与争鸣，2000（09）：35.

先锋小说已经成为文学史中一种带有知识性的"常识",是在编纂涉及20世纪80年代中国文学史无法绕开、规避的存在,那么其在最基础意义上的理论性探讨还处于"悬而未决"的状态多多少少会让人觉得匪夷所思;其二在于,如果先锋小说的概念无论在内涵上还是在外延上都没有一种共识,那么学界三十余年来对其的讨论与研究的共同基点又在哪里? 如果这个"共同基点"是存在的,那么它是如何存在并且构筑起学界在这一讨论中的基本空间的?

或许,陈晓明在《最后的仪式——"先锋派"的历史及其评估》中开篇的一个观点透露出了先锋小说这一概念是如何在内涵与外延都没有形成较为一致的共识的情况下为论者提供对话的平台的,陈晓明说:"当代的'先锋派'虽然不是一个有组织的流派,但也不意味着可以把任何初出茅庐的作者包括进去。在我看来,这个称呼的最低限度的意义是指马原以后出现的那些具有明确创新意识,并且初步形成自己的叙事风格的年轻作者。他们主要有:马原、洪峰、残雪、扎西达娃、苏童、余华、格非、叶兆言、孙甘露、北村、叶曙明等人,此外还有一些正在崭露头角且颇有潜力的新秀。"[1]也就是说,学界在讨论与先锋小说相关的问题时存在一个被陈晓明称为"最低限度"的基本"共识",它类似于数学中的"最大公约数",能够在最大的限度上避免歧义和争执,从而为涉及的讨论提供对话的基础与平台。然而,在笔者看来,或许是由于《最后的仪式》发表的时间太早,陈晓明在文中界定的概念虽然内涵已极尽简化、外延已极尽缩编,但是从现在的角度来看,其仍似乎没有达到所谓的"最低限度"。故而,在此,笔者试图在这里暂时地勾勒出一个适用于当下的先锋小说概念的"最低限度"。

不过,在这里可以进一步做出解释的是,对这一新的"最低限度"

---

[1]　陈晓明. 最后的仪式——"先锋派"的历史及其评估 [J]. 文学评论,1991(05):128.

的勾勒，并非笔者因本书而需对先锋小说的概念重新规定，更不是对这一概念的全新阐释，而是笔者通过梳理相关文学史及有影响的以先锋小说为对象的著述、文章后，最大限度、最大可能地保留相关论者的共识部分而形成的——换句话说，这一描述是在目前学术讨论中争议最小的部分。在这个意义上，笔者认为，对于"先锋小说"的概念来讲，其内涵或许可以用几个关键词予以描述：形式主义、叙事革命、对旧有美学规范的质疑与反拨，而在其外延上，其指涉的是约80年代末至90年代初，马原、洪峰、格非、余华、苏童、孙甘露、北村等人的小说创作。

笔者之所以要强调上述使用的是描述与提炼的策略，一是我们后文还要继续对这个表述进行丰富与优化，二是我们可能在此后的论述中会看到，即便是这种最为保守的"最低限度"的描述，其中仍然可能存在着很大的龃龉。因为，从内涵上说，上述归纳的"最低限度"的先锋小说的特征似乎在1985年之前，甚至更早的小说中就已出现，例如王蒙的《布礼》《春之声》、茹志鹃的《剪辑错了的故事》，甚至在李子云1987年发表的一篇名为《女作家在当代文学史所起的先锋作用》的文章中，作者的论述也是在从这一角度提出的，她说："目前在中国大陆的文坛出现了女作家创作的第二次高潮。它不仅表现在女作家的数量上和她们作品的艺术质量上，而且，还表现在她们的一些作品在当前中国文学所起的先锋作用上。在打破小说的某些传统的规范，开拓小说所表现的内容范围与更新小说的形式方面，某些女作家起了很大的作用。其中最主要者，就是她们首先将小说从传统的表现方式——即，通过描写外部现实世界，描写人与人之间的关系，来表现人物的性格及其命运，转为以展现人物的内心世界为主的表现方式。以人物的心理活动过程进行结构，小说的事件与人物经历已不再按照固定的时空顺序及因果逻辑展开，而是通过人物思想感情的流动引发出这一片段或那一片段。"①李子云在这段文字中明确地指出，之所以说"女作家在当代文学史中所起的先锋之用"，就是因为她们的作品"打破小说的某些传统的规范""更新小说的形式"。而也是出于相同的理路与原因，洪治纲在其《守望先锋》一书中将先锋小说概念的指涉范围与这一文学现象的出现时间大大提前至1979年春天："1979 年春，茹志鹃在《人民文学》第2期发表了短篇小说《剪辑错了的故事》。该小说在面对非人的历史时，不再延续控诉式的叙事思维和一维性的时空结构，而是动用蒙太奇式的叙事手段，通过两个不同的独立时空来组织叙事，使人物在'过去'和'现在'之间自由穿梭，从而对扭曲的历史构成文本意义的反照和对比。这种实验，不仅打破了以往小说中倒叙、插叙之类的陈旧套路，而且对那些以客观真实为审美准则的现实主义提出了明确的挑战，与颠倒的历史和错位的命运构成了特殊的隐喻。尽管不少人将王蒙后来的意识流小说视为当代先锋小说的发端，但是客观地说，茹志鹃的这篇小说，无论是发表时间还是探索力度，都要超前于王蒙。1979 年6月，《当代》第3期发表了王蒙的短篇《布礼》，随后作者又陆续推出《夜的眼》《春之声》《风筝飘带》《蝴蝶》等，这便是被大多数文学史认定的中国当代先锋小说的首次实验。"②类似的观点在张清华所著的《中国当代先锋文学思潮论》一书中也存在。但是，这样的观点并未被文学史所采纳，可能的原因在于，如若采纳这一观点，新时期文学史的体系性规划与言说将变得不可能。所以，在这种情况下，先锋小说的"最低限度"之说就变得十分可疑了。

也许，"最低限度"之说在根本上就会遭遇巨大的质疑，因为从文学史事实来说，马原的作品在80年代中期的中国文坛是一处异质的风

---

① 李子云. 女作家在当代文学史所起的先锋作用［J］. 当代作家评论, 1987（06）：4.

② 洪治纲. 守望先锋：兼论中国当代先锋文学的发展［M］. 桂林：广西师范大学出版社, 2005：198-199.

景，这恐怕是没有问题的。并且，从目前的史料来看，马原的中篇小说《冈底斯的诱惑》的确给中国文坛带来了震动，以至于让《上海文学》的资深编辑李子云拿不准是不是能够发表，以至于在其发表后评论家出现了长达两年的集体哑火。或许在这一意义上，有人会认为，上述"最低限度"的描述实则过于宽泛，先锋小说的价值和特征来自其叙事上的革命，如"叙事圈套""元叙事"等技法的使用以及由此而形成的新时期文学在美学范式上的突进。这种表述的确使先锋小说具有更高的辨识度，也能够与之前王蒙、茹志鹃、刘索拉、徐星等人的创作形成区分，但问题是，这些特征往往只专属于先锋作家群落的某一个个体，而不是他们的共有特点，例如在一定意义上，"叙事圈套"的使用仅仅是马原的个人"专利"而已，换句话说，先锋作家之间存在着极大的差异，某一个作家自身的特点往往难于界定先锋小说本身，关于这一点，马原也这样说道："虽然我们这些人的写作在文学史上看有相似性，但我们自己一点儿不觉得，比如我写的故事都是现在时的，而苏童的小说就有好多是历史年代不详的，包括格非。"①

那么，我们是否可以从先锋作家自身的某种认识来对先锋小说的特性予以指认，继而作为界定先锋小说概念的依据呢？在马原看来，"作家一开始关心内容，但是到了85年的时候内容已经不能满足那些有独创性的作家们的热情了，所以大家不约而同向方法论这个方向突围，被称先锋就是（缘于）在方法论上的突围"②。然而，我们暂且不论所谓"方法论的突围"究竟何解，单就最为模糊的理解，我们又该如何界定同时期其他具有探索性质的作家作品（如韩少功及他的《爸爸爸》《蓝盖子》《归去来》等）呢？

综上所述，在笔者看来，即使对先锋小说概念这一"最低限度"

---

① 木叶. 先锋之刃［M］. 上海：上海人民出版社，2018：12.

② 木叶. 先锋之刃［M］. 上海：上海人民出版社，2018：12.

的规定也应该从其他角度再进行更具体的讨论与规约。

## 第二节 先锋小说概念规约条件的进一步讨论

本节,笔者试图从思潮命名的一般规律的角度对上述"先锋小说"概念的"最低限度"进行更深一步的讨论。

### 一、先锋小说概念界定中的内涵规约问题

(一)关于文学流派命名及其内涵规约的理论概说

虽然从解构主义角度来看,词语的语音(能指)和意义(所指)之间的联系是非本质性的、是建构性的,但我们认为在概念的界定上,依然应遵循"以实为基,名实相符"的原则。因为在一定意义上,一种文学现象、文学流派得以被命名本身就体现了命名者对该现象内在特质的某种认知与辨识,或者也可以说,命名一种文学现象的行为就是对其进行认识、归类、总结的过程。即便像"达达主义"这样看似随意的命名过程,其背后也恰恰是参与者们艺术观念的一种体现。

但是,仅仅给予命名是不足以对一种文学现象形成充分、准确、完整的认识的,因为命名之"名"一般是以一个词或词组为形式的,然而无论是"词"还是"词组"在使用时如果不与具体的语境相联系、不受各种条件的规训与制约,那么其所要表达的含义一定是模糊的、是千人千面的,这就需要通过对该命名的内涵阐释加以说明。但需要指出的是,内涵阐释的依据并非这一现象的"命名",而是"命名"背后所涵盖的现象实体,只有这样,才能让"名"与"实"之间建立完整的、稳定的、可表达的联系,从而形成"概念"。

（二）先锋小说概念问题的历史文献梳理

先锋小说的概念存在着一个从模糊到相对明晰的过程，其中吴亮、南帆和陈晓明在这一过程中起到了非常大的作用。吴亮虽然没有在任何一篇文章中给这一概念做过清晰的界定，但是他相关论述的影响是巨大的：首先，他在那篇著名的论文——《马原的叙述圈套》中，虽然没有提及"先锋"一词，但在其后"某种程度上已经成为认定什么是'先锋小说'的'标准'"[①]；其二，就目前的文献来看，他是在中国小说题域内首批使用该词的批评家之一，他于1988年在《当代作家评论》第4期上发表了《一个臆想世界的诞生》一文，其中就写道："我想说，1985年对残雪而言肯定是个十分要紧的历史机会——她实际上从1983年起就开始着手写小说——这一年中国文学的五花八门和先锋精神的抬头使一些人狂喜不已，又使另一些人大为不解和困惑。"[②]但是，从其1993年发表的《回顾先锋文学》一文来看，他所认为的先锋作家名单与今天文学史共识中的"先锋小说"所指涉的作家之间存在着一定的差距，其主要差别在于，吴亮同时将韩少功、刘索拉、张承志也都置于了"先锋"之内[③]。南帆几乎是与吴亮同时，在文章中使用了"先锋"一词，但不同的是他在一定程度上对其进行了界说，他认为："'先锋文学'是一种具有超前意识的文学。先锋文学时常敏感地关注着多数同代人所未曾察觉的经验或思想。在艺术上，先锋文学更为注重艺术成规的突破、实验与再造；而种种探索性表达方式所带来的晦涩难解不免使这种文学在读者之间落落寡合。"[④]他的这个界定从初浅的层次来说已经十分接近于今天文学史共识中对先锋小说的表述，基本可以认定为二

---

① 程光炜. 当代文学60年通说 [J]. 文艺争鸣，2009（10）：29.

② 吴亮. 一个臆想世界的诞生——评残雪的小说 [J]. 当代作家评论，1988（04）：75.

③ 吴亮. 回顾先锋文学——兼论八十年代的写作环境和文革记忆 [M] // 吴亮. 或此或彼. 北京：作家出版社，2019：55.

④ 南帆. 先锋文学与大众文学 [J]. 文艺理论研究，1988（03）：16.

者在新时期文学语境下的所指应该是一致的，但是，通过上下文来看，南帆所言的"先锋"的对立面是"大众"和"俗"，换言之，在这篇文章中，南帆更强调"先锋"一语中所含有的"精英"与"雅"的一面，而从这个角度讲，他所言的"先锋文学"又与今天文学史共识中的"先锋小说"存在着微小的差异。陈晓明则可能是最早对这一概念做出准确界定并搭建起今天文学史中该概念共识性基础的学者，关于这一点上文我们已经多有讨论，在此不再赘述。在这里，或许还有必要提及的是李兆忠发表于《文学评论》1989年第1期上的《旋转的文坛》一文，这篇文章是作者为在1988年10月由《钟山》编辑部与《文学评论》编辑部在杭州举办的"'现实主义与先锋派文学'研讨会"所撰写的会议综述。该文之所以重要，是因为当下学界普遍认为这是先锋小说正式在文学史中出场的肇始。不过在这篇文章中，作者显然并不能在严谨的意义上界说这一概念①。在这一阶段，笔者认为，从今天文学史的视域审视，吴亮和陈晓明的论述共同构造了今天文学史共识中先锋小说概念的基础，换言之，虽然今天先锋小说概念仍然显得不甚清晰，但是相关论者论述的核心部分基本没有出离二人这一时期的表述范围。

在今天的学界，先锋小说的概念存在着两个不同的范畴：其一是作为高等学校中文专业教材的文学史的论述。这种论述的特点是，对先锋小说特征的描述、对这一概念所指涉的作家作品的范围确认以及在文学史意义上的先锋小说经典性作品的指认几近一致，但区别在于，其概念界定的出发角度略有差异，例如洪子诚较为注重在大历史氛围下先锋小说的成因角度予以界定②；陈思和则侧重先锋小说的形式实验

---

① 文中说："关于先锋派的研讨，需要略加说明的是，从大多数与会者发言中约定俗成的含义看，先锋派是一个广义的概念，是指那些与西方现代哲学思潮、美学思潮以及现代主义的文学创作密切相关，并且在其直接影响之下的一批文学创作……"（李兆忠. 旋转的文坛——"现实主义与先锋派文学"研讨会纪要［J］. 文学评论，1989（01）：27-28.）。

② 洪子诚. 中国当代文学史（修订版）［M］. 北京：北京大学出版社，2007：293.

特征及其价值，强调其开端在"叙事革命、语言实验、生存状态三个层面上同时进行"①；而王庆生力图将该概念与西方后现代主义文艺思潮形成内在联系②。而其他文学史版本大致也没有出离上述三者的范围。值得注意的是，除了陈思和增加了关于先锋精神维度的讨论内容外，其他文学史基本上都是在艺术层面对该概念加以规约的。

相对于高校中文教材的文学史而言，学界一般性讨论中的先锋小说概念就显得有些驳杂，但大致上可以分为以下三个角度：其一，是从后现代主义出发，对该概念进行规约，其代表性人物是陈晓明③，他在《无边的挑战》这本书的第三版中，有这样的表述："我们称之为'先锋派'的那个创作群落（他们主要包括：马原、苏童、余华、格非、孙甘露、叶兆言、北村等），是在20世纪80年代后期步入文坛的，他们不仅面对着'卡理斯玛'解体的文明情景，而且面对着'新时期'危机的文学史前提——这就是他们无法拒绝的历史和现实。"④其二，是将70年代末以来借鉴西方（后）现代派文学资源的作家全部纳入"先锋"名下，这种看法事实上是将"先锋"与80年代的现代派文学等同起来，其代表人物是张清华，在他看来，中国当代文学中的"先锋"概念在内涵上与启蒙主义和存在主义是存在很大联系的，他认为先锋小说"源于'文革'时期地下状态的启蒙主义写作"⑤，而他在其所著的《中国当代先锋文学思潮论》一书中，还曾有过这样的表述："在哪一种意义上确定'先锋'性质？在以'前工业化'为基本特征的中国当代文化情

---

① 陈思和主编. 中国当代文学史教程（第二版）[M]. 上海：复旦大学出版社，2005：291.

② 王庆生主编. 中国当代文学史 [M]. 北京：高等教育出版社，2003：402.

③ 需要说明的是，陈晓明所编写的教材与其在个人专著中对该概念的表述是不一致的，如在其2009年出版的《中国当代文学主潮》一书中基本沿用了其在1991年发表的《最后的仪式——"先锋派"的历史及其评估》一文中的说法。

④ 陈晓明. 无边的挑战：中国先锋文学的后现代性（修订版）[M]. 北京：中国人民大学出版社，2015：21.

⑤ 张清华. 关于先锋文学答问 [J]. 文艺争鸣，2016（03）：56.

景中，在以'现实主义'和'浪漫主义'为主流构造的20世纪中国文学传统面前，'先锋'显然应具有相对确定的含义，也就是说，它的起点的定位应是现代主义性质的……对小说而言也同样如此，先锋的首要使命就是要破除和改变由平板的机械唯物论的反映论，甚至庸俗阶级论所决定的'现实主义'独掌天下的局面……因此，基于这样的定位，所谓'中国当代先锋文学思潮'实际上也可以理解为'中国当代的现代主义文学思潮'。"① 其三是将"先锋"视为一种文学精神，其代表人物是洪治纲，他所理解的"先锋文学"大致可表述为："先锋文学，并非是局限于某个文学流派的审美范式，而是泛指一种动态性的、永远处于探索前沿的实验性文学，是指那种从不轻易地满足于创作现状、对一切作品的自律性概念进行不断解构和破坏的审美动向。"②

在本书看来，上述看法中，陈晓明（这里特指其在《无边的挑战》一书中的观点）和张清华的看法更多是为了给学界理解先锋小说提供一种新的视域，但如果将其不加分辨地置于中国当代文学史的视域中会导致其他的一些文学现象和文学事实无法得到有效言说，而对于将"先锋"视为一种文学精神的理论困难，我们将在后文加以分析。今天文学史中的相应界定要显得更加合理一些，这更可能是由于其不但要照顾到其他流派的讨论可能性及言说空间，而且作为高校中文专业教材的基本属性，也使其表述相对较为谨慎。

可能需要进一步提及的是，我们之所以没有梳理被文学史指认为先锋小说作家的群体对"先锋"一词的理解，是因为如格非、苏童、余华、叶兆言等都在不同场合对这一命名表示出不认同，乃至强烈拒

---

① 张清华. 中国当代先锋文学思潮论（修订版）[M]. 北京：中国人民大学出版社，2018：3-4.

② 洪治纲. 守望先锋：兼论中国当代先锋文学的发展 [M]. 桂林：广西师范大学出版社，2005：254.

绝的态度[①]，而被视作先锋小说旗手的马原，虽然并不拒绝在这一意义上讨论其80年代的文学创作，但是他却多次公开表示，这是评论界与理论界的事情[②]。这背后可能反映出的恰恰是作家与理论家、批评家的诉求不同——从我们下文将要提及的八十年代"情绪大于理性"的社会整体性症候的角度来看，作家们更加在意的是时代情绪的自由宣泄与表达，易言之，他们考虑更多的是个人意义上在当时语境下文学观念与技巧上的创新，而中国文学未来的发展方向及其今后在世界文学图景中的位置则很可能不在他们当时关心的关键问题之内。

（三）关于先锋小说概念的内涵讨论

在"先锋"语源的维度下，我们继而需要讨论的一个问题是：一个事物被称作"先锋"，自然应该有一个反叛的"对象"，也即形成"先锋"的参照系，那么对于中国先锋小说而言，这个"对象"与"参照系"又该如何确定呢？这里有两种思路：第一种[③]是"先锋"是一个不断自我更新的概念，即每有"新"先锋出现，那么"旧"先锋就成为其反叛的对象。本书认为这种思路并不适用于"先锋小说"概念的界定。因为，在这个意义上，"先锋"成为一个带有自我解构性质的词汇，其包含了一种时间的概念，这一"时间"是无限绵延的，是向未来无尽敞开的，无所谓终点，无所谓结束。与此同时，由于"先锋"本身固有的否定性意涵，最终会导致其形成下述形态：只要是在"时间"

---

① 在徐林正所著述的《先锋余华》一书中，作者专门记述了马原、苏童、格非、叶兆言等几位先锋作家对这一命名的质疑或不认同。（徐林正. 先锋余华 [M]. 杭州：浙江文艺出版社，2003：19–20.）

② 马原曾在接受王尧访谈时对关于文学史中将自己指认为"先锋派"这样表示道："这是他们做研究的必须作出的一个判断，但是实在是不好分辨。就像有些人问先锋派，我说先锋是一些文学史家的分类，并不是作家的分类。不是说我是先锋小说家我就要写什么小说。"（王尧. 在汉语中出生入死：关于汉语写作的高端访谈 [M]. 沈阳：春风文艺出版社，2005：304.）

③ 之所以要对这种情形进行辨识与讨论，是因为在这个意义上生发出了我们后文将要提及的作为一种文学精神的"先锋"概念，不过在本书看来，这种强调作为一种精神的先锋文学的表述是无法被文学史历史化、对象化地加以处理的。

上具有持续展开、无穷无尽的绵延性且能不断地否定其身后的"对立面",那么就可以被冠以"先锋"之名,那么对其进行概念界定就将成为一项无法完成的工作。或许,在这里还需要提及的是,虽然"先锋"是一件舶来品,但是其在西方文学艺术领域中的用法与我们并不完全一致,其主要差异在于,在西方文艺的语境中,"先锋"并不是一个具有实质性的实体概念,而是一个描述性、形容性的概念,其既可以将出现于20世纪初期的表现主义、达达主义、超现实主义全部召入麾下,也可以将后现代主义中某几种激进艺术流派合而称之。换句话说,其能指与所指之间并不具备严格的一一对应关系,更多的是对某种艺术流派的评价性指认。但是,在中国当代文学论域内,由于历史的、政治的多重因素影响,在某种程度上,其所指是需要被坐实的,易言之,其背后需要有一些相对固定的作家与文本予以支撑,这样一来,如何为其建立理论边界,又如何在"时间"与"否定"的两种意义上处理前后不同时间点出现的作品,都将是很大的麻烦。第二种思路是"先锋"是一个相对固定的概念,其所反叛的"对象"或"参照系"是恒定的,所有对这一恒定"参照系"持反叛态度的作家都将被视为同道,所有具有反叛这一恒定"参照系"意涵的作品文本也都将共名于"先锋"。本书认为,这种思路是可以被我们在界定先锋小说内涵时予以采纳的,其不但是因为它能够支持我们完成概念界定的工作,更重要的是,这种思路也比较符合中国先锋小说本身的实际情况。因为中国先锋小说其反叛的指向乃是中国既往的文学传统,尤其是以政治为先导的、带有绝对工具论色彩的"文革文学"的审美规范。这一点不但是与"文革"结束以后诸如伤痕文学、反思文学、改革文学、寻根文学具有某种一致性,而且在先锋小说家的表述中也有所体现,诸如马原就曾这样说过:"作家一开始关心内容,但是到了85年的时候内容已经不能满足那些有独创性的作家们的热情了,所以大家不约而同向方法论这个方向突围,被称先锋就是(缘于)在方法论上的突围。"①

那么,中国先锋小说的"反叛"是以何种方式进行的?首先在艺术观念上,正如马原所说,先锋小说家们对作品构思的思考起点发生了位移,从"写什么"向"怎么写"转变,从理论上说,这有可能造成这样一种情况:在传统作家(相对于先锋小说作家而言)那里,同一个故事素材无论如何调整其结构与遣词造句,从本质上来说,其仍旧是一个文本,因为其关注的重点或者说全部重心都在于将这个故事完整地艺术化呈现出来,然而在先锋小说作家那里,由于从创作之初其关心的就是叙述行为,所以很可能同一个故事素材可以处理成完全不同的小说文本。但"观念"并非"现实",先锋小说家们需要拿出具体的操作方案以对这种"观念"加以实现。他们所借助的手段即是叙述圈套的设计、叙事迷宫的营建、空缺技法的使用,等等。但需要指出的是,这些具体的写作技巧并非先锋小说家们的发明——事实上,理论界早已在罗伯·格里耶、加西亚·马尔克斯、博尔赫斯等欧洲、美洲作家的作品中找到源头——而这一点也恰恰构成了中国先锋小说之"先锋"的西方来源的又一证据。

综上,我们可以将上一节中先锋小说概念的"最低限度"进一步整合表述为:先锋小说是在大规模西方哲学思潮与文学思潮涌入的背景下,以马原等人为代表的部分作家进行了一种将叙事行为置于故事内容与思想之上的、带有艺术实验性质的小说创作尝试,这种小说广泛吸收了西方(后)现代派文学及拉美20世纪小说创作实践的思想与技法,通过大量构造(运用)"叙述圈套""叙事迷宫""空缺"等叙事技法进行创作,表现了一种与此前中国小说传统与审美形式截然不同的美学范式,这被当时的理论与批评界视为一种具有开创性意义的创

---

① 木叶. 先锋之刃 [M]. 上海:上海人民出版社,2018:12.

作实践。

## 二、关于先锋小说的断代问题

（一）文学流派断代的理论概说

作用于学术讨论的概念界定与文学现象命名基本是借助于归纳式的思维方式实现的。换句话说，论者是通过对已产生的文学文本中就其审美倾向、价值取向、美学诉求等方面的一致性或相似性中抽取共性的特质进行的概括与总结。那么对拟概括与总结对象的产生、终结时间的判定就是首先需要完成的工作。但是文化现象尤其是文学现象具有自身的复杂性：其一，一个文学现象、文学流派可能存在着多个对其具有意义的时间节点，例如对于起始时间来说可能有该流派最初发轫的时间、形成高潮的时间、被理论界和批评界关注并集中讨论的时间；而对其终结时间的判断也存在着参与者退场（或转型）的时间、被理论界和批评界边缘化的时间等几个选项，这就要求我们要根据不同的情况做综合的考量；其二，文化现象的时间节点一般具有模糊性，换句话说，以被理论界和批评界关注的时间为例，我们很难认定一种文学现象是从具体哪一篇评论开始进入了理论界和批评界的关注视域的，同时也很难认定哪一篇评论是其被集中讨论的开始，也就是说，我们只能在一种模糊的、笼统的意义上界定这一范围——任何想要对一种文化现象列出精确的发展时间表的尝试大都可能陷入无法找出具有合法性、适恰性理据的窘境。

（二）文学事实论域内先锋小说的断代依据及其结论

对于先锋小说来说，我们可以梳理出这样一条时间线：1984年《西藏文学》在第8期发表了马原的短篇小说《拉萨河女神》，次年的《上海文学》在第2期上发表了马原的《冈底斯的诱惑》。与此同时，残雪的短篇小说《山上的小屋》和《公牛》也分别发表于该年《人民文学》

第8期和《芙蓉》第4期上。而《西藏文学》则在是年的第6期推出"魔幻小说特辑",其中发表了扎西达娃的中篇小说《西藏,隐秘岁月》。上述这些作品的发表一般被文学史视为先锋小说的某种开端。随后《西藏文学》《收获》《人民文学》《福建文学》《春风》《中国》《作家》《解放军文艺》《上海文学》在两年内陆续发表了马原、残雪、扎西达娃、北村、洪峰、孙甘露等作家的多篇作品。与此同时,批评界与理论界虽然已经对上述作家作品进行了关注,但这种关注是较为有限的,前者表现为上述很多作品都出现在了1985、1986两个年度比较重要的几部小说选本①里,后者则表现为在这两年中以上述作品为讨论对象的批评文章仅有不到十篇。据一些文献记载,由于这一时期小说创作出现了很多新变化,所以以当时的传统批评方法已无法言说,而新的批评思路又没有出现,故批评界和理论界在面对他们时存在着一种普遍的失语状态,吴亮就在《新小说在一九八五年》的前言中这样写道:"往年,几乎没有无法评论的小说,但这种情况在一九八五年不存在了,评论感到了无法言说的困难……"②而1987–1988年则是先锋小说高潮迭现的黄金时期:其一,后来被指认为先锋作家群体的成员全部出场,他们在全国各大刊物上发表了近百篇作品,其中不少成为后世文学史中言必提及的经典性作品,如《十八岁出远门》(余华),《错误》(马原),《飞越我的枫杨树故乡》(苏童),《瀚海》(洪峰),《信使之函》(孙甘露),《一九三四年逃亡》(苏童),《风马之耀》(扎西达娃),《迷舟》(格非),《一九八六年》(余华),《桑园留念》(苏童),《现实一种》(余华),《枣树的故事》(叶兆言),《褐色鸟群》(格非),《罂粟之家》(苏

---

① 这些选本有《新小说在1985年》(吴亮,程德培选编,上海社会科学院出版社)、《1985年小说在中国》(韩少功等选编,中国文联出版公司)等。

② 吴亮,程德培选编.新小说在1985年[M].上海:上海社会科学院出版社,1986.前言第2页.

童）等，马原和残雪则推出了他们各自的首部长篇小说《上下都很平坦》和《突围表演》；其二，《人民文学》《收获》等刊物都纷纷为这种新型小说刊发专号，如《人民文学》1988年第1、2期合刊，《收获》的1987年第5期与1988年第6期；其三，评论方面，自吴亮在1987年《当代作家评论》第3期上发表《马原的叙述圈套》一文后，相关评论和研究似乎找到了合适的方式，开始井喷。据统计，这两年中与此相关的评论文章近五十篇，而"先锋"一词也首度现身。但是，这种盛景并没有持续很长时间，就在1989年左右，先锋小说开始出现了走弱迹象，虽然有新生力量如潘军、吕新等人加入其中，但无论是从作品发表数量还是从批评界和理论界的反响来说都已不能与之前同日而语。

根据上面的讨论，本书认为，在文学史意义上作为一种文学思潮的先锋小说存续时间大致可以划定为20世纪80年代中期至90年代初期。

对于其起始时间来说，"20世纪80年代中期"的这个判断基本覆盖了1985–1987年先锋小说发轫、形成高潮及被理论界和批评界关注并集中讨论的三个时间点。

对于其终结时间——"20世纪90年代初期"——而言，我们的理由有如下几点：一是从1989年开始，在创作方面来看，先锋作家群体开始发生分化，马原逐渐搁笔，苏童、叶兆言开始转向"新写实"，余华的"写作出现了变化"，"原先的这种和'现实'，和日常经验的'紧张'关系，在《在细雨中呼喊》中有了缓和"[1]，洪峰则开启了通俗文学的写作，虽然格非、北村、孙甘露等人此后依旧进行了很长时间的先锋试验，但是先锋小说作为一种文学史意义上的思潮的特征却逐渐消失，其在文坛的地位也被逐渐边缘化，洪子诚就曾这样说道："在

---

[1] 洪子诚. 中国当代文学史（修订版）[M]. 北京：北京大学出版社，2007：300.

八九十年代之交的'转折'的历史语境中，'先锋小说'作家的写作很快分化，大多数的'先锋'色彩减弱，后继作品也不再被当做有相近特征的潮流加以描述。"① 二是期刊对先锋小说的态度开始转变，不仅从1989年开始相关"专号"已较为鲜见，而且先锋小说家们作品发表数量也在逐年萎缩。三是从评论界的反映来看，此前给予先锋小说大力称赞与支持的评论家和理论家们内部出现了分化，且否定、批评的声音逐渐走强②，后来随着吴亮（始终力挺先锋小说的重要评论家之一）向其他艺术领域评论的转向，原有的所谓"先锋批评家"群体至90年代以后已不复存在。四是后起的部分先锋作家开始对批评界表示不满，认为"批评界在先锋文学上犯了许多过失"③，并表现出一种极端的隐世主义态度。后两点之所以重要，是因为在当下学界，比较具有共识性的观点是，20世纪80年代先锋小说的发生是与批评界，尤其是与先锋批评（或称"新潮批评"）的大力支持分不开的，而批评界态度的转向及先锋小说内部对批评界的声讨无疑具有某种症候性意味。所以，从以上几点来看，将先锋小说的终结时间大致圈定在20世纪90年代初期是比较合适的。

（三）社会历史语境下的先锋小说断代结论合理性再阐释

认为先锋小说始于20世纪80年代中期，终于90年代初期的观点并非为本书独创，而是当下学界带有某种共识性观点。本书之所以赞同这一说法，除了上述纯粹文学事实的支撑以外，更重要的是其背后还

①　洪子诚. 中国当代文学史（修订版）[M]. 北京：北京大学出版社，2007：295.

②　最典型的一个例子是在1988年年末由当时的《文学评论》编辑部和《钟山》编辑部在杭州举行的"现实主义与先锋派文学"研讨会上，曾为"先锋小说"积极推动者的李劼之所以对其感到失望，就是认为他发现"先锋小说"担负不起这一"重任"，感叹"中国缺少精英文学"（李兆忠. 旋转的文坛——"现实主义与先锋派文学"研讨会纪要 [J]. 文学评论，1989（01）：28. ）.

③　此语出自当时的青年批评家朱大可。见：朱大可，张献，宋琳等. 保卫先锋文学 [J]. 上海文学，1989（05）：77.

隐藏着当时中国政治历史语境及其隶属于这种语境下的社会文化环境的因素影响。由于此时的中国刚刚从"文革"与极左的阴霾中走出，社会未来的发展路径还未确定，而此时随着"东欧剧变"，共产主义运动在世界范围内遭遇重大挫折。在这种背景下，当时的社会存在着一种情绪大于理性的症候性特征，而这种"情绪"是由两股力量叠加、交织而成：其一是对漫漫探索之路跋涉中的焦虑；其二是对未来美好生活想象的急切期待。并且，这种特征尤为突出地表现在文学领域，这恐怕是由于文学自身的独特品格决定的，一方面文学被视为现实的反映，而另一方面它又可以被视为"理想"的提前抵达方式——尽管无论是前者还是后者都是通过一种非现实化的审美方式实现的。而上述论断并非仅仅停留在理论思辨层面，当时活跃于文坛的很多作家、批评家都在后来提到过这一点。比如，李陀在2004年接受查建英采访时说："八十年代一个特征，就是人人都有激情。什么激情呢，不是一般的激情，是继往开来的激情，人人都有这么一个抱负。"[1]他回忆道："当时朱伟一家，张承志一家，何志云一家，我一家，我们四家人，住得都很近。跟郑万隆也不算太远，他住在朝阳门内北小街。这几家那时候来往太经常了。有一次，我、承志、万隆、建功，四个人大概是傍晚见面，是夏天，没地方去，只好一边走一边聊，后来干脆就坐在马路沿儿上聊——就我家那楼底下的马路沿儿。聊到半夜，饿了，也没东西吃，怎么办？那时候哪有什么夜宵？路边有西瓜摊，就买西瓜，把大西瓜就在马路沿儿上一砸，磕裂了，几个人吃西瓜。那次好像聊的时间很长，而且一直是讨论文学，等到分手的时候，记得已经是黎明，天都快亮了。"[2]虽然李陀在这次访谈中把上述现象的原因归结为80年代人与人之间独有的"友情和讨论"，但在笔者看来，李陀谈论的立

---

① 查建英主编. 八十年代：访谈录 [M]. 北京：生活·读书·新知三联书店，2006：252.

② 查建英主编. 八十年代：访谈录 [M]. 北京：生活·读书·新知三联书店，2006：262.

足点是非常私人化的，如果将其置放在当时的社会历史语境下，这种非常私人化的"友情与讨论"恰恰是本书所言的"情绪大于理性"的社会症候性特征的一种具体形态。而当时包括先锋小说在内的中国现代派文学的出现也正是这种社会症候性特征在文学上的反映——倚重西方20世纪的文学与理论资源谋求一种变革：其一方面需要满足与"文革文学"那种僵化的美学观念决裂的需要，另一方面需要满足对中国文学未来现代化图景的想象。而对于先锋小说而言，其又与中国现代派文学的其他样式在上述意义上具有更为突出的优势——在后续部分中我们将要提到，先锋小说的一个突出特征是创作观念上由"写什么"向"怎么写"的转变，如果我们将其置放于当时的历史语境与文学环境中就会发现其独特意义所在：虽然70年代末以来的伤痕文学、反思文学、改革文学的思潮在思想层面上已经开始了对"文革文学"及其规范的绝地反击，但就创作手法、语言使用等艺术层面来看，其仍旧是"文革文学"的某种延续，而先锋小说出现之前的寻根文学与现代派文学（特指以刘索拉、徐星等人所代表的文学样式）虽然比上述流派前进了一大步，但先锋小说拒绝表达思想、取消意义传达的美学观念自然是寻根文学与现代派文学所无法比拟的——虽然，在后文中我们将会发现，对先锋小说拒绝思想与意义的判断可能并不是事实。

对先锋小说起始时间为80年代中期的判断正是依据中国这一时期"情绪大于理性"的症候性社会特征并结合当时文学思潮的发展脉络做出的。而随着90年代初期，尤其是党的十四大的召开等一系列有利于中国社会与经济发展的历史事件的发生，这种症候性特征也逐渐消退，先锋小说的退场就成了自然而然的事情了。

在这里还需要进一步说明的是，正如本章开篇所说，我们上述对先锋小说概念的界定仍然是一个逻辑上不算周延、史实覆盖不算全面的讨论，或者毋宁说，上述界定只是我们对先锋小说概念所做出的"最低限度"规定的丰富。因为，对于一个概念来说，除了落实到纸面上的表述以外，还需要对其涉及的一些隐含着的问题进行讨论，因为这些问题构成了概念之所以需要予以界定的必要性、合法性与适恰性的理据。比如，至少还存在（但不限于）以下问题应该被进一步讨论。

一是先锋小说与现实主义、现代主义的理论关系。这个问题之所以重要，是因为如果不对这个问题加以辨析，那么先锋小说在文学史中的异质性就无法得到确证，这样一来，其在文学史中地位的合法性与学理性依据势必会受到盘诘和质疑。

二是概念所涉及文学现象的艺术效应。对一个文学流派进行命名，其并不只是因为这些作家具有一致的创作倾向或美学倾向，更在于其在文学史中是富有意义的，换句话说，其存在构成了后续文学史发展的一个基点，甚至对后来的文学创作主流形成了一定的影响，这才是对其命名在学理上的合法性所在，没有这一点，所谓的"命名"不过就是一种理论游戏。所以从这个意义上说，一种文学现象所产生的艺术影响与艺术效应也许不是概念表述中所必须提及的内容，但却是概念界定时不可或缺的前置条件，是概念之所以有必要进行界定的理据所在。

对上述问题（包括与之相关的其他问题）的详细讨论我们会在后文中逐步展开，之所以这样做，一是因为从谋篇布局的角度说，本章再讨论这些问题，篇幅会显得过于臃肿；二是因为从逻辑角度说，在此处讨论这些问题，势必影响后文相应部分论述的流畅性，而与此同时，这样做也会使我们在审视这些问题时视野变得更开阔、讨论变得更深入。不过，这也提示我们，先锋小说的概念在不同的问题域中具有不同的面向，甚至可以说，对先锋小说诸问题的讨论本身就是在不断对"何谓先锋小说"这一问题进行回答——这或许也是先锋小说在概念界定过程中会产生如此繁多龃龉与矛盾的重要原因之一。

# 第二章

# 多种力量耦合下先锋小说的发展脉络

## 第一节　影响先锋小说历史发展、变化的多重因素

### 一、1978-1985年的中国与先锋

作为一种历史常识，20世纪七八十年代之交对于整个中国来说是所有领域经历巨大变革与动荡的时代，似乎"凤凰涅槃"四个字正好恰如其分地形容出了这一时期的某种症候性特征。首先是"四人帮"垮台之后的思想风向的调转，其后是提出"改革开放"的十一届三中全会的召开所带来的政治、经济的整体转向。但是，值得注意的是，如果认真剖开历史的细节细察而非仅仅停留在泛泛之论的话，我们会发现，在历史事实的纵深处隐藏着的这条看似平滑的发展线索，其实充满着褶皱，甚至是分叉开来的线头。因为，这一时期不单单是有"两个凡是"的思想干扰与1976-1978这两年的徘徊，事实上，"犹豫"与"徘徊"从某种意义上说一直是整个八十年代中国社会与中国思想界的时代性症候。只不过，十一届三中全会召开以后，改革开放政策这一根本规定性的提出确定了"将工作重心转移到经济建设上来"的时代

主题和未来中国的发展路向。这样，一方面当时政治领域、经济领域、文化领域乃至意识形态领域虽然时常还会爆发十分激烈且带有根本性质的问题的争论，但上述总体规定性的确定及其强大的群众基础已经使争论本身在某种意义上失去了逃逸的可能性，所以即使某些争论本身具有强大的对上述根本规定性的细节问题进行调整，甚至重构的力量，但这种力量却反而往往会进一步强化根本规定性的权威，乃至完善根本规定性在细枝末节上的不完善性；而另一方面，随着我们与这个时代的渐行渐远，某些带有"细枝末节"性质的问题已经被其后史书上的"宏大叙述"所遮蔽与掩盖。然而，更加复杂的地方或许在于，根本规定性的确立并不能从根本上对所有问题给出明晰而确切的答案。历史是人的历史，它本身就是流动发展、变动不居的，根本规定性的确立或许在适应当时社会总体客观现实的意义上并不存在问题，但其在历史的局部、在地理意义上的局部、在政治文化空间的局部一定会存在着不和谐，乃至根本抵触的情形——这并非依靠某种伟大的智慧就能予以有效克服的。因为，从某种角度而言，人及历史的全部意义正蕴含于此。而在尘埃落定已经几十年后的今天，当我们再打开这些褶皱、展开这些局部时，或许从今天的视角窥去，我们又会发现一些非同寻常的东西，而这正是历史成为一门学问的价值和意义所在。

政治转向、经济改革、思想解放，看似三个领域的各自实践，其实却是同一个逻辑链条上的必然反映，而由此带来的西方思潮的大规模涌入，更是上述装置（如果将上述三个领域的变革看作一架精密机器的不同部分的话）运行中必然带来的结果。当时的中央高层显然对此有了清晰的判断与准备。邓小平在中国共产党第十二届中央委员会第二次全体会议上所做的讲话中就明确提出了这一问题，他说："对于现代西方资产阶级文化，我们究竟应当采取什么态度呢？经济上实行对外开放的方针，是正确的，要长期坚持。对外文化交流也要长期发展。

经济方面我们采取两手政策，既要开放，又不能盲目地无计划无选择地引进，更不能不对资本主义的腐蚀性影响进行坚决的抵制和斗争。为什么在文化范围的交流，反倒可以让资本主义文化中对我们有害的东西畅行无阻呢？我们要向资本主义发达国家学习先进的科学、技术、经营管理方法以及其他一切对我们有益的知识和文化，闭关自守、故步自封是愚蠢的。但是，属于文化领域的东西，一定要用马克思主义对它们的思想内容和表现方法进行分析、鉴别和批判。西方如今仍然有不少正直进步的学者、作家、艺术家在进行各种严肃的有价值的著作和创作，他们的作品我们当然要着重介绍。但是，现在有些同志对于西方各种哲学的、经济学的、社会政治的和文学艺术的思潮，不分析、不鉴别、不批判，而是一窝蜂地盲目推崇。对于西方学术文化的介绍如此混乱，以至连一些在西方国家也认为低级庸俗或有害的书籍、电影、音乐、舞蹈以及录像、录音，这几年也输入不少。这种用西方资产阶级没落文化来腐蚀青年的状况，再也不能容忍了。"[1]显然，邓小平的讲话其本质上还是毛泽东所言的"取其精华、去其糟粕"的延伸和释义。从一般性政治原则阐述的角度来看，邓小平的上述讲话无疑是正确的，他直接切中了当时中国思想文化领域所面临着的巨大挑战，也从现实情况出发提出了具有针对性的解决方案。但问题在于，上述原则与解决方案如何在操作层面得到有效的落实，尤其是怎样辨识西方文化思潮中"精华"与"糟粕"及其准确界限，这恐怕是这一时期文化领域所面临的最直接，同时也是最棘手的问题。

可以说，自人类文明产生之初，政治与文化就是相伴而生、相辅相成的，如果说在不同的历史时期，这一关系因其他因素的改变而出现过这样、那样的变化的话，那改变的也仅仅是二者衔接与结构的关系，而二者存在相互联系与相互影响的事实是无法改变的。在1978-

---

① 邓小平文选（第三卷）[M]. 北京：人民出版社，1993：43-44.

1985年这个历史时段中，中国社会的政治与文化因此前高度一体化的国家管理体制与思想动员机制及其强大历史惯性，其联系是极为紧密的。换句话说，很多政治上的问题都会有与之同构或同质的文化问题相伴产生。具体说来，1978-1985年中国在政治上的核心问题是，我们究竟是要开放国门融入世界政治经济体系还是继续自成一统，延续此前的、发端于苏联的社会主义革命与建设试验。而在文化上，这一问题则被转化为，我们究竟是应该继续延续此前的文化实践还是应该主动打开国门，允许原先被我们视为洪水猛兽的西方资产阶级文化的入侵。此后历史发展的事实给了我们明确的答案，即打开国门是必需的，但并不是不讲原则的；接受外来文化是必要的，但并不是照单全收、全盘吸纳。虽然在今天看来，这样的选择具有某种历史的必然性，但是，更需要引起我们注意的是，上述答案并非一开始就得到的，而涉及其中更为细小的规则、尺度乃至细节的处理与把握，时至今日仍然存在着探讨与反思的空间。或许，从某种意义上来说，对于1978-1985年这一历史时段的中国而言，正因为政治抉择的种种不确定性，反而为形形色色的文化选择提供了生存与活动的空间。在这种情况下，文学艺术领域的种种探索和实验不但在客观上变得可能，在主观上也变得主动与活跃——因为，一种类似于"天将降大任于是人也""时不待我"的回答时代与历史命题的使命感与紧迫感，使得很多人躁动不安，跃跃欲试——这构成了这一时期"文学中国"图景形成的总体背景与生存环境。

## 二、1985年的社会情绪与文坛变革

1985年，对于中国当代文学来说，是极富意味的一个年份。在这一年，大批后来被文学史列为代表性作家的文坛新秀相继抵达文学现场，众多将要被后世文学史推上圣坛的经典文学大量涌现，而数个将

要在三十多年后的今天仍然被理论界和批评界津津乐道的文学流派与文学现象也正在枕戈待旦，准备赶赴疆场。尹昌龙在为谢冕主编的《百年中国文学总系》撰写80年代卷时就选取了1985这个年份，并将书名定为《1985：延伸与转折》。在书中，尹昌龙满怀感慨地这样写道："回到1985年，回到'令人困惑的神秘莫测的1985年'，我们就仿佛回到了80年代的核心地带。在这个不寻常的年头，精神的突然转向，文化的奇异爆发，都像在一夜之间就发生了，并对解释构成挑战。"[①]洪子诚也说："大致在80年代中期，文学界革新力量积聚的旨在离开'十七年'的话题范围和写作模式的'革新'能量，开始得到释放，创作、理论批评的创新出现'高潮'。因为1985年发生的众多文学事件，使这一年份成为作家、批评家眼中的转变的'标志'。"[②]也正因为这个原因，"以1985年前后为界，80年代文学可以区分为两个阶段。"[③]而被今天认为是先锋小说肇始之作的中篇小说《冈底斯的诱惑》也正是在这一年被它的作者马原风尘仆仆地送到了时任《上海文学》编辑李子云的案头的。

在笔者看来，1985年之所以成为文学史中"80年代文学"的某种转折，实际上正在于这一时期政治／文化形势、文学／文化积累与社会情绪三者之间形成了一种充满张力的微妙平衡。在这里，我们在上述概念中使用了符号"／"，意在说明，在本书的叙述框架下，基于当时的历史语境来看，"／"前后的概念具有高度的相关性，政治形势的变化事实上也要求、规范着文化形势的同步演进，文学的蓄势本就是文化的迭代与更新，或许毋宁说，"／"前后本就是二位一体、不可分割的，是同一变化在不同范畴下的显现与表征。还需进一步说明的是，本小节与上一个小节内容看似雷同，实则有本质规定上的差异，本小节内

---

①　尹昌龙. 1985：延伸与转折［M］. 北京：人民文学出版社，2017：25.

②　洪子诚. 中国当代文学史（修订版）［M］. 北京：北京大学出版社，2007：201.

③　洪子诚. 中国当代文学史（修订版）［M］. 北京：北京大学出版社，2007：200.

容更为侧重1985年前发生的事件对1985年及其后续文学发展所造成的持续性影响，而上一小节的内容则侧重其对1978–1985年中国文学场域的即时性规训。

（一）政治/文化形势

要说明1985年的政治/文化形势，就不能不对在此之前的情况做出必要的说明。自1978年年底，党的十一届三中全会召开以后，"左"的迷雾逐渐消散，政治气候在大方向上开始趋于晴朗。但是，这种整体性的描述并不能遮蔽在个别时段或局部上偶尔出现的紧张氛围。事实上，一直到1985年以前，许多细枝末节的但并非不重要的问题还一直处于模糊或犹疑状态——这种情况的产生并非不好理解，因为历史从来都是前进性与曲折性的辩证统一。从这个意义上来说，邓小平的那句家喻户晓的"摸着石头过河"一语生动而形象地表征了这一时期的中国社会的整体性症候：一方面，80年代的中国所探索的社会发展道路既不是苏联道路的照搬，更不是美国道路的移植，而是要选择开辟第三种可能性——探索一条从来没有人走过的、新的现代化之路。但这一设想的难点在于，对于身处这一时期的中国而言，为此所要付出的努力、代价及其困难程度不但是无法预估的，而且其具体方式、手段，乃至目标都存在着一定程度上的模糊性，并且，这也同时意味着在最初阶段，这种选择即使在理论层面也是一片荒凉之地。所以"摸着石头过河"的"摸"字表征了这种选择的极强的探索性质及某种"填补空白"的历史意味。再延伸一步说，从今天的视角回头望去，"摸着石头过河"一语的确也形象地描述出了中国探索第三种道路上艰难、曲折的跋涉历程——无论是在国家建设上，还是在思想文化的发展上，中国始终处于一种艰难探索的状态。这也是讨论这一时期政治/文化形势无法回避的背景。

翻阅这一时期的历史大事年表，我们可以清晰地看到，政治/文化领域的伸展与收缩，都会决定性地影响文学的发展进程。在这其中，解放思想、改革开放、建设社会主义现代化国家的重大决策虽然提供了总的发展方向和历史指引，但反对资产阶级自由化、“清除精神污染”等口号和运动也在不同程度地影响着当代文学的阶段性发展走向，其中显示出了颇为复杂的“进”与“退”的历史犹豫和逻辑缠绕。

在我们看来，评价这一时期的上述情况，其实很难用带有定性意味的方式对其进行总体性概括。即便从历史唯物主义的角度站在今天的视野来看，虽然在总的发展趋向上，中国当代文学在总体大原则、大方向的规定下始终处在不断进步、不断成熟的道路上，但是当时历史细节中还是存在着某些“褶皱”，甚至是“倒退”。然而，问题的复杂性可能更在于，即便是这些“褶皱”与“倒退”，经过此后的历史进程检验，也不能用简单的“对”与“错”进行评判，因为其背后所包含着的担心在后来被证实有很多不但不是多余的，而且是极其必要的，只不过在当时具体政策的执行与掌握的“度”的意义上可能还存在着商榷的可能性罢了。

（二）文学／文化积累

单就文学发展角度而言，1985年的变革也并非突然发生的，这需要自1978年开始的文学／文化积累作为足够的铺垫。这种“铺垫”的内容大致可分为两类：一是对与此前“文革文学”的美学规范相异质的其他文化／文学资源的重新接纳与吸收；二是不同向度的文学实践为已封闭数年的文学界开辟意识形态容纳空间与读者阅读心理空间。

就前者——即对与此前“文革文学”的美学规范相异质的其他文化／文学资源的重新接纳与吸收——而言，它既包括而又不限于以下四类：①重新发掘中国古典文学／文化资源；②吸收现代西方文学／文化资源；③接续“五四”文学／文化资源；④恢复自1942年毛泽东的《在延安文艺座谈会上的讲话》发表到“十七年”期间的左翼的、革命的文学/文化资源。从某种意义上说，这是一个极为庞大的系统性工程，它不单单是需要文学界的努力，而是还需要其他文化行业（如出版业）的支持，也需要其他艺术门类（如美术、音乐等）的"辅佐"，当然，我们这种"支持""辅佐"的表述是以文学为视角展开的，事实上，这本身也是这些行业与艺术门类促进自身在当时的历史环境下恢复与发展的客观需要。

就后者——即不同向度的文学实践为已封闭数年的文学界开辟意识形态容纳空间与读者阅读心理空间——而言，我们将在后文看到，"伤痕文学"、王蒙这一时期的创作和现代派文学的产生，都起到了这种作用。但是，需要进一步指出的是，上述三项只是我们提纲挈领式地指出1985年最为主要的文学积累，而事实上还有一些其他作家或文学活动家的文学实践也都在某种程度上对1985年的文学变革起到了一定积极的助推作用，只不过这些文学实践与1985年没有那么翔实而紧凑的因果关联，例如汪曾祺对沈从文所代表的京派文学传统的恢复与重新阐发，就不能不说也对1985年的文学变革的发生构成了一定意义，只不过这种意义或许需要我们另行撰文进行深入的研究与梳理。

而上述两大因素与80年代普遍存在的"现代性焦虑"的社会情绪的叠加，从某种意义上构成了1985年文学变革的重要动力。

### 三、时代之交的文化环境变迁

对于中国历史而言，20世纪80年代末、90年代初是一个极其复杂的时间点，在汪晖的意义上，这是中国的"短20世纪"行将结束的时刻。所谓"短20世纪"，是指"从辛亥革命（1911）前后至1976年前后……亦即中国革命的世纪"[①]。在汪晖看来，"这个世纪的序幕大致可

---

① 汪晖. 去政治化的政治：短20世纪的终结与90年代 [M]. 北京：生活·读书·新知三联书店，2008：1.

以说是1898年戊戌改革失败（尤其是1905年前后）至1911年武昌起义爆发的时期，而它的尾声则是70年代后期至1989年的所谓'80年代'"①。在这里，汪晖以注释的方式进一步解释道："就政党和国家体制的转化而言，70年代中期以降的理论争论延续至整个'80年代'。自80年代中期开始，这一体制内争论的模式发生了重要变化：随着新生力量的涌现和论题的转变，文化和政治的讨论不再局限于党—国体制内部。尽管这一时代的许多发展为90年代的'去政治化的政治'奠定了基础，但就这个时代本身而言，我们仍然可以从党—国体制内部和体制外部发现充满张力的'政治文化'。"② 相较之下，"90年代"则意味着"从80年代末叶发展至今的一个进程，其特征是市场时代的形成以及由此产生的复杂巨变……"③ 而在先锋小说的历史谱系中，"短20世纪"的终结也恰恰是其作为一种文学/文化思潮烟消云散、从今天所书写的文学史中结束的一刻。

在这个时间点上，应该被予以考察的、与"先锋小说"有关的历史变量主要有两个：

其一是政治变量。随着"东欧剧变"及此后即将发生的苏联解体，全球红色的左翼力量即将撤退至历史舞台的后台，而作为世界上为数不多的仍然坚持走社会主义道路并且试图将其进一步根据本国国情进行本土化改造的国家，中国势必要进行各个领域的进一步改革。

其二，在此后不久，社会主义市场经济体制将作为一种崭新的经济管理体制得到切实的确立与政策上的追认，在这种情况下，"市场"

---

① 汪晖. 去政治化的政治：短20世纪的终结与90年代［M］. 北京：生活·读书·新知三联书店，2008：1.

② 汪晖. 去政治化的政治：短20世纪的终结与90年代［M］. 北京：生活·读书·新知三联书店，2008：1页注释［1］.

③ 汪晖. 去政治化的政治：短20世纪的终结与90年代［M］. 北京：生活·读书·新知三联书店，2008：序言1.

不可避免地向"理想"展开疯狂进攻。作为一种"文学理想","先锋"也必然受到碾压。而从另一方面讲,"先锋"本身从一开始就不存在向"大众"妥协的基因,而当"大众"被"市场"置换,此前对"先锋"鼎力支持的力量(例如期刊、文学评论家)也不得不选择退场——因为,如果说在"非市场"环境下,这些力量还具有抛弃"读者"的勇气、不低头于"大众"的"理想"的话,那么在"市场"面前,一切"勇气"和"理想"都将不可避免地遭到碾压,以至于毫无还手的可能。

换句话说,本就以抛弃一切、蔑视一切为重要内在品质的"先锋"在80年代末、90年代初已经变得与各种文化构想皆不兼容,离场已经变得势所必然。

## 第二节　准备:"先锋"发轫前的多维空间的生成与拓展

在很多讨论中,先锋小说在20世纪80年代中期的突然崛起多少具有某种横空出世的味道,而笔者认为,上述看法乃是一种幻觉。从某种意义上说,如果我们将先锋小说在艺术上的探索看作那一时期中国当代艺术美学的某种变革的话,那么这种变革的因子其实早已深刻植根在"文革文学"与"新时期文学"的断裂处。或许可以更具体地说,正是这一时期特殊的历史环境,叠加当时复杂的国内外政治经济条件与文学艺术领域在世界范围内的某种变化,使得先锋小说的发生具有了一种必然性意味的契机。本节试图以文学史中的几条线索的梳理,来辨析这一问题。

在进入问题之前,我们有必要对两个前置性问题做出说明:一是,在笔者看来,对发轫于80年代中期的先锋小说的讨论,不能不涉及

1978–1985年的中国文学整体状况——甚至将这种追溯一直延伸到"文革文学",乃至十七年文学,也是合理而必要的。此种"追溯",或许在后现代主义、解构主义盛行的今天显得颇为不合时宜,但是在这里,我们需要强调的是,这并非一种生硬套用达尔文主义或者历史唯物主义的机械推演,而是从这一时期美学范式变化着眼的事实考察;二是,如果单纯考察这一时期的文学流派命名,我们会发现,其大都显示出了极强的现实性与政治性,由"伤痕"而"反思",由"反思"而"改革",从当时这些文学命名中我们就能直观地看出社会的变化。"伤痕"是对"文革"和极左路线的图解式控诉,但其中却缺乏对类似于"接下来我们将向何处去"这种根本问题的思考,而"反思"的出现适时地弥补了这种缺陷,"改革"的呼声则将"反思"中内含着的不确定性剔除,最终将文学当时的社会功能由矛盾与迷失的暴露"矫正"为坚定社会理想与强大精神力量的引导与灌输——在这里,文学显露出了强大且不躲闪的政治同盟者属性。及至寻根文学,虽然其政治同盟者的属性已经极为弱化,但无法否认的是,其中蕴含的根本诉求仍然是为中华民族的未来寻找可能的发展方向。换句话说,这一时期文学发展的主要特点是其与当时的社会现实,或者更准确地说是与当时的政治态势有着密不可分的联系。我们认为,只有把握住了上述两点,我们以下的论述才具有有效性和适恰性。

## 一、"伤痕文学"与《班主任》对"先锋"政治空间的拓展

1978年,对于中国来说是一个风云变幻的时期,随着"文革"的结束、"四人帮"的被粉碎,之前已经形成的一整套以政治为核心的文化范式都受到了质疑与重估,虽然在这个过程中,迟疑、踌躇不时出现,但历史大势已经造就,旧的范式的解体已经成为历史的必然,在这种情况下,与这一政治结构和文化范式具有高度同一性、紧密联系

在一起的美学范式的解体也变成理所当然。但与此同时，更为重要的问题在于，不同于后现代主义式的去中心化解构，新的范式的确立是需要重新确立价值标准与意义体系的，而在旧范式解构之时，显然新范式的踪迹还不甚清晰。从某种意义上说，此时的文化工作者们，所能知晓的原则只有一条，那就是新的范式必然是与旧范式水火不容、截然对立的，这条原则看似粗糙，但实际上却真实地构成了这一时期文学艺术工作者们唯一可以遵循和把握的美学准则，而伤痕文学正是在这一意义上发轫并产生出来的，而从一定角度来看，这也是这一时期文学作品显得比较粗糙、艺术价值较低的主要原因。

提到"伤痕文学"就不得不提到刘心武发表于1977年第11期《人民文学》上的短篇小说《班主任》，因为它是当下文学史书写中绕不过去的"经典"，这种地位的指认至少在今天看来仍然无可争议、当仁不让。但是，其中可能值得玩味的恰恰是《班主任》的"经典地位"中存在的缝隙与龃龉。单纯从文艺美学角度考量，《班主任》实在难称上乘之作，其在语言表达、人物塑造、情感传达上都存在着一定程度的硬伤，加之其本身立足于对极左路线的图解式控诉，使作品本身在审美意义上很难立足于中国文学经典之列。而这种看法并非笔者的一己之见，事实上，就连该部小说的作者刘心武也对此毫无讳言，他曾坦言："就文学论文学，《班主任》的文本，特别是小说技巧，是粗糙而笨拙的。"[①] 而需要进一步指出的是，《班主任》的作者刘心武本身并非"时势造英雄"式的"一本书作家"，他在漫长的写作生涯中创作了许多优秀的作品，例如长篇小说《钟鼓楼》是当代文学史中极为上乘之作。从某种意义上说，《班主任》的创作水准不能代表刘心武本人的艺术造诣，但颇具意味的是他却反而是因为这部作品扬名于中国文坛。

---

① 刘心武. 我是刘心武 [M]. 天津：天津人民出版社，2006：58.

但是，在本书中，上述富有意味的地方可能恰恰是这一时期众多历史褶皱中值得我们细细体察的一处，因为《班主任》的文学史经典地位不是其艺术价值赋予的，而是其某种特定时期的思想价值赋予的——之所以要强调“特定时期”，是因为显而易见的是，倘若《班主任》离开这个特殊的时间定位，那么其文学史的经典性是无法成立的——这显然是一种价值认定意义上的逻辑错位。在这个意义上，有论者曾经指出，《班主任》的文学史经典地位乃是中国特有的“政治—美学”文学史书写范式的突出弊病之一。然而，这种观点可能忽视了这样一个事实：即便是从纯粹文艺美学视角书写文学史，是否可以将《班主任》赶下经典神位，都可能是一件不能言之凿凿的事情。因为，从某种角度细察，剔除掉《班主任》的文学史，有可能会出现无法解决的逻辑断裂问题，这其中的原因在于，《班主任》文本当中实则隐藏着某种美学范式变革的萌芽和始端。

上述说法可能会遭到某种程度的质疑，因为单就美学角度而言，《班主任》不但没有脱离“文革文学”的书写模式，甚至从某种角度上看，其在审美价值上都无法同“文革文学”的某些质量上乘之作一较高下。但其核心之处则在于，其在思想上已经表达出对其所依傍的美学范式中最核心的理念的控诉与反抗，而这也是让当时的作者刘心武夜不能寐的关键原因。他曾这样回忆道：“1977年夏天我开始在家里那十平方米的小屋里，偷偷铺开稿纸写《班主任》，写得很顺利，但写完后，夜深人静时自己一读，心里直打鼓——这不是否定‘文化大革命’嘛！这样的稿子能公开拿出去吗？”[①]刘心武的担心在后来被证实并非无病呻吟，就在《班主任》发表之后，“有人写匿名信，不是写给我和编辑部，而是写给‘有关部门’，指斥《班主任》等‘伤痕文学’作品

---

① 刘心武. 我是刘心武 [M]. 天津：天津人民出版社，2006：160.

是'解冻文学'（这在当时不是个好谥号，因为苏联作家爱伦堡曾发表过一部叫《解冻》的长篇小说，被认为是配合赫鲁晓夫搞'反斯大林'的修正主义政治路线的始作俑之作。'伤痕文学'既然属于'解冻文学'，自然就是鼓吹在中国搞'修正主义'了，这罪名可大了）。也有身份相当重要的人指责有的'伤痕文学'作品是'政治手淫'（倒不是针对我的《班主任》，不过在那种情况下，'伤痕文学'绝对是'一荣俱荣，一损俱损'，所以我也闻之惊心）。更有文章公开发表，批判这些作品'缺德'，我还接到具名的来信，针对我嗣后发表的《这里有黄金》（那篇小说对'反右'有所否定），警告我'不要走得太远'（来信者称他曾犯过'右派错误'，而那之后对他的批判斗争和下放改造都是非常必要的，收获很大，不容我轻易抹杀）。"①然而，作品本身在发表之后还是受到了绝大多数人的肯定，"《班主任》发表后，读者反响强烈，看到这篇作品的人纷纷给我来信，尤其是当中央人民广播电台改编成广播剧播出后，影响就更大了。北京一些来往密切的业余作者，也都纷纷给予鼓励……当时文学界一些影响很大的人物，像张光年不消说了，正是他拍板发出了《班主任》这篇作品，此外像冯牧、陈荒煤、严文井、朱寨等，都很快站出来支持"②。而从某种意义上说，《班主任》文学史经典地位的形成正是来源于上述双方的论争与互相质疑及其引起的一系列文学的、政治的与社会的连锁反应。换句话说，《班主任》文学史经典地位，是其以引起的巨大社会反响——或者可以称为读者反映——置换文艺美学价值而得来的。但在这里，可能需要予以提醒的是，在某种意义上说，《班主任》能够得以顺利发表，是与新的思想内核装裹上"文革"时期"革命文学"的形式外衣这种写作策略密不可分的——虽然，这是不是其作者刘心武的某种自觉是一个并不好做出

---

① 刘心武. 我是刘心武［M］. 天津：天津人民出版社，2006：162.

② 刘心武. 我是刘心武［M］. 天津：天津人民出版社，2006：161-162.

结论的事情。

上述所谓“读者反映”具有以下意义：一是打破了当时读者阅读的思维定式，为他们接受更新式的文学样式开辟了可能性空间；二是引起了社会上的激烈讨论，为后期具有更激进的文学探索在某种意义上打开了通路。而至此两条，《班主任》所具有的文学史经典地位也是不容置疑的。也正是在这个意义上，《班主任》构成了先锋小说兴起的第一个“准备”。

## 二、王蒙及其创作对“先锋”艺术形式空间的拓展

在今天的文学史叙述中，王蒙在20世纪70年代末、80年代初的创作通常被归为伤痕文学（或反思文学）的范畴内——这种看法显然是存在缝隙和龃龉的。事实上，近年来有很多学者也注意到，王蒙这一时期的创作显示出了深刻的复杂性，并且在笔者看来，这种“复杂性”还会随着时间的流逝不断丰富，显露出更加繁复的潜在价值和隐藏意涵。笔者认为，王蒙的复杂经历与身份是其这一时期创作意义和价值不断生发的内在根源。

在洪子诚的文学史论述中，80年代作家的“主体”由两部分人构成，一是“在50年代因政治或艺术原因受挫者”，他们可被称为“复出作家”（或“归来作家”）[①]；二是“知青”的一群，王蒙自然属于前者之列。在洪子诚看来，“他们50年代提出、实践的文学观念和艺术方法（写真实、干预生活、人道主义、题材扩大和方法的探索等），正是80年代所要挖掘，用以建构‘新时期文学’的历史‘财产’；在观念和艺术上，他们似乎不需要更多的‘转换’，就能加入推动‘新时期文学’的潮流

---

① 除王蒙之外，这些人还包括：艾青、汪曾祺、蔡其矫、牛汉、绿原、郑敏、唐湜、张贤亮、昌耀、高晓声、陆文夫、邓友梅、公刘、邵燕祥、从维熙、刘绍棠、李国文、流沙河等。（洪子诚. 中国当代文学史（修订版）[M]. 北京：北京大学出版社，2007：193.）

中去"①。但是，王蒙在"复出作家"的群体中，显然又具有着极大的异质性。

　　王蒙少年时代即参加革命，新中国成立前夕入党参与共青团的工作并开始进行文学创作。1953年，19岁的他就创作了后来被收入"新中国70年70部长篇小说典藏"的长篇小说《青春万岁》。1956年，王蒙发表了后来在文学史上具有经典地位的短篇小说《组织部新来的青年人》并在当时引起巨大轰动，不过他也因此在当年被划为"右派"。1963年，王蒙出于现实情况的考虑，携妻儿远赴新疆工作生活，这段经历不但成为王蒙生命中最重要的一段回忆，也成为他后来文学创作的丰富源泉。对此，王蒙后来回忆说："不能简单地把我去新疆说成是被流放。去新疆是一件好事，是我自愿的，大大充实了我的生活经验、见闻及对中国、对汉民族、对内地和边疆的了解，使我有可能从内地—边疆、城市—乡村、汉民族—兄弟民族的一系列比较中，学到、悟到一些东西。新疆的干部、作家、群众……都对我很好。""当然，如果没有'反右'运动中被'扩大'，我大概不会去新疆，而那是一件非常痛苦的、荒谬和不幸的事情。"②1978年，党中央开始"拨乱反正"以后，王蒙回到了北京，并继续他的文学创作，次年得以平反。1986年至1989年，他先后担任了中共中央委员、中国作家协会副主席、书记处书记、文化部部长等职。

　　从这段对王蒙简要经历的描述来看，他创作的私人资源大概由四个部分构成：其一是新中国前后的革命与工作经历，其二是在20世纪50年代被错划为"右派"的经历，其三是60—70年代新疆的工作经历，其四是1978年"文革"结束后的返京经历。上述资源的整合与重构或许可以看作王蒙此后创作显示出异质性与复杂性的重要原因。倘若在

---

① 洪子诚. 中国当代文学史（修订版）[M]. 北京：北京大学出版社，2007：193.

② 王蒙. 王蒙文集 第23卷 [M]. 北京：人民文学出版社，2014：66-67.

伤痕文学的视域内审视王蒙70年代末、80年代初的小说的话，我们会发现，王蒙已先期超越了“伤痕”中的自怨自艾与简单的声讨、控诉，在他看来，“谬误不是某些人造成的，而是在历史事件表象掩盖下的人性本身”，而更为重要的是“王蒙潜在的怀疑思想通常是欲说还休，并且掩饰在一些眼花缭乱的意识流一类的小说技巧之下”①。而在这里，陈晓明提到的意识流创作手法正是本书认为王蒙这一时期创作与先锋小说的兴起存在重要关联的关键。

意识流（Stream of consciousness）是西方现代派文学的一种叙事手法，艾布拉姆斯（Abrams，M.H.）在《文学术语词典》（*A Glossary of Literary Terms*）中曾详细梳理过其产生的过程。

> 这是威廉·詹姆斯在他的著作《心理学原理》（1890）中使用的一个短语，用来描述清醒的头脑中源源不断地流动着的感知、思想与情感；自此之后，“意识流”就被用来描述现代小说中的一种叙事手法。……自20世纪20年代开始，意识流这一手法得到了完善；意识流一词用来特指一种叙事模式。这种模式摆脱叙述者的干预，再现人物心理活动过程的整个轨迹与持续流动。在这一流动过程中，人的感觉认知与意识的或半意识的思想、回忆、期望、感情及琐碎的联想融合在一起。②

从1979年至1980年，王蒙以意识流为叙事方法，进行了一系列创作实践，这些作品在后来都产生了不同程度的重要影响，这包括中篇小说《布礼》《蝴蝶》，短篇小说《春之声》《夜的眼》《海的梦》《风筝

---

① 陈晓明. 中国当代文学主潮（第二版）[M]. 北京：北京大学出版社，2013：258.

② ［美］艾布拉姆斯. 文学术语词典（第7版）（中英对照）[M]. 吴淞江等编译. 北京：北京大学出版社，2009. 597–599.

飘带》等。从当时的文献来看，虽然有论者对意识流这种创作手法本身仍有异议，认为"意识流从整体上、根本上说是站不住脚的"①，但同样有很多人对王蒙的此类创作采取了颇为友好的态度的评论出现，他们认为"王蒙近期的一些中、短篇小说被认为是很富意识流色彩的，老实说，他并没有照搬西方的意识流手法，只是作了一些大胆的探索尝试"②，甚至有论者认为，王蒙的小说"因为运用了意识流小说表现人物瞬间的印象、感觉和联想等手法，比较好地发挥了作家的主观作用，深刻地揭示了人物的内心活动；又因为他在探索人物的心理时，总是面向着客观世界，把脚跟牢牢地扎在现实生活的土壤上，使人物的心理与人物的行动、周围的事物、时代的气氛融合在一起，因而深刻地反映了生活的本质"③。

或许，王蒙及其意识流能够被当时的文学界有限度地承认与接纳，与两个因素密不可分。

一是"意识流"传入中国的时间较早，这在一定程度上为其接受奠定了心理基础与容忍空间。据1987年学者史健生在当年《外国文学研究》第4期上发表的《意识流在中国现代文坛上的传播和影响》一文考证，1929年发表在《新月》月刊1卷11号上的、由张嘉铸写的一篇作家专访《沃尼尔》是中国现代文学中最早的介绍意识流的文章。而1944年1卷第2期上由冯亦代翻译的英国作家伍尔芙论文《论现代英国小说——"材料主义"的倾向及其前途》是"一篇较全面地论述意识流小说创作原则与风格情况的重要文章"④。史健生还认为，意识流对中国现代文学的影响不可小视，"现代作家中，即使是现代著名的大作家

① 潘友林."意识流"漫谈［J］.山东师院学报（哲学社会科学版），1981（02）：68.

② 潘友林."意识流"漫谈［J］.山东师院学报（哲学社会科学版），1981（02）：68.

③ 张放.王蒙小说中"意识流"手法的运用［J］.文艺理论研究，1980（03）：193.

④ 史健生.意识流在中国现代文坛上的传播和影响［J］.外国文学研究，1987（04）：89.

中，都曾程度不同地受到过它的影响"①，而 "郭沫若是一位自觉运用意识流方法进行创作尝试的作家"②，"在郭沫若的笔下，写出了梦中的潜意识的活动，它正是一种意识流。而另一篇《喀尔美萝姑娘》的写法与《残春》相似。它更深入地运用了弗洛伊德的二重人格思想"③，"用意识流方法进行创作，三十年代初期又形成了一个高潮"，④ 它的代表人物就是刘呐鸥、施蛰存和穆时英。或许更为重要的是，鲁迅的《狂人日记》在当时也被认为采用了意识流的叙事方法："意识流能否为中国作家所接受、运用的问题，事实已经做出了回答。早在几十年前，鲁迅著名的《狂人日记》中主人公内心活动的自我独白，就与意识流十分相像。"⑤

二是王蒙的上述创作普遍被认为是在现实主义的框架内进行的革新与探索。"它们既面向主观世界，也面向客观世界；既探究人的心灵，也描写现实的生活。这些作品实际上是中西合璧，是在现实主义的基础上，吸取了某些现代派的手法创作出来的。"⑥

三是当时文学界普遍意识到，对西方文学的借鉴与吸收是极为必要的。"现实主义并不意味着故步自封。它应当是发展的，不应当是停滞的。我们既不能借口创新，就丢掉现实主义；也不能把现实主义凝固化、宗派化，拒绝创新，拒绝吸取外国当代的艺术经验。坚持从生活出发，坚持用马克思主义的世界观来观察、分析生活，在这个前提下，完全可以放开手来吸取古代、当代、中国、外国的一切对于我们

---

① 史健生. 意识流在中国现代文坛上的传播和影响 [J]. 外国文学研究，1987（04）：90.

② 史健生. 意识流在中国现代文坛上的传播和影响 [J]. 外国文学研究，1987（04）：91.

③ 史健生. 意识流在中国现代文坛上的传播和影响 [J]. 外国文学研究，1987（04）：92.

④ 史健生. 意识流在中国现代文坛上的传播和影响 [J]. 外国文学研究，1987（04）：92.

⑤ 徐南. "意识流" 能否流到中国来 [J]. 外国文学研究，1981（02）：140.

⑥ 张放. 王蒙小说中 "意识流" 手法的运用 [J]. 文艺理论研究，1980（03）：193.

有用的艺术手法。"①

但是，可能同样需要指出的是，王蒙的上述创作虽然在客观上为西方文学创作思潮的引进与借鉴开辟了通路，但其本人在当时可能并不具有强烈的打破文坛固有美学范式的革新意识，换句话说，当时的王蒙着意的依旧是思想的传达而非小说观念的变革。陈晓明就曾敏锐地捕捉到这个细节，他说："王蒙对意识流手法的运用，并不是出于纯粹的形式变革的需要，而是他意识到自己所要表达的内容和意义，在当时的政治语境中，用传统的方式难以表达。他通过描写人物的心理活动，把那种复杂性呈现出来。有时候，形式本身也是内容。"② 甚至，还有论者直截了当地指出："王蒙的现代派创作以一种高度的自觉和技巧融入了现代化的官方意识形态中……"③

然而，无论如何，王蒙的"意识流"创作在文学语言上对当时的创作规范形成了一种突破，这也是我们将其看作先锋小说之"准备"的原因。

### 三、"现代派"对"先锋"艺术接受空间的拓展

如果说1979–1981年，文学批评的主流话语还曾给予王蒙的意识流创作手法及其作品一定的包容与赞赏的话，那么自1982年起，"现代派"文学思潮的诞生就已经多少显得不是那么顺利了。就是在这一年，徐迟发表的《现代化与现代派》一文以及冯骥才、李陀、刘心武的《关

---

① 郑伯农. 心理描写与意识流的引进［J］. 文学评论，1981（03）：59.
② 陈晓明. 中国当代文学主潮（第二版）［M］. 北京：北京大学出版社，2013：260.
③ 李海霞. 作为社会象征行为的"意识流"叙述——论王蒙的早期意识流创作［J］.《南方文坛》，2012（01）.

于"现代派"的通信》①拉开了文学界与理论界围绕现代派问题展开论战的序幕。

有关这场论战的细节，由于不是本书所要阐释的重点，故在此不过多赘述，不过需要提及的是，正如陈晓明所说："这些讨论逐步形成这样一个命题，即实现现代化不能忽略文学的现代化，而文学的现代化不借鉴西方现代派则无从谈起。"②换句话说，80年代现代派的崛起，固然有文学本身求新求变的内在创新压力在起作用，但更为重要的是，形成于"文化大革命"时期的趋于僵化的美学规范与党的十一届三中全会确立的建设现代化的社会主义国家之间所产生的矛盾，而在当时的环境来看，破解这一"矛盾"比较现实的通路只有向西方学习一条。而在这里，更有意味的问题在于，这一时期"中国现代派文学"究竟意为何物？或者更进一步说，冠之以"现代派"之前的"中国"二字的内涵是什么？在陈晓明看来，"如果用西方的现代主义为标准来衡量中国的现代派，就很难找到符合理想的样本。实际上，当代中国的现代主义是指那些吸收西方现代派作品的艺术特征和表现手法，在艺术形式和思想意识方面对传统现实主义进行变革，从而产生创新的美学效果的作品"③。贺桂梅则主张要将这一概念还原到中国当代史的整体脉络及其流变中来理解，在她看来，"现代派""这个概念本身是相当80年代化的和中国化的。在80年代，'现代派'这一概念指涉了几乎所有'现实主义'之外的20世纪西方文学，并强调将它们作为一个具有共同特征的'整体'来看待和理解……80年代的'现代派'概念则恰好成

---

① 徐迟的《现代化与现代派》一文刊载于《外国文学研究》1982年第1期；冯骥才、李陀、刘心武的《关于"现代派"的通信》载于同年《上海文学》第8期，其中三篇文章分别为：《中国文学需要"现代派"——冯骥才给李陀的信》《"现代小说"不等于"现代派"——李陀给刘心武的信》《需要冷静的思考——刘心武给冯骥才的信》。

② 陈晓明. 中国当代文学主潮（第二版）［M］. 北京：北京大学出版社，2013：317.

③ 陈晓明. 中国当代文学主潮（第二版）［M］. 北京：北京大学出版社，2013：315.

为勾连起50-70年代和'新时期'的一个核心能指和意义网的结点。也就是说，80年代理解'现代派'的方式，恰恰是在50-70年代的历史语境中特定的语义坐标中形成的……"①。在这里，虽然陈晓明和贺桂梅理解80年代的"现代派"概念在思维路径上存在着差异，但是二人却殊途同归地指出，该"现代派"并不完全等于西方文学的"现代派"，甚至在某种意义上来说，二人均认为，这是一个具有鲜明中国特色与80年代时代文化背景的概念。

在本书看来，这个"鲜明的中国特色与80年代时代文化背景"可以做成如下阐释：

（一）与"文革文学"乃至"十七年文学时期"的社会主义现实主义美学范式决裂是其肇始的起点、基础与生发的主要动力

1978年以后的中国当代文学之所以冠以"新时期"之名，关键之一就在于其合法性的获得是依靠其否定和拒绝"文革文学"的美学范式完成的，这种"否定和拒绝"在某种意义上甚至已经延伸到了对"十七年文学"的反思。"在80年代，从'文革'中走出的人，普遍认同'文革'是'封建主义'的'全面复辟'……是对人性、个体尊严、价值的剥夺和蹂躏。因此，'新时期'存在着如'五四'那样的将人从蒙昧、从'现代迷信'中解放的'启蒙'的历史任务……"②但是，在"现代派"文学出现之前，虽然在思想意义的层面上，这种"拒绝与否定"从刘心武的《班主任》开始就已发轫，但无论是"伤痕文学""反思文学"，还是"改革文学""知青文学"，其在美学形式上仍旧镶嵌在"文革文学"的谱系之中，而直到"现代派文学"的出现，我们才能说，"新时期文学"成为一个从形式层面到思想层面的完整的、自足的概念。

---

① 贺桂梅. "新启蒙"知识档案：80年代中国文化研究［M］. 北京：北京大学出版社，2010：118-119.

② 洪子诚. 中国当代文学史（修订版）［M］. 北京：北京大学出版社，2007：203.

（二）国外20世纪以来的非现实主义文学对其造成的压力

"五四"新文化时期，中国文化界第一次睁眼看世界，各种各样的西方文艺思潮与哲学思潮就曾纷至沓来，后来由于除苏联与东欧以外的文艺作品都与毛泽东的《在延安文艺座谈会上讲话》所确立的美学规范相悖逆，故在新中国成立后逐步被文化界所否定和拒绝。待到"文革"开始以后，极左思潮甚嚣尘上，尤其是1966年2月《部队文艺工作座谈会纪要》的发表，使这种情况更加严重，到了无以复加的程度。"文革"结束以后，随着党的十一届三中全会的召开，开放国门逐渐成了社会共识，但此时重新打量世界的中国文化界不禁发现，欧美文学已经发展到令人惊讶的地步，而"惊讶"过后则是其带给整个中国文坛的创新与赶超压力——虽然这种"压力"一方面因与官方意识形态所一直予以拒绝的"资产阶级自由化"思潮存在紧密的联系而始终受到压抑；另一方面，以今天的某种视角来看，当时的"压力"是否真实存在其实仍是一个有待详细探讨的问题。

（三）文学的现代化是其主要诉求

从某种意义上说，新时期以来的文学对西方现代文学的模仿与借鉴，其背后的根本诉求并不在于或不完全在于追赶西方文化中所谓"先进"的成分，而"模仿"与"借鉴"更不是主要目的，其背后实质隐藏着一个作为国家与民族现代化一部分的文学／文化现代化企图——倘若认真追溯起来，这种企图直接根源于1840年鸦片战争失败以及由此引发的中华民族的屈辱史，并且其在百余年来从来没有出现过断流的情况。之所以其在20世纪80年代获得如此激烈的表达形式，其一个重要原因是，"文革"的结束在当时普遍被视为中国现代化历史进程中的一次重大挫折，换句话说，中华民族需要寻找新的、通向现代化的道路，而在当时，随着世界政治经济格局的演变以及"冷战"的甚嚣尘上，部分中国人能够看到的现代化成功模式唯有欧美一途，所以

"文学现代化"的诉求在此时曲折地演变为对西方的模仿与借鉴——新时期文学中"现代派文学"的出现正是这种思想现象在文学创作上的反映。

（四）使"现代派文学"最终仍旧困囿于现实主义框架之内是其区别于后来先锋小说的主要特征

虽然名为"现代派"，其作品中也使用了西方现代派文学的技巧与手法，但从本质上说，中国"现代派文学"仍旧困囿于现实主义框架之内，这一方面是因为所谓的"现代派"作家仍旧处于中国文学的强大传统之中，在此种语境下的模仿与借鉴不可避免地有东施效颦之嫌；另一方面，中国当时的社会现实是否适合以这种形式去表达，可能也是问题。

我们认为，上述三条文学线索在不同面向上为先锋小说的发生打开了通路：他们用自己的形式为更为激进的文学形式的兴起试探了社会容纳空间，也为读者的阅读提供了某种审美心理层面的建设，倘若没有上述三条文学线索，可能先锋小说的发生将以比今天文学史中所呈现的复杂得多的路向出现在文学史叙述之中，甚至也有可能并不会得到文学史的铭记与指认。

## 第三节　形成与发力：成就"先锋"的多维力量

### 一、横空出世的马原及其问题

1984年，马原在《西藏文学》第8期上发表了短篇小说《拉萨河女神》，次年，中篇小说《冈底斯的诱惑》又发表于《上海文学》第1

期——这篇作品也在当下文学史中被看作中国先锋小说的开端。但其中所要追问的问题是，当时马原写作的初衷与动力是什么？是什么原因促使他开启了一种与此前完全不同的叙事范式？这背后又有哪些值得重视的历史细节与文学史信息？

对于《拉萨河女神》，将近三十年后马原回忆道："像陈思和那本文学史里专门提到的《拉萨河女神》，我现在想来，我们就一群朋友在那里玩，我觉得写名字挺费劲，就1、2、3、4、5、6、7、8、9、10、11、12、13个人，玩儿一天的事，根本没怎么用心，根本不知道后来在文学史上是划时代的，叫什么元叙述，元小说。说老实话，我写的时候连心都不走。"[①] 而对于《冈底斯的诱惑》来说，在其刚刚发表之初，马原与评论家许振强有一次对话，他说："'不相关事物（色彩）的拼合，造成心理机制新的感应程序。'我这样认为，生活现象不是数，不是简单的数的累积加减。生活现象不管它多么纷繁各异，都有着比表象远为丰富的涵义层次，都可以提供重复思考的可能性。"[②] 又说："我的经验告诉我，《冈底斯的诱惑》中讲的这些故事放在一起后，读者所得肯定不是一个故事，另一个故事，又一个故事……不同的读者会有不同的属于他自己的整体感受。我这样相信，就把这些故事构思到一起了。我还相信，其中部分读者会和上我的主题感受——当然这是我的愿望，如果当真则也是我的幸福。"[③]

仅从以上这几则资料中，马原至少表达如下几方面信息：一是，在某种意义上，《拉萨河女神》更多的是一篇游戏之作，马原最初的动机并非出于变革文坛的宏大理想，而仅仅是个人消遣的一时之兴。但是，与之相比，《冈底斯的诱惑》显然有更为深刻的考虑，这是一种通

---

① 木叶. 先锋之刃 [M]. 上海：上海人民出版社. 2018：10.

② 许振强，马原. 关于《冈底斯的诱惑》的对话 [J]. 当代作家评论，1985（05）：90.

③ 许振强，马原. 关于《冈底斯的诱惑》的对话 [J]. 当代作家评论，1985（05）：91.

过改变叙事方式欲图建构新的阅读效果的审美企图。但是，其中可能要说明的是，当事情仅仅到此为止时，似乎马原在"先锋"意义上的独特性与异质性并非那么明显，因为同一时期被认为是"寻根文学"扛鼎之作的韩少功的中篇小说《爸爸爸》、代表中国"现代派文学"发轫的刘索拉的短篇小说《你别无选择》、徐星的中篇小说《无主题变奏》，也都呈现出了上述美学特征，而关于马原的另一则材料，似乎也说明了这一点，他说："作家一开始关心内容，但是到了85年的时候内容已经不能满足那些有独创性的作家们的热情了，所以大家不约而同向方法论这个方向突围，被称先锋就是（缘于）在方法论上的突围"①。马原在这里表达的意思应该有两层：其一是就寻求创新而言，如果说存在这样一种历史情境的话，那并不是作家的个人动机使然，而是当时的社会现实与历史发展共同要求的；其二，这样一种情况的出现也不是哪一个作家的个人行为，而是一个文学群体的共同诉求与行动——而这也应和了我们上述的判断。

事实上，被文学史普遍认为是20世纪80年代中国先锋小说旗手的马原，其本人对给予他的这一头衔的态度是非常暧昧的，甚至其对"先锋"之名也始终持有较为保留与犹疑的态度。他曾这样说道："我们当初写作跟'先锋'两个字没有关系，各写各的，格非是格非，苏童是苏童，余华是余华，马原是马原，洪峰是洪峰，或者莫言是莫言，根本没有一个主张，不像法国'新小说'。我们写作不带'主义'，只是跟着自己的心境。"②换句话说，马原在80年代的创作实践，或许存在着文体意义上的某种自觉，但并不存在着"先锋"取向上的自觉。或者，我们可以进一步做出如下分析：马原对"先锋"之名一直似乎持一种十分的谨慎的态度，一方面，他似乎对使用这一概念对其小说的指认

---

①　木叶. 先锋之刃［M］. 上海：上海人民出版社，2018：12.

②　木叶. 先锋之刃［M］. 上海：上海人民出版社，2018：50.

并没有形成多么强烈的共鸣；另一方面，似乎是由于文学史本身的权威性使然，他又不得不对其表现出某种主动的认同和接纳，于是便找出"方法论的突围"这一似是而非的理由维护文学史叙述的某种合法性。在笔者看来，马原的这一态度颇具某种症候性——就今天文学史所指认的"先锋作家"自身而言，至少在那个被认为是这一创作思潮起始的1985年前后，他们并没有明确的"先锋"意识与"先锋"诉求，甚至可能都没有意识到自己的写作事实上正在参与一次将被后世文学史指认为"一场变革"的文学活动。

而将马原的这一表述延伸出来看，与马原同一时期共名在"先锋"之下的作家们似乎大都也呈现出了对这一指认暧昧、犹疑，甚至是拒绝的态度，2003年出版的《先锋余华》一书中就曾记载，格非、苏童、叶兆言等人都对这一指认保持了不同程度的距离[1]，该书作者徐林正则颇为遗憾地总结说："没有一位作家愿为先锋负责。"[2]

但是，值得说明的是，在笔者看来，徐林正在此处的说明似乎并不恰切——或许先锋作家们的上述表态并非说明的是"没有一位作家愿为先锋负责"，而是说明，至少在80年代中后期，这些被指认为"先锋"的作家们并没有"先锋"的自觉——"先锋"，很可能只是文学史家的理论游戏。

## 二、介入"先锋"的三种力量

从某种意义上说，马原及先锋小说在1985年前后的突然崛起，存在着某种不可解释性，其原因有三：一是先锋小说所代表的叙事样式与美学规范不但不是官方意识形态所认可的，反倒是其予以否定与拒

---

① 徐林正. 先锋余华［M］. 杭州：浙江文艺出版社，2003：19–20.
② 徐林正. 先锋余华［M］. 杭州：浙江文艺出版社，2003：20.

绝的；二是纯文学界在此前也未曾显露出对于这种文学样式的欲求；三是读者不但不存在这方面的阅读需求，甚至在马原到来时，还采取了一定的漠视态度①。但是，先锋小说不但得以顺利出场，而且很快就在当时的文学界谋得了一席之地，进而又在不久后成为中国当代文学史中绕不开的存在。更加匪夷所思的是，其又在短短几年时间里被驱逐到文学边缘地带，乃至消失于无形。那么，其背后又是怎样的权力运作关系造成了这看似颇为让人费解的独特文学现象呢？或许，我们应该从一则史料说起。

（一）一则关于先锋小说起源的史料

1984年，马原将其小说新作《冈底斯的诱惑》向多家文学杂志投稿后交给了老友韩少功。此时的韩少功正远赴海南创办文学杂志《海南纪实》。他在认真阅读了《冈底斯的诱惑》后认为是非常好的一篇小说，发表在还没有什么名气的《海南纪实》上有点可惜，于是转交给了《上海文学》杂志，希望帮助马原发表。然而，拿到小说的《上海文学》主编李子云却犹豫不定，一直将此事搁置很久。年末，恰巧由《上海文学》杂志社、浙江文艺杂志社和西湖杂志社联合召开的主题为"新时期文学：回顾与预测"的座谈会在杭州召开，与会人员在会议间歇传阅了这篇小说，而以李陀为首的青年批评家们强烈"怂恿"李子云将这篇稿子刊发出来，于是才有了这篇后世被指认为先锋小说发端的文本的诞生。

在笔者看来，这则史料不但是一个关于《冈底斯的诱惑》发表过

---

① 据现有的一些史料来看，《收获》等一些刊物由于发表了先锋小说作品，发行量受到了一定程度的影响。比如在1988年4月2日余华给程永新的信中，余华透露出这样的信息："去年《收获》第5期，我的一些朋友们认为是整个当代文学史上最出色的一期。但还有很多人骂你的这个作品，尤其对我的《四月三日事件》，说《收获》怎么会发这种稿子。后来我听说你们的5期使《收获》发行数下降了几万，这真有点耸人听闻……"（程永新. 一个人的文学史［M］. 天津：天津人民出版社，2007：44.）

程的"故事",在一定意义上,它更是一个关系先锋小说诞生的"神话",其充满了某种象征意味和症候意味。在这个"故事"里我们会发现,从作品文学史经典化的角度看,有三种力量参与其中:文学评论家(吴亮)、文学活动家(韩少功与李陀)与文学编辑(李子云)。

这个"故事"富有意味之处在于,在一般的文学理论(或文学史叙述)之中,作家作品是当仁不让的主角,评论家与读者则偶尔参与其中。但在此处,期刊编辑、评论家和文学活动家成为主角,作品、作家则处于边缘地位,而读者则彻底被放逐。从某种意义上说,这种情况的发生似乎可以被认为是80年代先锋小说的独有现象,它是在当时特殊的社会历史语境与文学环境下的产物,同时它也症候性地反映着先锋小说兴起时暧昧的文学位置。在笔者看来,考察"故事"中各方力量的动机及其所带来的结果,有可能是打开理解先锋小说的一把独特钥匙。

(二)李子云的压力与先锋编辑的动力

在上述这个故事中,如果我们回到历史现场,会发现,其实李子云同意刊发《冈底斯的诱惑》并不是一个轻松的决定,结合当时的历史背景,她需要承受以下三个方面的压力:

其一是来自于审美层面的压力。不能不说,《冈底斯的诱惑》无论是在叙事模式、思想表达还是审美规范来说,都已经远远出离了此前乃至同时期"新时期文学"的范式,即便对于今天刚刚涉猎"新时期文学"的研究者来说,如果按照时间顺序顺次阅读1978年以后的小说,都不难感觉到《冈底斯的诱惑》在这一向度上的跳跃性与异质性,而作为当时身处历史现场中,并且要决定作品命运的文学编辑来说,这不能不说是对李子云的一次严峻考验。其实,在《重读八十年代》一书中,作者朱伟也正是从这一角度点明了李子云的犹豫,"《冈底斯的诱惑》超出了李子云的审美经验",但更为重要的是"她的文学素养使她有警悟"①，而这种"犹豫"也成为李子云将这篇小说带去"杭州座谈会"的原因。

　　其二是来自意识形态层面的压力。虽然在现有的历史叙述中，80年代常常被描述为一个思想解放的年代，但现实是其中的很多历史的反复和各种现实力量的交织博弈被这种趋于简单的描述所遮蔽。事实上，在整个80年代，"反对资产阶级自由化"始终是国家意识形态管理的重要考虑，而西方现代派艺术则始终处于这种管控的风口浪尖。李子云本人就曾经身处其中并面临着极大的压力。1981年9月作家高行健出版了《现代小说技巧初探》一书，该书在当年引起了轩然大波。李陀找到好友冯骥才和刘心武，他们决定以书信的形式表达对高行健的支持，这就是被后来文学史称之为"三只小风筝"的"现代派通信"。通信写出后，发表却遇到了阻碍，李陀告诉李子云北京不能发，于是李子云便拿到了《上海文学》，而一系列风波就此开始。②

　　直到钟望阳及杂志社的同仁支持，李子云才躲过了这一劫。而此事距离李子云拿到《冈底斯的诱惑》不过才两年有余，"清除精神污染运动"也刚刚趋于平静，意识形态方面的考量不可能不成为当时李子云最为现实的压力之一。事实上，在《冈底斯的诱惑》发表以后，李子云也的确再次受到了政治打压。《冈底斯的诱惑》发表七年之后，李子云在与马原对谈时曾经回忆道："因为它（指《冈底斯的诱惑》——引者注）引起很大争议，怎么解释都有，给我什么罪名都有，因为登了这篇小说，当时当然也去为我辩护……"③所以说，来自意识形态方面的压力是李子云所要面对的第二重压力。

---

①　朱伟. 重读八十年代［M］. 北京：中信出版社，2018：226.

②　王尧. "'现代派'通信"述略——《新时期文学口述史》之一［J］. 文艺争鸣，2009（04）：133.

③　马原. 重返黄金时代：八十年代大家访谈录［M］. 长春：吉林出版集团股份有限公司，2015：200.

其三是来自读者阅读期待的压力。虽然这一点没有相应史料支撑，但笔者认为，它非但不是不存在的，而且同样是极为重要的，因为作为期刊编辑，发表这样一篇小说会给刊物本身在读者群中带来什么样的影响，是不可能不考虑的问题。

但是，上述三个压力并没有使《冈底斯的诱惑》发表流产，这其中除了李子云个人的编辑原则和审美素养在起作用以外，可能最重要的就是来自评论家的意见。

（三）李陀们的意见与文学评论家的力量

作为在当时文学界具有一定地位的著名编辑李子云，会因几个青年评论家的意见决定是否发表一篇自己拿不准的作品，在笔者看来，这看似稀松平常的事件背后其实蕴含着的是当时颇为复杂的文学场域关系，这关系背后甚至交织着历史与现实文化权力关系。

在新中国的文坛中，评论家可以说一直是一股较为独特的力量，由于被整合进体制内，具有国家公务人员的独特身份，评论家的文艺批评活动往往被看作某种带有"判定"意味的政治性存在。这种现象或许直接肇始于共和国成立不久的"萧也牧事件"。1950年，《人民文学》第一卷第三期发表了萧也牧的短篇小说《我们夫妇之间》。小说发表之初好评如潮，被认为"所描写的好似一件平凡的事，但……写出了两种思想和真挚的爱情"①。不过这种情况在一年之后发生了反转。1951年6月10日的《人民日报》第五版发表的署名陈涌的批评文章《萧也牧创作的一些倾向》称："有一部分的文艺工作者在文艺思想或者创作方面产生了一些不健康的倾向，这种倾向实质上也就是毛主席在延安文艺座谈会讲话中已经批判过的小资产阶级的倾向。它在创作上表现是脱离生活，或者依据小资产阶级的观点、趣味来观察生活，表现生活。"②

① 白村. 谈"生活平淡"与追求"轰轰烈烈"的故事的创作态度［N］. 光明日报，1951-4-7（6）.
② 陈涌. 萧也牧创作的一些倾向［N］. 人民日报，1951-6-10（5）.

矛头直指作者萧也牧。此后，一系列批评萧也牧及《我们夫妇之间》的文章相继在全国各主流文艺报刊发表，而在这其中，丁玲在《文艺报》第四卷第八期的文章《作为一种倾向来看——给萧也牧同志的一封信》的发表，则将此次批评推上了顶峰。萧也牧也因此在很长时间里遭受了不公平的待遇。

从新中国成立到改革开放的近三十年的情况来看，文艺评论在某种意义上一直是国家意识形态主管部门进行管理与规训的重要手段之一，尤其是发表于《人民日报》《光明日报》《红旗》《文艺报》上的绝大部分文章这一特征尤为突出。有时候，对于影响非常广泛、涉及问题较为重大的现象或问题，负责意识形态工作的领导者还会亲自以发表文章的形式表明观点，对问题、事件、现象予以定性。公允地说，由于20世纪50到60年代中期，国内外政治军事形势错综复杂，新中国面临着内外交织的严峻考验，中国共产党在意识形态管理与文艺界管理方面，虽然偶有这样那样的错误，甚至出现了一些冤假错案，致使一些文艺工作者遭受到了不公正的对待，但总体而言，是符合当时中国的具体国情与现实需要的。但是，在"文化大革命"爆发以后，尤其是江青掌管文艺界并于1966年发表《部队文艺工作座谈会纪要》以后，极左思潮日益猖獗，文艺评论成为某些人的特权，也成为打击、迫害艺术家和文艺工作者的工具。

从总的情况来看，绝大多数文艺批评工作者都被纳入了体制之内，由于能够通过报纸、期刊等文字手段发表观点、看法，很多批评家在公共领域具有为作家作品定性的潜在"权力"，而其又是与期刊、作家处于一种非常紧密的关系中，所以有的作家、作品很可能因为获得某一批评家的认同与支持从而获得进入文学史的资格，甚至获得某种文学经典的地位，而且少数批评家由于其在政治信仰、理论修养、艺术素质，乃至革命资历方面获得了文艺界及文艺管理部门带有共识性的肯定，其文章的上述作用与效力就会成倍增长。而颇有意味的一个现象是，在"文革"结束以后，尤其是改革开放以后，那些被上述批评家批判、否定的作品也会通过相同的方式进入此后的文学史书写之中，并且，这种进入文学史书写的"概率"会与事件在当时的批判力度与波及范围的程度呈现正相关的关系，即一个作品、一个作家被批判的力度越大，其在新时期以后的文学史中就越可能占据重要的位置。

在此，笔者于此处想表达的观点是，李子云之所以能在当时冒着政治风险、听从李陀等文艺批评家的建议，发表马原的《冈底斯的诱惑》，其症候性的意味在于，这一情况的发生很可能并不单单是因为李陀等人的艺术造诣与修养方面的原因，还有"文革"之前的国家文艺管理体制所赋予批评家的某种光环对其他文艺工作者的权力性影响，虽然，其中具有如下仍需辨析，甚至有些吊诡的地方：一是上述说法对于李子云等当时的编辑及其他文艺工作者来说极有可能并非有意识的，而是因历史惯性的巨大作用下的潜意识影响；二是上述影响从某种角度上也正是当时以李陀、李子云为代表的文艺工作者急于排除的干扰。

而与上述分析同理的是，我们之所以说先锋小说是由文学批评家一手造就的，除了史料方面的证明以外，围绕《冈底斯的诱惑》发表的种种分析可能正是其背后更深层次的历史机理。

（四）不得不提及的文学活动家

所谓"文学活动家"的提法可能是本书中最为缺乏共识的概念，所以，我们有必要就这个概念多说几句。"文学活动家"一词最早出自吴亮，他曾在多个场合称李陀为文学活动家。在本书里，笔者借用了这个概念，具体是指在先锋小说作品的发表与先锋作家的评论过程中，以发表、编辑文字与言论以外的方式参与其中的一批人。这显然是一个非本质化的动态概念，换句话说，在不同的具体历史场景中，充任这一角色往往是具有临时性的，甚至是具有偶然性的，例如身为作家的韩少功与文学评论家的李陀，在《冈底斯的诱惑》的发表过程中就"偶然"的，也是"临时"扮演了这一角色，成为推动该篇小说发表的关键性助力。又如，程永新在1987年为《收获》"先锋小说专号"组稿时，马原则充任了这一角色。我们认为，虽然"文学活动家"在不同的"先锋小说"事件里发挥着不同的作用，并且他们的一些属性还有待辨识，但不可否认的是，这一角色在先锋小说的作品发表与作家评论过程中具有特殊的地位。在这里，虽然这种角色的出现并非先锋小说的独有特点，但是与先锋小说发表和作家评介的有关活动使这一类角色凸显出来的这一现象本身就极富意味。或许可以说，在20世纪80年代的政治/文化语境下，文学活动家在某些先锋小说作品的发表、某个先锋小说作家的出现这一过程中起到过某种具有决定性的作用。倘若结合本书中的"故事"来看，以李陀、韩少功为代表的文学活动家事实上对《冈底斯的诱惑》的发表起到了至关重要的作用，而在今天的文学史叙述中，《冈底斯的诱惑》又在一定意义上被赋予了先锋小说的兴起与开创之功。从这个意义上讲，我们认为文学活动家事实上对先锋小说这一思潮的出现也同样起到了不可小觑的作用。

## 三、事情的另一面

在这里，还有一个问题值得重视，那就是，是不是说，在改革开放初期的文学环境中，一个批评家只要有足够的影响力就能够推出一个作家，抬起一篇作品甚至构建一个文学流派或一种文学思潮呢？

2006年，李陀的一篇名为《另一个八十年代》的书评发表在《读书》第10期上。文章中，他对当时文化界的"八十年代热"进行了反思，认为还有一个被我们忽视、压抑了的"另一个八十年代"。这个"八十年代"并不是文学的"黄金时代"，也不是文化的"新启蒙"肇始，而是与贫穷、饥饿、困顿与艰辛伴生。就此，李陀发出了这样的感慨："还有'另一个八十年代'。这给当前回忆八十年代的热闹，投下了一道浓浓的阴影，让所有参与回忆，以及对这回忆有浓厚兴趣的人都不能不冷一冷，想一想。可是，冷下来又如何？想了又如何？怎么办？我们能做什么？有什么办法让这另一个八十年代进入记忆？有什么办法让这另一个八十年代的记忆变成文字并且进入历史？想想这些，我不禁黯然，变得十分悲观。"①与此同时，李陀认为在文学场域内同样存在着"另一个八十年代"。他举了两位作家的例子，一个是谭甫成，另一个是石涛。李陀认为，这两位作家"大概在一九八〇年或一九八一年前后……就已经写出了相当成熟的后来被批评界叫做'先锋小说'的作品，那比后来的马原、余华、格非们要早得多"，所以，"要认真追寻八十年代先锋小说的兴起，他们的写作试验绝对是不应该被忽略的，他们是先行者……可是，一直没有引起人们的注意……"。尤其重要的是，在李陀看来，"研究八十年代文学的人常常提到那十年的一个重要变革，是'语言的自觉'，在我印象里，谭甫成在写作上是最早的语言自觉者之一……"②。

　　李陀文章的主旨是意在说明，我们在研究和回顾"80年代"那段历史的时候不应只注意其显在的、精彩的一面，它同样具有隐在的、不堪的甚至是丑陋的一个面向，后者是不应当被漠视、被压抑、被今天的"历史"及其书写排挤在视域之外的。在我们看来，李陀的提示无疑是重要且极具意义的，但这篇文章其实还揭露了一个同样我们不应该忽视的事实，那就是今天文学史对当时经典作家、经典作品的指认，在某种意义上具有极强的历史生成性，而并非是在文学／审美意义上的本质性生成。易言之，如果脱离开当时的历史／文化语境，那么这些作家与作品是否还能构成经典就显得非常可疑了。

　　在这里，刘心武的短篇小说《班主任》是一个颇为具有代表性的

---

① 李陀. 另一个八十年代 [J]. 读书, 2006（10）: 102.

② 李陀. 另一个八十年代 [J]. 读书, 2006（10）: 103.

例子。如同我们前文所说，单纯从文艺美学角度考量，《班主任》实在难称上乘之作，其在语言表达、人物塑造、情感传达上都存在着一定程度的硬伤，加之其本身立足于对极左路线的图解式控诉，使作品本身很难立足于中国文学经典之列，这种观点甚至被作者本人所赞同。《班主任》文学史经典地位的生成，固然与它在思想与意义方面传达的具有冲击性的观念有关，但更为重要的是它出现在了一个"恰到好处"的时间点上。这里有两个很少被人提及的材料，可能会为这种观点提供某种佐证。刘心武曾经回忆说："有个工厂的工人，打听到我家地址，找上门来，他手里拿着一本发表《班主任》的杂志，递给我看。他在那小说的很多文句下划了线、加了圈，他说那些地方让他感到很生动，比如小说里写到工人下班后，夜晚聚到电线杆底下打扑克，他就觉得那细节'像条活鱼，看着过瘾'。"① 此处，我们并不怀疑刘心武回忆的真实性，更不怀疑这位工人的感情，但其中可能吊诡的是，一篇文学作品是如何能够让一个普通读者追到作者家门口以表达自己阅读后的感情的呢？更为重要的是，我们在阅读这段作者回忆时并没有感觉到丝毫的违和感和虚假性。从某种角度而言，这是不符合常理，也不符合常识的。其实，其中原因在于，无论是这位工人的感情还是我们在阅读这段材料的心理状态都自然而然融入了"文革"结束前后的时代情绪。换句话说，刘心武的作品踩在了时代情绪喷发最为猛烈的瞬间，而我们阅读这段材料时也自觉地将当时的时代情绪代入了阅读的过程之中。从这个角度讲，《班主任》在文学史中经典地位的生成主要得益于其写作、发表时间点上的"恰到好处"——倘若再早一点，它势必因意识形态的原因而被拒绝，倘若再晚一些，那么它也将变得十分平庸，沉没在浩如烟海的中国当代文学作品中，甚至能否发表、与世人

---

① 刘心武. 我是刘心武 [M]. 天津：天津人民出版社，2006：161.

见面也是一个无法确证的问题。而从更宽泛的意义上说，这种对"恰到好处"的把握也是今天文学史对某些"经典"进行指认的重要方式特征之一。

说到这里，可能会有人存在以下两个疑问：一是上述现象并非个例，在世界文学史中，不乏因审美以外的因素被推上艺术史经典地位的作品，那为何这在1978—1985年的中国当代文学史中会被视作为某种特征？二是这种特征的产生从某种角度讲是以政治—美学为体例的文学史才会发生的现象，将其归为某一时期的特征的合法性依据在哪里？对于第一个问题，本书认为，固然在世界艺术史中此类现象并不少见，但对于1978—1985年的文学史来说其演变速度非常之快，或许可以用"瞬息万变"来加以形容，在这种情况下，后来那些被指认为文学史"经典"的作品往往因为在一个"恰到好处"的精密时间节点上出现，而使其占据了这样一个特殊位置。而举目世界艺术史，这种"瞬息万变"以及对出现的时间节点精确性提出如此之高的要求的情况虽然不能说完全没有，但却也是极为罕见的。对于第二个问题来讲，一方面本书认为，能够以此为问题的讨论者，大都是一些持"为艺术而艺术"的观念的人，但在笔者看来，这种观念本身就是天真的、是幼稚的，也是肤浅的。事实上，作为一种意识形态，"艺术"须臾无法离开"政治"，将二者加以完全隔绝，只能是头脑里想象出来的东西，而在实践与现实层面，二者是不可能毫无瓜葛的，从这个角度讲，也就不可能存在一本以纯粹艺术的视角与美的观念写作出来的文学史。另一方面，1978—1985年的中国社会与此前新中国成立以后的时期一样，都是高度一体化的社会结构，在这样的社会结构下，脱离开政治谈艺术，反倒是一种本末倒置，更是一种脱离事实的机械主义迷梦。所以，我们认为，上述论断是可以站得住脚的。

就此，我们想表达的意思是，先锋小说的发生以及先锋小说作品在今天文学史中经典地位的指认与获得是各种社会历史条件、政治文化因素叠加、耦合的结果。它既具有某种必然性，也同时具有某种偶然性。用马克思主义哲学的话语，这或许可以表达为这样一个观点：先锋小说在历史中的生发以及在后续文学史叙述中的得到书写，从一定角度说，是我国20世纪80年代政治、历史、文化等多种因素的合力作用下的结果，是偶然性与必然性的辩证统一。

再深一步说，其背后还存在这样几个值得辨析之处：其一，一个作家、一篇文学作品、一个文学流派、一种文学思潮在此时的横空出世，虽然往往被文学批评史描述为某（几）个批评家的一己之力，但其实背后是有整个批评界的共识性意见作为合法性支撑的，换句话说，该批评家的观点是因表达了批评界的共识性观点而被在一个特定意义结点中凸显出来的；其二，某一批评家的批评之所以得到凸显，还有赖于前期文学理论的准备与文学环境的构建，比如，先锋小说之所以能够在80年代中期得以确立，很大部分原因在于，西方文学资源的引入及前期关于西方现代文学的大规模推介与理论探讨；其三，更为重要的是，社会整体意识形态环境具备了某种适应性因素，比如，在改革开放后的中国，对极左思潮的批判、解放思想观念的深入人心及拨乱反正的持续深入都为先锋小说的出现提供了某种先决条件。尤其是在1985年前后，虽然反对资产阶级自由化仍然是当时国家意识形态工作的重要内容之一，而且也产生了诸如"清除精神污染"等大规模政治运动，但较"文革"结束前后相比，此时的意识形态环境已相对稳定，尤其在文学艺术界内部来说，"双百方针"再一次成为引导其发展的总体基调，这就从一定角度为马原及先锋小说的出场铺平了道路。

再回到李陀的那篇文章来看，虽然在他看来，作家谭甫成早在马原发表《冈底斯的诱惑》五年之前就已经创作出具有后来先锋小说特质的小说，而且李陀与冯骥才还曾将其作品结集在当时较为重要的作品集中，但谭甫成并没有在当时的中国文坛留下任何印迹，甚至"不要说普通读者，连很多专门研究中国当代小说发展的著述，都很少提到他的名字"①。在笔者看来，这种情况的出现的原因就在于，在20世纪80年代初期的中国文坛，与先锋小说相匹配的文学环境和意识形态环境都没有产生，而且李陀与冯骥才的观点也并非当时批评界带有共识性的观点，谭甫成及其作品被掩盖在文学史的叙述之下也就是自然而然的事情了。

## 第四节　退场与余绪：批评家的撤退及"先锋"的变化

### 一、两个会议与两篇文章

对于先锋小说来说，80年代末、90年代初是具有特殊意义的一个时间点，这种"特殊意义"中甚至还具有极为复杂的面向，而这一切可能都要从两个会议及与这两个会议有关的两篇文章说起。

就在1989年《文学评论》的第1期上，紧随该期头条文章——刘再复的《论八十年代文学批评的文体革命》——之后的竟然出人意料的是一篇会议综述。这篇署名李兆忠的会议综述题目为《旋转的文坛——"现实主义与先锋派文学"研讨会纪要》。"现实主义与先锋派文学"研讨会是前一年10月中旬由《文学评论》编辑部和《钟山》编辑部在位于杭州太湖西北岸鼋头渚的江苏省干部疗养院内举行的一场文学座谈会，会议参加者是来自全国各地的中青年文学评论家与文学学者。与

---

① 李陀. 另一个八十年代 [J]. 读书, 2006 (10): 103.

会人员围绕会议主题进行了为期五天的讨论。

　　而几乎紧随其至，是年《上海文学》第5期在整本期刊的末尾刊发了一篇名为《保卫先锋文学》的文章，文章的背景与《旋转的文坛》有着高度的相似性。这篇文章同样是关于一次会议的记录，会议的参加者同样是一群在当时叱咤文坛的年轻人，这其中包括朱大可、张献、宋琳、孙甘露、杨小滨和曹磊。这场会议召开于1989年的1月末，地点在作协上海分会。①

　　"杭州会议"之所以重要，是因为，在不少学者看来，这是今天文学史所称的先锋小说被冠以"先锋"之名的肇始②。但是，在笔者看来，"杭州会议"的召开以及《旋转的文坛》的发表实际上还埋藏着极为丰富的历史信息：其一，"先锋"之命名并非这次会议上提出的，也并非是一个带有学理性的严谨表达。当时的文学界甚至也没有考虑清楚为何命名其为"先锋派文学"——至少绝大多数人还对此不甚了了。这突出地反映在李兆忠所写的那篇会议综述《旋转的文坛》中："关于先锋派的研讨，需要略加说明的是，从大多数与会者发言中约定俗成的含义看，先锋派是一个广义的概念，是指那些与西方现代哲学思潮、美学思潮以及现代主义的文学创作密切相关，并且在其直接影响之下的一批文学创作，其作品从哲学思想到艺术形式都有明显的超前性，批评界通常又把它们称作'探索文学'、'实验文学'、'新潮文学'，等等。"③通过这段文字，我们可以感觉到，作者似乎在写作这篇会议综述

---

① 为了方便讨论，我们称前一个会议为"杭州会议"，称后一个会议为"上海会议"，需要说明的是，这种提法仅在本章的讨论中有效。

② 如程光炜就曾认为："先锋小说（当时叫先锋派文学）的名称可能最早出现在《文学评论》和《钟山》编辑部1988年10月召开的一次'现实主义与先锋派文学'的研讨会上。90年代后，密集使用这一概念的是陈晓明、张颐武等批评家。"（程光炜. 文学史二十讲［M］. 上海：东方出版中心，2016：169—170.）

③ 李兆忠. 旋转的文坛——"现实主义与先锋派文学"研讨会纪要［J］. 文学评论,1989（01）：27-28.

的过程中碰到了一个颇为棘手的问题，即"先锋派文学"究竟该如何界定？我们都知道，作为一篇带有学术性质的研讨会的综述，而且还要登上《文学评论》，其学理性、逻辑性与严谨性自然是其不可逾越的红线，李兆忠的这段文字显然离这种要求相差甚远。而"需要略加说明""从大多数与会者发言中约定俗成的含义""广义的概念"这些看似啰唆的用语用词中我们可以感觉到，作者并非是一个对学术规范毫无所知的人，而是因为其中所涉及的问题即便是在学界和评论界也莫衷一是，无法给出符合学术规范的严谨表述。而这段文字透露出的另一个重要信息则在于，"先锋派文学"的命名虽然是通过这篇文章第一次正式诉诸文字见于史料之中，但它并非这次会议的"成果"。换句话说，这一命名的使用似乎在当时已经广泛存在于学界和评论界的私下交流与讨论之中，并形成了对其指涉作家作品的初步共识。也就是说，对马原等人创作的"先锋"之命名应该在很早就已发生，只不过并没有人通过诉诸发表文字的形式将其呈现出来。其二，在此之前，评论界对今天文学史所称的先锋小说，大致可区分为两种态度，一是建立在官方意识形态视域下的否定声音，这种声音的出发点与落脚点基本与当时主流意识形态中"反对资产阶级自由化"的立场过从甚密；第二种是站在文艺审美与纯文学立场对先锋小说持肯定态度的，这种观点大都认为，先锋小说是中国文学界的某种带有历史意味的突破，而持此种观点的评论界也因此获得了"先锋批评"的标识。然而，在这次研讨会中，前述"先锋批评"的统一战线出现了明显的破裂，似乎除了吴亮以外，其他先锋批评家全部开始倒戈，毛时安认为："先锋派创作始终没有摆脱对西方现代派小说的摹仿，没有创造出一个真正属于自己的主义来……"李劼认为："先锋派这个称号，现在这批作家还配不上，他们不过是过渡阶段的人物而已……""陈志红（《当代文坛报》）和陈剑晖（《海南师院学报》）针对一些先锋派作家热衷于玩弄技巧玩弄形式提出了批评。"①而上文我们提及过，先锋小说在80年代的兴盛与先锋批评家"鼎力相助"密不可分，"先锋批评家"的大规模撤退无疑预示着先锋小说某种衰落的开始。

与"杭州会议"不同，"上海会议"上与会人员的立场和观点高度一致。正如朱大可在开篇"主持人的话"中就表达出这样的会议主旨："'先锋文学'，这个在20世纪下半叶里完全失去了所指的伪词，现在有了微弱的意义。在所谓'新时期十年文学'结束的时刻，'先锋文学'开始生长，不顾自身的畸弱和境遇的压迫。不是有人谈论文学'失去了轰动效应'吗？那么就让它失去好了。'先锋文学'要的正是'寂静效应'：向大众的掌声告别，退出一切以媚俗为目标的活动。"②与此同时，他们也开始对批评界表示不满，认为"批评界在先锋文学上犯了许多过失"③，并表现出一种极端的隐世主义态度。

比较两次会议，许多耐人寻味的历史细节一一浮出水面，他们在某种意义上共同构成了先锋小说一个极为重要的历史结点：

比较而言，"北京会议"具有某种官方、半官方性质。在这次会议上，先锋小说得到了文学史意义上的最初命名。然而，在其兴起之初就一直对它鼎力支持并将其安置在文坛重要位置的"先锋批评家"们开始分批撤离。表面上看来，先锋批评家的撤离是因为先锋小说没有达到如他们所设想那样的美学高度，但更深层次的原因也许是，他们所希冀的借助先锋小说实现对文坛旧有美学规范及"文革"后期僵化的现实主义的改造已经完成，而在经历了一系列复杂的形式实验之后，完全取消、放逐内容与意义的尝试其实已经走到末路——没有"思想"

---

① 李兆忠. 旋转的文坛——"现实主义与先锋派文学"研讨会纪要［J］. 文学评论,1989（01）：28.

② 朱大可，张献，宋琳等. 保卫先锋文学［J］. 上海文学，1989（05）：76.

③ 此语出自当时的青年批评家朱大可。（朱大可，张献，宋琳等. 保卫先锋文学［J］. 上海文学，1989（05）：77.）

的文字游戏终究不会是一个"正常"文坛的主流。

而对于"上海会议"而言，虽然其召开的地点在作协上海分会，但无论从形式还是从内容上来讲，它都具有极其浓厚的民间意味。他们对主流文坛的否定与拒绝以及对"先锋批评家"的集体声讨，从另外一个角度预示着文学史意义上的先锋小说的退场，乃至消逝。不过其中更加耐人寻味的可能是，这次会议的六位参加者——除了孙甘露之外——事实上都并非文学史或者当时文坛所指认的先锋小说的代表人物——以马原为首的"先锋小说家"其实从始至终都未介入这场讨论，从后来的资料来看，马原们对"先锋"的称谓似乎也并不关心。这样，也许更富意味的问题是，两个会议所讨论的"先锋"其所指是否一致？如果不一致，那么在80年代的文学领域中，究竟存在着几个"先锋"的所指？其共同享有一个能指的背后又有哪些艺术上的考量与策略？这恐怕也同样是一个极为重要的问题。

## 二、两个"先锋"抑或两期"先锋"？

通过前面的梳理我们知道，先锋小说的命名是评论界与文学史的他者命名，而非先锋小说家的自我命名。换句话说，在其得到"先锋"之名以前，被指认为先锋小说家的作家群事实上并没有"先锋"的自觉。马原在2012年访谈时的一段表述也证实了这一点。他说："我们当初写作跟'先锋'两个字没有关系，各写各的，格非是格非，苏童是苏童，余华是余华，马原是马原，洪峰是洪峰，或者莫言是莫言，根本没有一个主张，不像法国'新小说'。我们写作不带'主义'，只是跟着自己的心境。"[1]换句话说，至少在最初的创作中，马原们的写作行为本身是没有观念性的束缚的，在流派与思潮的意义上是自由的。然而，"上海会议"中，朱大可们的表述看似追求自由、看似要摆脱一切

---

[1] 木叶. 先锋之刃［M］. 上海：上海人民出版社，2018：50.

束缚，甚至为此不惜与主流"文坛"反目，但从另一个角度来看，这种"自由"反倒受到了他们所信奉的"先锋"及其精神的规训与制衡，从这个意义上讲，可能朱大可们的"先锋"恰恰是值得怀疑的，是存在逻辑上的悖谬的。

在这里，我们想要表达的观点是，马原们的"先锋"与朱大可们的"先锋"看似共享一个能指，但其背后的所指并不完全一致，其中或许是两种"先锋"、两期"先锋"。

所谓两种"先锋"，是指马原们的"先锋"，由于没有既定创作理念的规训，其追求的完全是一种语言表达与叙述手法上的自由，它有离开过去既有美学范式、创造新的小说形态的内在追求，但其与前者绝不是"敌对"关系——它并不刻意拒绝对传统美学规范的吸收与接纳，因为其最高价值并非拒绝"传统"而是建立于"传统"之上的创新；而对于朱大可们的"先锋"而言，与传统"为敌"是其追求的根本价值，在这个意义上，只有显得与"传统"、与"主流"、与"既有范式"格格不入、水火不容，才能标识出自己对于"先锋"的"忠诚"。

如果我们要把这两个"先锋"看成存在"变异"的一脉相承的连延体的话，那么我们或许也可以将其理解为两期"先锋"，其间的变异点即是否具有了"先锋"的自觉——当然，这样一来，这种"自觉"恰恰来自后一期"先锋"所要拒绝的评论界、文学史与主流文坛的他者命名。

之所以要指出这一点，是我们认为，"先锋"在80年代末、90年代初渐成强弩之末，与其被指认、被命名不无关系。如果说其他创作流派的观念自觉或许可以使其走向繁荣之境的话，那么，"先锋"的自觉则逻辑地、更是现实地使自身陷入疲惫之态。我们并不否认，当下文学界仍然有一批作家执着在进行着"先锋试验"，也不否认仍然有一批批评家以"先锋"姿态审视新人、介入新作，但是，或许值得我们注意的是，这种创作是否能够仍然被标识为“先锋”，或者是其在哪一个“先锋”的所指向度上生发意义的，可能是需要认真辨识的问题。

在此之后，作为一种文学思潮的“先锋”开始在文学史书写的意义上趋于落幕，关于它的讨论虽然一直在学界与评论界延续，但一个清楚的事实是，与其有关的论题从此开始逐渐从一个文学批评论题演变为了文学史问题——其不再那么需要批评家们对其进行即时性的关注与争论。

第三章

# 先锋小说文本再解读

## 第一节 "先锋"的"先锋"：马原与残雪作品在1985年的差异

1985年，马原[①]和残雪[②]各自带着他们的多篇新作登上中国文坛，并引起一片震动，二人及其作品也就此成为中国先锋小说的开端[③]。从表面上看来，二者文本之间的差异是巨大的。例如，仅从二人登陆文坛的首篇作品来看，马原的《冈底斯的诱惑》虽然迷雾重重，但总体上保持着一种智性、洒脱、偶有灵动之感的审美风格，而残雪的《污水

---

[①] 马原在这一年度发表的小说作品有《冈底斯的诱惑》（《上海文学》第2期）、《叠纸鹞的三种方法》（《西藏文学》第4期）、《蟋蟀又叫了》（《小说潮》第6期）、《零公里处》（《丑小鸭》第8期）、《海的印象》（《上海文学》第11期）。

[②] 残雪在这一年度发表的小说作品有《污水上的肥皂泡》（《新创作》第1期）、《山上的小屋》（《人民文学》第8期）、《公牛》（《芙蓉》第4期）。

[③] 关于残雪的创作是否能被归入先锋小说，目前学界是有争议的。例如，陈晓明就曾这样说道："……先锋派被归为一个群体，形成共识的是指马原、苏童、余华、格非、孙甘露、北村、潘军、吕新。有时会把残雪也算在内，但残雪的女性身份过于独特的气质，使她游离先锋派群体。"（陈晓明. 先锋文学三十年：辨析与反思［J］. 南方文坛，2015（03）：11.）但是在本书的视域内，残雪不仅属于八十年代先锋小说作家之列，而且其还是最初的首创者中的一位。

上的肥皂泡》则透出一种凝结在每一行文字中的晦暗、压抑之感,单
就受众阅读的审美感觉上来讲,很难认为二人的作品可以共名在同一
文学思潮之下。不过,如果将这两篇作品(以及二人的其他作品)还
原到当时的历史语境来看,二人实则都共同对当时既有的文学传统与
美学范式形成了反击与破坏(虽然马原和残雪不存在共谋,甚至两人
各自不存在此种自觉),并"带领"着"后来者"撬动了当时以现实主
义文学传统为尊的文学版图①。而形成这一判断的重要依据,是二者都
呈现出一种拆解受众期待视野的姿态,只不过二者拆解的是不同来源
的受众期待视野,这样二者一方面共名"先锋",另一方面他们也各自
开创了迥异的"先锋"路径。

## 一、期待视野理论视域下马原和残雪之间的文本差异

本书所说的"期待视野"(expectation horizon,又译为"期待视
域""期待水准")是德国接受美学代表人物汉斯·罗伯特·姚斯(Hans
Robert Jauss)提出的一个概念。"在姚斯那里,期待视域主要指读者在
阅读理解之前对作品显现方式的定向性期待,这种期待有一个相对确
定的界域,此界域圈定了理解之可能的限度。期待视域主要有两大形
态:其一是在既往的审美经验(对文学类型、形式、主题、风格和语
言的审美经验)的基础上形成的较为狭窄的文学期待视域;其二是在
既往的生活经验的(对社会历史人生的生活经验)基础上形成的更为
广阔的生活期待视域。这两大视域相互交融构成具体阅读视域。"②在本

---

① 这也提示我们,对任何对象的学理言说与有效分类必须建立在相应历史的、政治的、文化
的、经济的框定之下才具有合法性,更深言之,这也是说企图抛开政治(这里说的是"大政
治",即 POLITICS)、历史的维度,建立"纯文学""纯艺术"的讨论框架不过是一种"童话"。
有关这一论断的相关说明与辨析我们将在本书第四章的相应部分详加论述。

② 朱立元主编. 当代西方文艺理论(第2版,增补版)[M]. 上海:华东师范大学出版社,
2005:289.

书中，笔者将姚斯所称的第一种形态的期待视野称为"审美期待视野"，将第二种期待视野称为"实践期待视野"。还需要说明的是，虽然在姚斯的理论中上述两种形态的期待视野在阅读过程中并不是单独发生作用，但本书为了本章论证需要将其二者的逻辑区分开来，以保证言说的有效性。

本书借助上述概念所要阐释的观点是：马原和残雪都试图拆解读者对其小说文本的期待视野以达到颠覆此前美学范式的目的，但二者的差异在于，马原注重拆解的是读者的"审美期待视野"，而残雪更加偏重拆解读者的"实践期待视野"。

（一）马原的《冈底斯的诱惑》对读者"审美期待视野"的拆解及其策略

作为中国当代文学史所指认的新时期文学经典性文本，《冈底斯的诱惑》自发表之初就受到了评论界的极大关注，尤其是自1987年吴亮在《当代作家评论》上发表了那篇著名的《马原的叙事圈套》以来，文本中的形式因素及叙事技巧就成为一直以来被评论界与学界津津乐道的谈资。而陈思和在其所著的《中国当代文学史教程》一书中，更是用精辟的语言高度概括了以该文本为代表的马原小说的艺术特点，他指出，在马原的小说中，"元叙事手法的使用在打破小说的'似真幻觉'之后又进一步混淆现实与虚构的界限；作者及其朋友直接以自己的本名出现在小说中，并让多部小说互相指涉，进一步加强了这种效果；设置许多有头无尾的故事并对之进行片段连缀式的情节结构方式似乎暗示了经验的片段性与现实的不可知性，产生了似真似幻的叙述效果；作为一个叙事革命者，马原保持着对神秘的煞有介事而又并不专心的爱好与探索——这些探索常常有头无尾，又进一步加强了这种不可知性与不确定性……马原的这些叙述探索形成了著名的'马原的叙事圈套'，并以引人注目的方式消解了此前人们所熟悉的现实主义手法所造成的真实幻觉，成为以后的作家的模仿对象和小说实验的起点"①。而此种表述在某种意义上已成为今天文学史叙述中的共识。但在本书中，笔者试图对这一文本的艺术特点进行重新厘清，这样做的目的是在"期待视野"理论的视域下分析该小说的同时回答这样一个问题：该文本的哪些特点使其被今天的文学史叙述安置在了中国先锋小说开端的位置上的？

首先，需要指出的是，在《冈底斯的诱惑》最初发表之时，其之所以受到了评论界的特别关注，一个重要原因，就是它的难解性。作为当时颇有名气的青年评论家李劼就在其所写的《〈冈底斯的诱惑〉与思维的双向同构逻辑》一文中谈及了自己读"懂"该文本的艰难过程。他说："我不知道别人怎样看《冈底斯的诱惑》，我认为这是八五年所有出类拔萃的小说中最为出色的一篇。这篇小说我看了三遍。第一遍带着看故事的心理，结果看了不知所云；第二遍想观察一下它的叙事方式，结果得出了作者不过是在玩弄折板游戏的结论；第三遍是出于写篇评论胡扯一番的目的，结果不知怎么的突然发现了小说的奥秘所在，领悟了小说所蕴含的那种形而上的意味。"②——"读不懂"成为当时《冈底斯的诱惑》留给文坛的第一印象。那么，从文本自身角度讲，为什么会发生这种情况呢？在笔者看来，这主要是由于以下几方面的原因。

其一，文本结构要素主次关系的颠倒。从文本结构来看，《冈底斯的诱惑》看似极为复杂，但如果详加梳理我们会发现，单从故事的逻辑层面讲，其实整个小说只讲了一个故事：姚亮、陆高、老作家和穷布组队到穷布曾经遭遇野人的地方进行为期四天的探险，但却一无所获。其他故事虽然更富趣味但却全部是这个乏味故事的附属品。我们

---

① 陈思和主编. 中国当代文学史教程（第二版）[M]. 上海：复旦大学出版社，2005：291-292.

② 李劼.《冈底斯的诱惑》与思维的双向同构逻辑 [J]. 文学自由谈，1986（04）：144.

可以按照小说的各章节来拆解这个大故事的逻辑关系。

　　第一节是整个故事的开端，内容是姚亮（也许不是姚亮）约陆高参加他的探险队；

　　第二节是探险队的四名成员首次见面，老作家讲述自己早年的西藏工作经历；

　　第三节是对穷布的介绍及他曾经帮助村民猎"熊"的故事的前半段；

　　第四节是关于姚亮和陆高准备去看天葬的故事，中间穿插了对藏族爱国人士大贵族巴郎女儿央金及其去世的介绍；

　　第五节是老作家多年前一次去阿里探险的经历回忆，可以将其看作与第二节是一个故事；

　　第六节继续讲穷布的故事，其中穿插了对穷布父亲的介绍；

　　第七节是第六节的继续，点明穷布所猎的"熊"其实是野人，第三、六、七节可以视为一个故事；

　　第八节继续讲姚亮和陆高看天葬的故事；

　　第九节回到了整个小说的主干故事，介绍探险队的出征经过；

　　第十节继续讲姚亮和陆高看天葬的故事，其中穿插了司机小何早年当汽车兵时的一段交通事故经历，第四、八、十节可以看作一个完整的故事；

　　第十一至十四节讲述的是顿珠、顿月及尼姆的故事，但这也不是一个与前面毫无逻辑关系的独立故事，它其实是在四人探险队返程以后，陆高根据在路上所听闻的一个故事写成的文学作品；

　　第十五节是对陆高所创作的这个故事在艺术上的理论探讨；

　　第十六节是姚亮和陆高根据这次探险经历所创作的两篇诗作。

　　如果将其逻辑关系用图表表示，如下图：

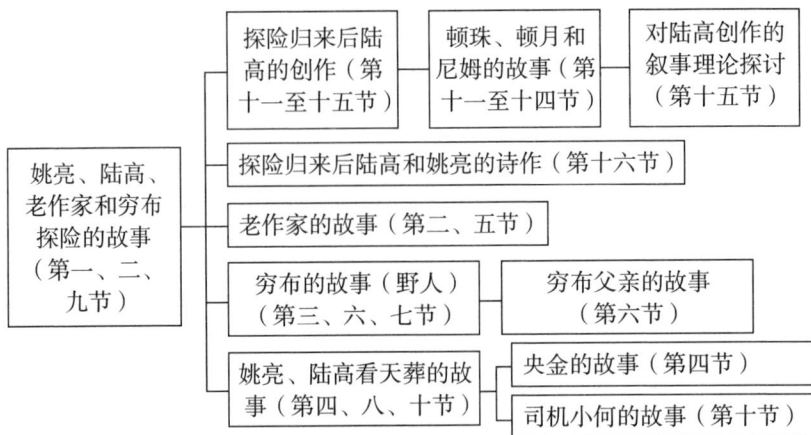

**图1 《冈底斯的诱惑》故事结构图**

单纯从其故事结构来看，《冈底斯的诱惑》更像是一个树状结构，只不过，其主干部分被刻意置于情节意义上的最末级位置，而故事最精彩的部分可能恰恰在于最末端的枝丫。这样，传统小说中结构组成要素的主次关系被颠倒了，读者无法用此前的阅读经验来理解文本。

其二，打碎小说的完形结构。俄国作家契科夫曾经有一句名言："如果在第一幕里墙上挂着一支枪，那末在第四幕里这支枪就一定要打响。"① 这被视为叙事艺术的一条法则。然而，在《冈底斯的诱惑》中，这条法则变得不再有效。马原在小说中设置了大量的谜团，如老作家看到的"羊头"究竟来自何方？目不识丁的顿珠是如何一夜之间学会《格萨尔王传》的？陆高和姚亮所看到的天葬究竟是不是央金？如果不是，那么央金为何要出现在小说中？对此，陈思和精辟地评论道："在所有这些故事中都牵涉到一些神秘的、未知的因素，但作者从来不准备告诉读者这些神秘因素到底是什么？甚至更紧要的，他们是否真的存在？抑或只是人的幻觉与臆想？种种疑问在小说中都是没有结果的，

---

① ［苏联］M. 罗姆，富澜. 艺术中的现代性［J］. 世界电影，1985（01）：53.

尽管这些故事的叙述方法，都是以很精确的、现实主义式的，甚至是‘客观的’态度讲述出来的。”①

其三，拆除文本世界与真实世界的界限。在《冈底斯的诱惑》的第十五节，马原不再专心地讲故事，而是干脆从文本背后跳了出来，开始和读者一起讨论该部小说的结构问题、线索问题与遗留问题。这样，作者与读者之间的“文本之墙”被打开了，真实与虚构的界限被拆除。这是马原在此文中所使用的第三个重要叙事技巧。在此后的创作中，马原又不断地在文本中重复着那句著名的“我就是那个叫做马原的汉人”，更是使何为真实、何为虚构变得不再楚汉分明，而这也彻底打破了此前现实主义的叙事传统为读者建立起来的阅读定式与审美习惯，文本所容纳的信息开始溢至文本之外，更溢出读者的阅读经验之外。甚至可以说，此时的读者已被马原胁迫着开启了一场阅读冒险。

而上述三点倘若归于一因，马原文本背后的美学动力就自然显现了出来：让此前由叙事文学传统所构建起来的读者“审美期待视野”全部失效——读者若想破解文本，必须丢掉一切“陈规”、抛弃一切常规“预期”。

（二）残雪1985年小说对读者“实践期待视野”的拆解及其策略

与马原不同，残雪并不屑于在小说的结构上动手脚，也不屑于制造迷宫，更不想将虚幻世界与真实世界连为一体——从这个角度说，她更忠实于此前的叙事传统与美学规范。但是，残雪却用她的方式构成了独异于马原的“先锋”的另一极，她所致力的是打碎一切被人们习以为常的逻辑——这既包括现实的理性逻辑，更包括道德与情感的逻辑，而她最终的指向是要打破读者的“实践期待视野”，而这也正是她的小说透露出荒诞感、压抑感、晦暗感的原因所在。残雪的写作策

---

① 陈思和主编. 中国当代文学史教程（第二版）[M]. 上海：复旦大学出版社，2005：296.

略也可约略总结为以下两个方面。

其一，打破读者在现实生活中建筑的理性逻辑。在《山上的小屋》中，"我"的"父亲用一只眼迅速地盯了我一下，我感觉到那是一只熟悉的狼眼"，"我恍然大悟"，"原来父亲每天夜里变为狼群中的一只，绕着这栋房子奔跑，发出凄厉的嗥叫"[①]。在现实生活中，人无论如何也不会在夜里变为狼，这是常识。但在小说中，这种不符合日常逻辑、不符合常识的情况却从残雪笔下自然流出，似乎这就是生活中的"常态"，残雪也以此在小说中营造一种乖戾、晦暗的艺术氛围，透视出了现代人家庭关系中的扭曲与变态。残雪这种打破现实逻辑，打碎现实世界之"真"的策略一直贯穿在其整个创作之中。《污水上的肥皂泡》中，"我"的母亲在洗澡时却消失不见了，赶来的人在水中一戳，却戳到了她的背脊骨和大腿，而母亲嘶哑的声音也从木盆底部发出来，问"我""礼物送去了没有？"[②]周围的人们却似乎对此并不以为奇——在这里，正是周围人不以为奇恰恰是该文本的"奇"，这也正是残雪结构文本中的第一个策略。

其二，打破读者在现实生活所建筑的道德与情感的逻辑。在残雪的成名作《山上的小屋》中，"我"的小妹却偷偷告诉我，"母亲一直在打主意要弄断我的胳膊，因为我开关抽屉的声音使她发狂，她一听到那声音就痛苦得将脑袋浸在冷水里，直泡得患上重伤风"[③]。《公牛》中，老关对因服用过量安眠药致死的母亲表现出了一种难以理解的平

---

① 残雪. 山上的小屋 [M] // 残雪. 残雪文集 第一卷·苍老的浮云. 长沙：湖南文艺出版社，1998：13.

② 残雪. 污水上的肥皂泡 [M] // 残雪. 残雪文集 第一卷·苍老的浮云. 长沙：湖南文艺出版社，1998：4.

③ 残雪. 山上的小屋 [M] // 残雪. 残雪文集 第一卷·苍老的浮云. 长沙：湖南文艺出版社，1998：14.

静，他对法医说："老婆子对西药丸子有种不正常的嗜好。"① 在残雪的小说中，日常生活中的一切友谊、情感与爱和建基于此的伦理都退隐不见。

### 二、受众视域下"先锋"理论解码

指出马原、残雪二人文本的共性及其差异只是我们解开"先锋"密码的第一步，而第二步我们则是要探究其背后的审美机理，而这也直接通向"先锋"的美学秘密。要完成这一步，我们需要再次借用一个西方文论概念"陌生化"。

"陌生化"理论认为文学创作的本质就是通过对现实生活的"陌生化"的语言处理，增加读者理解文本难度、延长审美感受时间的过程。对此，该派代表人物维·什克洛夫斯基就曾在其《艺术作为方法》一文中做过详尽的阐释，他说："为了恢复对生活的感觉，为了感觉到事物，为了使石头成为石头，存在着一种名为艺术的东西。艺术的目的是提供作为视觉而不是作为识别的事物的感觉；艺术的手法就是使事物奇特化的手法，是使形式变得模糊、增加感觉的困难和时间的手法，因为艺术中的感觉行为本身就是目的，应该延长；艺术是一种体验事物的制作的方法，而'制作'成功的东西对艺术来说是无关重要的。"② 作家通过对"语言"的陌生化处理来增加读者对文本的理解难度、延长审美感受时间，从而构造文学之所以为文学的内在规定性。

从这个角度，我们可以对"先锋"做出如下理解：首先，文学作品本身就是作家通过语言对现实生活进行陌生化处理，从而使其产生审美意蕴的过程。在这里，如果我们将作家使用的"语言"视为一种

---

① 残雪. 公牛 [M] // 残雪. 残雪文集 第一卷·苍老的浮云. 长沙：湖南文艺出版社，1998：9.

② [俄] 维·什克洛夫斯基. 艺术作为手法 [M] // [法] 茨维坦·托多罗夫编选. 俄苏形式主义文论选. 蔡鸿滨译. 北京：中国社会科学出版社，1989：65.

“能指”，而将其所要描写、叙述的现实生活视为与之对应的“所指”，那么在一般的文学作品（即非“先锋”的文学文本）那里，读者阅读文学作品就是“能指”与“所指”不断迫近，最终合二为一的过程，此时，读者不仅通过作家所使用的“语言”知晓了其所要描写的事物、了解了其所要表达的意思，而且通过这一过程在其中获得了审美感受。而对于先锋小说文本来讲，上述“能指”与“所指”是永远不能够合二为一的——要么“能指”只会无限迫近、而不会达到“所指”，要么“能指”会在“所指”一侧轻轻划过，更极端的情况甚至可能是，“所指”本身就是非本质性的存在①，“能指”无论走向何方、到达何处，都不会与“所指”相会合。而从上述意义上说，“能指”和“所指”能否最终会合也就成为“先锋”与“非先锋”的分界线。

如果在此基础上对马原和残雪的先锋小说进行理解，从受众接受的角度来看，二人所做的努力看似极为不同，但背后却共享着一套逻辑——即如何最大限度地制造阅读困难，使文本的“能指”和“所指”之间始终保持距离，从而给读者带来一种全新的审美感觉。在这里，“先锋”的“陌生化”与维·什克洛夫斯基所言的“陌生化”的差异在于，马原和残雪并不屑于在文本局部给读者“制造”困难，他们着眼的是整个“文本”，甚至是他们创作的全部作品这一“大文本”，他们的目的也并非单纯地是为读者一时的阅读“制造”障碍，而是要彻底颠覆由此前中国小说传统为读者构建的那种审美性“前理解”与“潜意识”，即在阅读某先锋小说文本之前，其头脑中形成的全部阅读经验与审美习惯——这既包括来自此前读者通过阅读积累、受文学传统影响而建构起来的阅读经验与审美习惯（由此形成了“审美期待视野”），

---

① 所谓“非本质存在”，即读者对文本意蕴的理解是发散的，而非一维的。这意味着，不同读者可以对同一文本做出不同的，甚至是完全相反的个人化理解。

也包括此前来自成长过程中，读者通过日常生活实践所建构起来的知识与逻辑作用于阅读过程中形成的经验与审美判断（由此形成了"实践期待视野"）。

　　简而言之，在1985年，马原和残雪之所以被后来的文学史视为最初的"先锋"，其理据就在于，他们通过各种文本策略竭尽所能并最大限度地打碎读者此前的全部阅读经验与审美习惯，从而使读者对他们所创作的文本产生陌生感，以此颠覆在此之前既有的文学传统与美学范式，最终使当时的文学创作发生了带有某种革命意味的改变。

### 三、"先锋"与1985年文坛其他文学思潮的文本分野

　　行文至此，为了保证论述的有效性、适恰性与合法性，我们还需要回答如下一个问题：马原和残雪及其作品在1985年的独特性又在哪里？之所以会存在这样一个问题，是因为马原和残雪步入文坛的1985年，对于中国当代文学来说，本就是极富意味的一年。洪子诚就曾这样说道："大致在80年代中期，文学界革新力量积聚的旨在离开'十七年'的话题范围和写作模式的'革新'能量，开始得到释放，创作、理论批评的创新出现'高潮'。因为1985年发生了众多文学事件，使这一年份成为作家、批评家眼中的转变的'标志'。"[①]1985年之所以会受到文学界的格外重视，其原因不但在于因为其在美学理论、文学方法的探讨等方面都出现了具有某种里程碑意义的事件，更重要的是这一年出现了大量在后世文学史中被赋予了经典地位的作品，并且其中很多文本都被后世指认为某种文学潮流的开端。而更加重要的是，在这些作品中由于其对此前美学范式的挣脱，使评论界和理论界一度手足无措，对此，吴亮在《新小说在1985年》的前言中就坦言："往年，几乎没有无法评论的小说，但这种情况在一九八五年不存在了，评论感

---

① 洪子诚. 中国当代文学史（修订版）[M]. 北京：北京大学出版社，2007：201.

到了无法言说的困难——他们触及了新的精神层次、提供了新的经验，展示了新的叙述形式。"①吴亮所言的"新小说"，自然不仅仅包括马原一家，这其中还包括了被此后文学史归入"现代派""寻根小说""纪实小说"等多个作家的多部作品②。而在这些作品中，诸如"现代派""寻根小说"也都形成了独具特色的文本风格，甚至其中一些作品，从表面的美学风格来看，与马原和残雪的作品还具有某种意味的相似之处，最典型的诸如韩少功的《爸爸爸》《蓝盖子》、刘索拉的《你别无选择》、徐星的《无主题变奏》等。事实上，在这些作品发表之初，评论界和学界对他们之间的差异的认识是十分潦草的，而在当时，"先锋"这一概念也还未出现在这一段时间内的评论中。评论界对这些作品的划分更是五花八门，比如上文提到，吴亮和程德培就将他们共同置于"新小说"的名目之下；还有的评论家，将马原的创作归入"寻根"一脉，将残雪称之为"仿梦小说"；而在80年代末、90年代初，吴亮则将马原、韩少功，甚至张承志、张贤亮的小说都纳入"先锋"之下。在本书看来，"先锋"与上述其他文本均存在着质的不同，其规定性就在于，"先锋"致力于拆除此前读者的全部阅读经验，其文本的"能指"始终无法与"所指"相会和，而非"先锋"不存在拆除读者阅读经验的企图，

---

① 吴亮，程德培选编. 新小说在1985年［M］. 上海：上海社会科学院出版社，1986. 前言.

② 吴亮，程德培选编的《新小说在1985年》一书中除了收录了马原的《冈底斯的诱惑》以外，该选本还涵盖了韩少功的《爸爸爸》《归去来》《蓝盖子》、徐星的《无主题变奏》、何立伟的《花非花》、刘索拉的《蓝天绿海》、莫言的《枯河》《秋千架》、扎西达娃的《西藏，隐秘的岁月》、张承志的《黄泥小屋》、贾平凹的《天狗》、王安忆的《阿跷传略》、李杭育的《炸坟》、郑万隆的《狗头金》、叶蔚林的《五个女子和一根绳子》、残雪的《公牛》、陈放的《圣贤塔的倒塌》、刘心武的《5·19长镜头》《公共汽车咏叹调》等多篇小说。此外，程德培还在该书"后记"中不无遗憾地这样说道："鉴于字数的限制，我们无法把所有我们认为是好的作品皆选入。为了使这个选本更有阅读价值，在经过各方权衡之后，我们特将一些大家都比较熟悉的，而估计其他选刊、选本也会入选的小说割爱了，比如王安忆的《小鲍庄》、刘索拉的《你别无选择》、莫言的《透明的红萝卜》……"（吴亮，程德培选编. 新小说在1985年［M］. 上海：上海社会科学院出版社，1986：583.）

文本的"能指"最终要与其"所指"合二为一。

在本书的框架下，我们认为，"先锋"一个重要的规定性就是：先锋小说作家通过运用叙事技巧使小说文本的"能指"始终不能抵达其"所指"，造成文本在整体上呈现为"陌生化"的艺术效果，以此打破此前读者在头脑中形成的阅读前理解（即阅读经验），从而颠覆了既往文学传统与美学规范。其中，对文本"所指"（即意义指向的规定性）的虚设、消解是其中的关键点之一。而"寻根派小说"虽然在语言处理与艺术风格上与先锋小说有着极大的相似之处，但是其文本的"所指"始终是明确的。甚至寻根派作家在进行创作之前就通过文论的形式予以了明确：韩少功说："寻根派"作家"都在寻'根'，都开始找到了'根'。这大概不是出于一种廉价的恋旧情绪和地方观念，不是对方言、歇后语之类浅薄的爱好；而是一种对民族的重新认识，一种审美意识中潜在历史因素的苏醒，一种追求和把握人世无限感和永恒感的对象化表现。"[①]在文本层面上，"寻根派"也呈现出上述特征。《爸爸爸》中的主人公丙崽具有极强的象征意味，整个故事具有明确的意义指向，甚至其中包裹着强烈的政治企图。"现代派"不但也是如此，而且更加不同的是，诸如《你别无选择》《无主题变奏》等作品所表达的情感以及背后所传递的思想倾向较为远离当时中国的社会现实，更无法引起读者，甚至是评论界的共鸣——其在文学史意义上的价值，与其说来自于思想与审美的力量，毋宁说来自于一种用汉语嫁接西方现代美学的"惊世骇俗"。

---

① 韩少功. 文学的"根"［M］// 王尧，林建法主编. 中国当代文学批评大系：1949-2009·卷四. 苏州：苏州大学出版社，2012：98.

## 第二节 先锋小说内部不同作家的文本差异

在时至今日的先锋小说文本的讨论中,论者多注重其"同"而忽视其"异",但这并非说先锋小说的文本内部具有某种极其一致性的倾向——这种"倾向"不但在其思想意义向度上不存在,即使在其形式技巧向度上也不存在。从理论上来说,"先锋"本就是一个在事后被"追授"的命名,在先锋小说作家们起笔之初,并不存在着明确的创作指导原则,更不存在"先锋"的理论自觉。而就现有文献来看,今天被文学史所指认的先锋小说作家们也都表示他们之间存在着很大的差异,如马原就曾这样表达过:"虽然我们这些人的写作在文学史上看有相似性,但我们自己一点儿不觉得,比如我写的故事都是现在时的,而苏童的小说就有好多是历史年代不详的,包括格非。"[①] 从上述角度来说,探讨先锋小说内部的文本差异不但是可行的,而且也是极为必要的。

在本章的第一节中,我们通过马原和残雪在1985年创作的小说,厘清了一些与"先锋"的文本有关的理论问题,本节我们则试图以上一节的讨论为框架与基础,对先锋小说的文本差异展开进一步的讨论。

在上文中,我们提出,"先锋"的技术路线是拆解掉读者的"期待视野",使文本的"能指"始终无法到达"所指",从而增加读者的阅读难度、延长审美感受时间——这也是"先锋"与非"先锋"的理论分野。那么,本节笔者试图采用以分析先锋小说作家文本的内容差异入手,兼及形式差异,讨论他们各自是如何拆解读者的"期待视野"的,

---

① 木叶. 先锋之刃 [M]. 上海:上海人民出版社,2018:12.

又是如何使"能指"无法抵达"所指"的。为了论述的逻辑性,我们将先锋小说文本内容的拆解分为以下三个维度:"真""善""美"。

## 一、不同先锋小说作家笔下的"真"

真,即真实,就是事物发展的客观逻辑,这包括现实之真,也包括艺术之真。当然,无论是前者还是后者都是在小说文本的框定之下的。在这个意义上,所谓现实之真,就是文本内容在逻辑上是否与现实生活的逻辑相一致;所谓艺术之真,就是在文本之内其事物发展逻辑是否符合读者的认知。这里我们可以通过继续讨论马原和残雪的文本差异来说明二者的区别。

上文我们曾经指出,马原和残雪的分野在于二人着眼于颠覆读者不同向度的阅读经验,残雪颠覆的是由现实生活经验通过转移所赋予读者的阅读经验,而马原则用力于颠覆由此前文学传统所构建起来的那个维度的阅读经验。这种分野也导致了二人的下述差别:相对地讲(也即并非绝对意义上的,而是倾向意义上的),马原更多地在意于解构艺术之真,而残雪更多地在意于解构现实之真。例如,在马原的小说中,"我就是那个叫马原的汉人"一语时常出现在文本中,马原正是通过这一手段,成功地拆解了小说中虚构与真实的界限,造成一种亦真亦幻的艺术效果,从而打破了通常读者阅读经验中对于小说虚构性质的"艺术之真"的认知。而残雪大多时候则不然,在小说《绣花鞋及袁四老娘的烦恼》中,袁四老娘"夜里一熄灯,婆子就蓬着头冲进来,在我的卧房里翻箱倒柜,砸烂镜子和茶杯,因为这些东西的反光搞得她暴跳如雷"[①]。在现实生活中,因为邻居家物品反光就冲进去乱砸一通,这显然不是正常的生活现象。《旷野里》中,"夜里,他们俩

---

① 残雪. 绣花鞋及袁四老娘的烦恼 [M] // 残雪. 残雪文集 第一卷·苍老的浮云. 长沙:湖南文艺出版社,1998:54.

醒着做梦的时候，她发现他的脚伸得那么长，长得给人一种陌生的感觉"[1]，如此奇特的情形，小说中的主人公们仍能坦然处之，让人不可思议。而也正是这"不可思议"拆解了小说文本中的"现实之真"。

但是，仅从"真"的角度出发，与后来者相比，无论是马原还是残雪，其更多的意义是小说范式的突破，而在表现事物本体的追问意义上，其深度还是显得略有不足，而后起的格非与苏童则在上述意义上实现了更深的跨越。

众所周知，在比较文学的意义上，格非常常被指认为是阿根廷作家博尔赫斯的追随者，这其中一大原因就在于他较为热衷于"叙事迷宫"的营造，而实现这一企图的技术路线就在于对真相的隐瞒。陈晓明在分析格非的代表作《褐色鸟群》时就曾经说道："(《褐色鸟群》)因为隐瞒，变成了另一个故事：为了隐瞒，讲了另一个故事"[2]。正因为如此，在陈晓明看来，"格非此前和此后写作的多篇（部）小说也都是有意隐瞒真相。《迷舟》《青黄》《大年》《风琴》都是如此，隐瞒真相变成格非小说艺术上的一个最突出特点。"[3]例如，在《迷舟》中，旅长萧去榆关究竟是为了见情人杏，还是去传递情报？在《青黄》中，"青黄"究竟是什么？在《褐色鸟群》中，"我"与"我"妻子的故事究竟是不是真的？"我"妻子的前夫究竟是不是真的死了？开篇中的"棋"和结尾处的"棋"究竟是不是同一个人？这都是格非在小说中为读者留下的谜团。显然，格非对于"叙事迷宫"的执着是马原拆解"艺术之真"的进一步艺术延伸，但我们之所以认为，格非事实上要比马原更进一步，是因为格非从某种意义上触摸到了后现代主义的一个核心——"真

---

① 残雪. 旷野里 [M] // 残雪. 残雪文集 第一卷·苍老的浮云. 长沙：湖南文艺出版社，1998：34.

② 陈晓明. 众妙之门：重建文本细读的批评方法 [M]. 北京：北京大学出版社. 2015：44.

③ 陈晓明. 众妙之门：重建文本细读的批评方法 [M]. 北京：北京大学出版社. 2015：44.

相"永远无法被再现，对"真相"的执着是一种幻象，是一种永远无法到达的乌托邦。这实则打开了先锋小说向新历史主义掘进的空间，而在这一点上苏童又向前走了一步。

以"枫杨树系列"为代表，苏童一直致力于对"历史"进行一种重新的解释，展现出了新历史主义的写作倾向。在其代表作《罂粟之家》中，苏童努力用"欲望"重新解释1949年前后的中国农村政治生态，从而展现了一幅与此前史书中描述截然不同的历史场景。小说中，"罂粟"所象征的人的物欲与肉欲在某种意义上成为推动历史向前发展的动力。在前述意义上，苏童的写作无疑是残雪颠覆"现实之真"路向的继续掘进，但可能更需要加以注意的是，其以"罂粟"为象征、以"欲望"解释历史的思想形式实则也是格非"叙事迷宫"的进一步化用。就这点来说，苏童对"真"的拆解与把握是具有更深的思想深度的。

## 二、不同先锋小说作家笔下的"善"

善，即伦理，它是规范人的行为、协调人与人的关系、维护社会正常运转的一整套价值标准与意识形态。在不同的历史条件（语境）、政治形态、社会制度与文化背景下，其基本规约会具有一定差异，不过就一般意义而言，它的含义是稳定的、一贯的，这也是横贯于文学艺术长河的传统性主题之一。作为一种审美意识形态，传递向善的精神力量一直就是文学的重要价值向度之一，而教谕功能也历来被人们视为文学的基本功用之一，宗教文学与政治图解类文学也往往将文学这一功能发挥到极致。从某种角度看，在现实主义文学传统中，"善"也是最为基本的价值规定——虽然，它在具体形态上一方面会因不同地域的文化传统在一定范围内接受本土化改造，另一方面其也会受到特定政治框架的规约，从而具有阶级性和独异性。

中国当代文学界域内的小说创作，自发轫之初就一直受到无产阶级政治意识形态的规训，所以其文本内不但要呈现出日常伦理之善，也同时要呈现出政治伦理之善，而先锋小说一直存在着弱化、消解上述"善"的企图，只不过在这个向度上，马原和残雪也存在着一定的差异与分野。由于马原更在意的是叙事技巧的变化，所以在思想意义的范畴下与此前的小说没有形成太大的差别。其一，他的小说明显远离政治之"善"的言说，而与日常之"善"也保持着一定的距离。即便在处理"文革"、知青这样题材的小说时，马原也并不试图介入对历史、对政治的价值判断，而是更执着于对命运及偶然性的关注以及由此造成的人的际遇的变化。马原的小说从题材上大致可以分为三类：其一是西藏题材，例如《拉萨河女神》《冈底斯的诱惑》《叠纸鹞的三种方法》(《西藏文学》1985年4月)等；其二是知青、"文革"题材，例如《零公里处》(《丑小鸭》1985年8月)、《错误》(《收获》1987年1月)、《上下都很平坦》(《收获》1987年5月)等；其三是后"文革"题材，例如《蟋蟀又叫了》(《小说潮》1985年6月)、《海的印象》(《上海文学》1985年11月)、《旧死》(《钟山》1988年2月)等①。在这些小说中，马原的关注点通常远离政治、远离宏大叙事，不试图进行价值判断，而流露出的是对命运及偶然性的关注。如在其西藏题材小说中，他更着意于以一个外来者的视角描绘藏地风俗，展现20世纪80年代内地援藏者的精神状态，如在《骠骑兵上尉》(《西南军事文学》1988年第5期)中，主人公之一的明大姐是一名内地援藏的文艺工作者，在西藏生活多年的她正当要开启新生活的前夕却不幸死于车祸，这样的结局不免使人唏嘘。而或许让人更加感慨的是，明大姐其实实有其人②，

---

① 需要说明的是，这样的划分是相对粗浅的，并不能囊括马原这一时期的全部小说创作。

② 《骠骑兵上尉》中的"明大姐"的原型是作家、《西藏文学》原编辑龚巧明，她于1985年在西藏下乡采访途中因车祸去世，马原当时的妻子、作家皮皮曾写作《九月的叙谈——献给我的挚友龚巧明》一文以示怀念，该文发表于《人民文学》1991年第1期。

其原型在80年代的西藏文艺界极具影响力，马原以此人物所创作的小说无疑带有一种缅怀之意。而在"文革"题材小说中，虽然在当时反思和批判"文革"已经成为某种意义上的文学叙事的主流"命题"，但马原恰恰远离了历史与政治的对错之分，而展现出"人"在异己力量及偶然因素面前的无力以及处于其间的人的精神状态，例如《错误》。总之，马原的小说在其形式因素之外，处处呈现出一种平和、悲悯的情感的态度。这种写作风格与叙事态度并非起自马原，即使在新时期文学的范畴内，他也并非肇始者——在汪曾祺于1980年发表的短篇小说《受戒》中，小和尚明海和小英子的朦胧之爱就已经远离了道德的对错与伦理的善恶，更远离了政治的是与非，而呈现出一种清丽、明媚的艺术风格。

相较之下，残雪则开启了解构伦理之"善"的先锋叙事之旅。残雪步入文坛的首篇作品《污水上的肥皂泡》中第一句话便显得惊世骇俗——"我的母亲化作了一木盆肥皂水。"① 在《阿梅在一个太阳天里的愁思》中，"我"的母亲和丈夫都对"我"冷眼相向，而他们却好似夫妻一般亲密，与此同时，儿子也对"我"十分冷漠。《布谷鸟叫的那一瞬间》中，"有人企图挖空房子的地基，捅开纱窗……"为的是"放进一条眼镜蛇"②。在残雪的小说中，一切正常的人伦关系——亲情、友情、爱情、人与人之间的一切爱都被消解，主人公生活在彼此仇恨、猜忌，互相厌恶、防备，乃至陷害的关系世界里，"善"被"恶"所取代，并被残雪笔下的主人公们视为某种"常态"。此外，残雪虽然不刻意回避对政治与历史之善恶的叙述，但或许是由于其含混、怪诞的语

---

① 残雪. 污水上的肥皂泡［M］// 残雪. 残雪文集 第一卷·苍老的浮云. 长沙：湖南文艺出版社，1998：1.

② 残雪. 布谷鸟叫的那一瞬间［M］// 残雪. 残雪文集 第一卷·苍老的浮云. 长沙：湖南文艺出版社，1998：22.

言风格所致，读者虽然会在作品中识别出其有些文本的确具有"文革"的历史背景（如《黄泥街》），但残雪的政治伦理态度却并非清晰、明确的。

对于洪峰来说，其素来被认为是马原的模仿者，虽然曾有论者替其辩解，但这种声音却一直存在于评论界①。其实，从形式因素运用的角度上来说，指认洪峰为"马原的模仿者"，似乎并非毫无理据。在他的作品中，主人公以"洪峰"之名穿梭于多个文本；现实生活中的儿子蒂尼、好友马原、程永新在文本中"随意"出入；故意暴露叙事手段，造成似真似幻的艺术效果；多个文本互相指涉；元小说手法的运用……这些在洪峰小说中频繁使用的叙事技巧无疑都是马原的翻版。但是，从另一个角度——"善"之叙事与伦理之表达——来看，洪峰与马原又是存在着不小的差异的。无论是在《奔丧》（《作家》1986年第9期）中还是在《瀚海》（《中国作家》1987年第2期）中，洪峰展示了对权威的质疑、对人与人之间关系与感情的失望和不信任。如在《奔丧》中，"我"对父亲之死的冷淡态度、对兄弟之情的不屑、对妻子的不信任，这些反权威、反亲情、反常理的情绪表达与马原小说的情感基调是明显不同的。另外，从另一个角度看，与《冈底斯的诱惑》极为不同的是，《瀚海》中的众多故事其意义指向并非松散的，更非是虚

① 1991年元月，洪峰给时任《收获》杂志编辑的程永新写了一封短信，在信中，洪峰不无自我安慰地对程永新这样说道："一部作品的成功与失败，对一个中国作家来说意义实在相同，你别担心我会承受不住。你想，对一个作家来说，被指责为抄袭和模仿都可以默不作声，还有什么东西不能承受呢？"这封信后来被程永新以《洪峰：内省和拷问》为题收入他其后出版的《一个人的文学史》一书中。其后，程永新这样解释道："很长一段时间里，洪峰始终是一位有争议的作家。因为同是东北籍的作家，又因为文本表面呈现的假象，提到洪峰，人们总把他和马原联系在一起。这就是此信中'抄袭和模仿'之语的由来。"（程永新. 一个人的文学史 [M]. 天津：天津人民出版社，2007：16、17.）另外，陈晓明也曾说道："洪峰倒是一直被当作马原的第一个也是最成功的追随者，但是人们忽略了洪峰的特殊意义。1986年，洪峰发表《奔丧》，传统小说中的悲剧性事件在这里被他加以反讽性地运用。'父亲'的悲剧性意义的丧失和他的权威性的恐惧力量的解除，是令人绝望的。"（陈晓明. 中国当代文学主潮（第二版）[M]. 北京：北京大学出版社，2013：347.）

设的，它们在洪峰略带玩世不恭的语言风格中基本全部指向了同一的意义倾向——即对父辈、对历史的某种嘲讽与责难。

余华则在残雪的意义上迈出了不同其他先锋小说的一步。从某种意义上，或许可以说，余华是先锋小说中最明确，同时也是最激烈的对伦理、对"善"形成了围剿、攻伐之势的，而且这在其第一部具有先锋性质的小说——《十八岁出门远行》（《北京文学》1987年第1期）中就得到了最为充分的体现。在这部小说中，十八岁的"我"第一次出门就体会到了人世间的险恶，"我"帮助司机却反遭司机暗算。而在余华另一部代表作《现实一种》（《北京文学》1988年第1期）中，这种伦理之"恶"更是通过暴力之残酷、人性之贪婪显示得淋漓尽致，作为亲兄弟的山峰与山岗用近乎不忍卒读的方式置对方于死地。与残雪不同，余华的"恶"并非梦呓似的心理困境，而是现实的直接传达。在其中，"暴力"是余华表达"善"之虚假最为顺便的叙事武器，其充分体现了一种对人性、对政治，乃至对历史的不信任，传达的是一种用"恶"看待世界的理解方式。从某种意义上说，余华的小说将先锋小说，乃至整个中国文学传统中对"善"的叙述拉下了圣坛，其中透露的是一种对"人"的无限绝望。

### 三、不同先锋小说作家笔下的"美"

本书的"美"包括两个范畴，其一是文学及其内容所传达的"美"的理念（下称"美的理念"），其二是文学本身所展现出的"美"的风格（下称"美的风格"）。在先锋小说的部分作品文本中，上述两种"美"都成为拆解的对象，但是，需要说明的是，对于后者来说，此处的"美"，其对立面并非一定是"丑"，而可能是一种被认为是小说的"美"之"应当如此"的形式，换句话说，对"美"的拆解并不一定意味着彻底取消、放逐了"美"本身，而是重构、再造了另一种"美"

的形式。

对于"美的理念"来说，残雪无疑是最初的也是最为激进的解构者、反对者。残雪以她晦暗、压抑的环境营造方式，将"丑"置于某种小说本体的位置上予以建构。在她的小说中，现实世界被我们视为"丑"的事物得到了她笔下人物的青睐和喜爱。《山上的小屋》中，"我"心爱的东西是"几只死蛾子、死蜻蜓"①。这种以"丑"为"美"的写作策略帮助残雪在她的小说世界中营造了一种诡异的氛围。

而对于余华来说，其对"美的理念"的解构与重塑是在其对世界之"善"的质疑的基础上完成的。或者可以说，在余华的小说中，"丑"与"恶"本身就是二位一体的，他们共同构成了对历史、对人性最为激烈的质疑。

马原更着意于在"美的风格"上塑造新的形式，从而完成对先锋文本的建构。其中较为典型的特点之一，是在马原的小说中，对"美"的解构大都是依靠使小说本身处于一种"非完形"状态而实现的。"完形"的概念来自发源于20世纪的心理学流派——完形心理学。所谓完形心理学，又称格式塔心理学（Gestalt psychology），它是20世纪初出现在德国的一个心理学流派，其认为："结构不是其组成部分的简单相加，内部系统性整体结构决定组成部分的性质。"②作为其基础理论的"完形趋向律"（Law of Pragnanz）则认为："我们会尽可能地感知最简单的模式，即需要耗费最少认知努力的知觉。……我们的感知系统更喜欢看到完整的形式，如一个完整的圆，而不是断裂的圆。"③自诞生以

---

① 残雪. 山上的小屋［M］//残雪. 残雪文集 第一卷·苍老的浮云. 长沙：湖南文艺出版社，1998：12.

② 夏征农，陈至立主编，杨治良等编著. 大辞海. 心理学卷［G］. 上海：上海辞书出版社，2013：27.

③ ［美］菲利普·津巴多等. 津巴多普通心理学（原书第5版）［M］. 王佳艺译. 北京：中国人民大学出版社，2008：567.

来，格式塔心理学在多个领域产生了广泛影响，其中在美学领域也受此启发产生了"格式塔心理学美学"（Gestalt psychology aesthetics），其强调"艺术作品的整体性和人的心理对对象的组织构造和整体化作用，即'完形'作用"①。通俗地说，一般情况下，读者对所要接受的艺术文本都存在着结构紧凑、故事完整、前后呼应的阅读预期，而马原的《冈底斯的诱惑》明显打破了这种预期，从而使小说对读者来说变得陌生、变得难以进入。

在马原之后，在"美的风格"的向度上继续拓展小说边界的先锋作家是北村和孙甘露。

北村一开始就展现了颇为激进的叙事态度和美学企图。他发表于1986年《福建文学》上的短篇小说《黑马群》，其副标题赫然写明"实验室实验之一"，清晰地表明了其进行叙事实验的企图。而他尝试在"美的风格"意义上重塑小说形态与叙事范式的作品当推1989年发表在《收获》第4期上的《陈守存冗长的一天》。在这篇小说中，作品只记录了主人公基干民兵陈守存一天之中发生的几件零散的事情（包括上午起来在弹药库、池塘、废弃的石料加工厂旁活动；与一个叫刘柳的女人做爱；将路上碰到的一个遭受枪伤的人送往医院，等等）。但是北村却使用了不同的视角、不同的语言反复对陈守存的这个活动过程进行描写，全篇基本没有出现任何对话，从而造成了一种独特的叙事效果和美学形式。有论者将这种叙事手法称为"反刍叙述"②，认为这种技法"使小说的故事情节变成一个叙述过程，使事件的一维时间变成叙述的多维时间，从而把现实的世俗生活转换为形式化的艺术世界"，并称：

---

① 朱立元主编. 美学大辞典（修订本）[G]. 上海：上海辞书出版社，2014：462.

② 根据盛子潮的解释，所谓"反刍叙述"是指"……先把人物的活动相略地叙述一遍，然后再把其中的某些部分返回来重新叙述——或用另一种视角，或用另一种话语，或用同一种视角、同一种话语来重复叙述，如同反刍动物一样。"（盛子潮选评. 新实验小说选[M]. 杭州：浙江文艺出版社，1993：303.）

“自从福克纳的《喧哗与骚动》问世以来，重复叙述已成为现代小说叙事方式的一种标志。尽管如此，北村在这篇小说中所采用的反刍叙述仍有其独特的意义”①。在我们看来，马原形式实验的特征在于他企图让小说的形式融入意义的构成里，成为读者理解小说的一个不可缺少的部分，而北村在《陈守存冗长的一天》的实验，则让小说形式对其意义构成的重要性凌驾于文字所表达的内容之上，也就是说，北村的这一尝试在形式实验的意义上显然是比马原更为激进的。

然而，北村对于形式实验的激进态度与后起的孙甘露相比仍然显得“略逊一筹”。

1986年，孙甘露以一篇《访问梦境》（《上海文学》第9期）登上文坛，便立时引得文坛侧目。在这篇小说中，语言如抒情诗一样轻盈、秀丽，至今仍堪称汉语小说创作中的一朵奇葩。其打破一切汉语语法、句法、词法规则的尝试都让汉语叙事写作达到了一个前所未有的层次。然而，在这篇小说中，在此前文学理论中被认为是小说核心的故事、情节都被孙甘露毫不犹豫地放逐，乃至取消——这在根本上颠覆了小说“是之所是”的依据。当年的先锋文学批评家吴亮毫不吝惜对该作的艳羡之情，他说：“《访问梦境》曾牵引着我步入一个我本不可能靠近的世界，通过语言的签证，我确实步入了……我甚至怀疑有无必要和可能对《访问梦境》进行深层意蕴的破译，它的价值不在于可以引导我得到思想性的成果，而是让我中止于语言的虚拟陈述，在此领略一种前所未有的感觉。”②此后，孙甘露又相继发表了《我是少年酒坛子》（《人民文学》1987年第1-2期合刊）、《信使之函》（《收获》1987年第5期）、《仿佛》（《中外文学》1988年第1期）、《请女人猜谜》（《收获》1988年第6期）等作品。这些作品延续了孙甘露此前的创作风格，语言

---

① 盛子潮选评. 新实验小说选［M］. 杭州：浙江文艺出版社，1993：303.

② 吴亮. 告别1986［J］. 当代作家评论，1987（02）：88.

的精致、律动与意义的消极、放逐互为两极地共存于文本中。在孙甘露这里，小说与叙事已经完全和故事、情节、意义无关，而只剩下了由一堆优美的语言能指构成的音律大厦，这也将马原并经北村的小说语言形式实验推进到一个无以复加的极致状态。

公允地说，马原的形式实验虽然在当时对文坛和读者的冲击是巨大的，但也是深刻的，他直接拓展了汉语小说的边界与内涵，开拓了汉语叙事新的可能性。向前一步的北村其实已经处于了"叙事"概念的边缘，从某种意义上说，他此时的写作，其只对理论界思考"小说"与"叙事"的本体性问题有所助益，但实质上已经几近脱离了读者以审美为目的的阅读的潜在目的。而对于孙甘露的小说来说，则已经处于了"小说"与"叙事"界限的外围，或者可以说，其本质上已经不再是小说，不再是叙事，甚至也无涉于纯粹的抒情，而彻底沦为了词语嬉戏——从"小说"与"叙事"的本体上来讲，这或许可以看作一次极为失败的尝试，虽然其仍然，并可能在很长时期内都会在文学史中保留自己的经典地位。

## 第三节　先锋小说对中国当代小说阅读空间的开拓

先锋小说的意义之一是它为小说文本的理解打开了一个新的空间与可能。本节笔者试图通过对格非21世纪以来两部带有"先锋"意味的小说作品（中篇小说《隐身衣》和长篇小说《月落荒寺》）的阅读分析，尝试说明，这种"空间"与"可能"是如何得以被构建出来的。

在这里，有一个问题需要说明，那就是我们选择的文本是格非在21世纪以后发表的作品，而本书讨论的对象是20世纪80年代的中国先锋小说，那么这里是不是会存在着一定的混乱或者错位呢？在这里，笔者出于以下考虑做出了这种安排：在本书第四章第四节中，笔者将进一步讨论20世纪80年代的中国先锋小说对90年代以后，尤其是进入新世纪的当下文坛的影响。其中，格非既是20世纪80年代先锋小说创作的主力成员之一，而且在"先锋小说"退潮以后，他仍然延续着这一写作立场和美学立场，从这个角度说，选择他21世纪以后的作品，并不影响本书结论对20世纪80年代先锋小说的有效性。另外，本书做出这种安排也意在为后文该节的论述提供一个佐证，同时也存在唤起学界对先锋小说当下文学史影响的某种关注的企图。

## 一、方法论：两种阅读先锋小说的方法

陈晓明在其所著的《无边的挑战——中国先锋文学的后现代性》一书中将"文本的开放策略"视为先锋小说可能"最富有挑战意味"[①]的叙述方式之一。在这里，陈晓明论述道：

> 中国先锋小说并不像巴塞尔姆的文本那样向着语言和亚文化形态全方位开放，它主要的是通过多重文本的叙述变奏达到文本在叙述里的开放。
> 始作俑者可能是马原（又是马原！）。马原关于姚亮和陆高的一系列作品，很显然，没有故事情节之间的实际关联，而姚亮和陆高变换角色自由地在多个文本里出入。……现在，姚亮和陆高是在完全不同的文本里活动，他们把另一个文本带进来了，这些文本是平行并列的，它们互相侵犯而互相开放。马原在《冈底斯的诱

---

① 陈晓明. 无边的挑战：中国先锋文学的后现代性（修订版）[M]. 北京：中国人民大学出版社，2015：77.

惑》《虚构》等作品里，都提到了其他文本，这是文本中的文本。马原不过是为了在真实和虚构之间制造平衡，不管是姚亮、陆高还是"文本中的文本"，都只具有非常有限的开放意义，它们都没有获得与写作的文本平行的实际存在地位。①

在本书中，笔者把这种"文本的开放性""互为文本"称之为"文本间的互相指涉"。事实上，不只是在马原的作品中，或许可以这样说，"文本间的互相指涉"本就是中国先锋小说作家们最常使用的叙事技巧之一，格非即是如此。他早在20世纪80年代创作的《褐色鸟群》和《没有人看见草生长》中就使用了这种技巧，两个文本中都出现了一个名叫"棋"的姑娘。而在21世纪以后，这种手法又被他发扬光大。2006年其在《长城》第1期中发表的《不过是垃圾》与次年在《收获》第5期上发表的《蒙娜丽莎的微笑》俨然就是同一个时空场景下、在同一批人身上发生的两个故事。而《月落荒寺》则在这一意义上形成与《隐身衣》的互相指涉关系——这一关系的构建正是本书论述的重要基础。

在这一基础上，笔者拟提出"并联阅读"与"串联阅读"两种阐释方式。"并联"与"串联"是从物理学中借用的词汇。所谓"并联阅读"，是指将两个或多个具有互相指涉关系的文本视为一个整体进行阐释；而"串联阅读"则是将二者视为存在联系但却是互相独立的文本进行比较方式的阐释。

需要说明的是，我们特别强调"具有互相指涉关系"这一使用的理论与事实基础。这一方面是为了与"互文性"这一理论话语相区别，另一方面也是为了规范其使用范围的需要。

---

① 陈晓明. 无边的挑战：中国先锋文学的后现代性（修订版）[M]. 北京：中国人民大学出版社，2015：77.

　　在这里，我们是想区别几种情况，以厘清这种阐释方法的适用范围。

　　从某种意义上说，诸如《月落荒寺》与《隐身衣》这样的文本之间到底有没有联系，本就是一个言人人殊的问题。换句话说，无论是回答"有"还是回答"没有"，都是一种非本质性的建构。无论哪一个答案、哪一种理解，都需要在其言说的具体语境中予以生成，因为没有谁能够在逻辑层面上或事实层面上给出一种带有确定性的答案——即使是作家本人的理解也只是他个人的理解而已。

　　但是，有些文本不是这样。比如说莫言的《红高粱家族》。我们都知道，《红高粱家族》本是由《红高粱》《高粱酒》《高粱殡》《狗道》《奇死》五个中篇小说所组成的。最初，五个部分均独立成篇，分别发表于1986年的《北京文学》《十月》《昆仑》《解放军文艺》等刊物上，直到次年才由解放军文艺出版社合成一集，取名为《红高粱家族》，以长篇小说的形式出版。由于将这五个中篇合并为一个长篇是作者莫言的本意，所以从某种角度说，作者在创作之初就是带着一种长篇小说的视野与思维对全篇进行结构、统筹、写作的，故而这五个中篇之间事实上是缺乏各自具有独立性的依据的。所以，笔者认为，"并联阅读"与"串联阅读"的阐释方法不适用于《红高粱家族》及与其具有相似情况的文本。

　　在此意义上，具有互文关系的、不是同一个作家创作的作品也不适用本文的方法。"'互文性'（Intertexuality）也有人译作'文本间性'。作为一个重要的批评概念，互文性出现于20世纪60年代。随即成为后现代、后结构批评的标志性术语。互文性通常被用来指示两个或两个以上文本间发生的互文关系。它包括：①两个具体或特殊文本之间的关系（一般称为 transtexuality）；②某一文本通过记忆、重复、修正，向其他文本产生的扩散性影响（一般称作 intertexuality）。所谓互文性批评，就是放弃那种只关注作者与作品关系的传统批评方法，转向一种宽泛语境下的跨文本文化研究。"① 本书所提出的"并联阅读"与"串联阅读"虽然在意涵上与互文性批评存在相似甚至重叠之处，但是其并不放弃在作品与作家关系的背景下进行阐释批评，而且从一定意义上说，"并联阅读"与"串联阅读"强调"同一作家的作品"本质上是在强调作家思考问题、思考方式及思考路向的同一性，也正是在这一点上，"并联阅读"与"串联阅读"的阐释方法构成了独立于互文性批评的理论内质。

### 二、对两部作品并联阅读的阐释

并联阅读注重将产生指涉关系的几个文本看成一个自足整体，注意的是其异中之同，阐释的重点是在形成指涉关系的文本的共同参与下，新的"文本"所展示出来的精神取向与价值内涵。

"格非小说的显著特点就是小说叙事中总是出现空缺——特别是在高潮部位或关键部位出现空缺，这使小说突然间变得扑朔迷离。他的小说叙述轻松自如，语言清峻，故事从不凶狠，但却总有一些错位发生，或者有些情节被隐瞒，这使得故事变得奥妙无穷。"② 这种空缺技巧早在格非80年代的作品，例如《迷舟》《褐色鸟群》中就已出现。在某种意义上，空缺技巧的使用，正是当时格非被学界与评论界纳入先锋作家群落中予以考察的重要原因之一。虽然他在创作长篇小说《江南三部曲》的近十年间有意寻求了向传统现实主义的有限度性回归，但是，在绝大多数的中短篇小说中，格非则一直使用这一技巧，并呈现出试图让该技巧承担起负载小说意义与价值的叙事功能。而在笔者看来，《月落荒寺》的发表，正与此前格非于2012年在《收获》上发表的

① 陈永国. 互文性［M］// 赵一凡，张中载，李德恩主编. 西方文论关键词（第一卷）. 北京：外语教学与研究出版社，2017：211.

② 陈晓明. 众妙之门：重建文本细读的批评方法［M］. 北京：北京大学出版社，2015：62.

中篇小说《隐身衣》一道进行了一次十分成功的尝试。

当我们将《月落荒寺》与《隐身衣》合并看成一个完整、自足的文本时，首先能够判断的是，在时间上，《隐身衣》的故事大致发生在《月落荒寺》的第62节之后与第63节（即最后一节）之前。也就是《月落荒寺》中的女主人楚云（《隐身衣》中的"毁容女"）惨遭不幸之后。而《隐身衣》中的一个推动故事发展的主要叙事动力是神秘商人丁采臣（《月落荒寺》中的辉哥）委托服装厂老板蒋颂平为其购置一套"全世界最好的音响"，而蒋颂平则把这个任务落实给了发小崔子（这个崔子就是《月落荒寺》中被提到三次的制作胆机的崔师傅）。而崔子也由于这一机缘娶了毁容后的楚云为妻，并共同生育了一女。

《隐身衣》发表于2012年的《收获》杂志第3期上。作品发表之初就引起了学界与批评界的强烈关注，并先后斩获第六届鲁迅文学奖和2014年老舍文学奖。由于"叙事空缺"手法的运用，格非在这篇小说中为读者留下了太多尚未解开的谜团。例如，丁采臣与"毁容女"究竟是什么身份？他们之间又是什么关系？丁采臣究竟死没死？如果他真的自杀了，那么崔子所收到的二十六万余款又是谁打过来的？甚至于，"毁容女"姓甚名谁？熟悉格非叙事手法的读者很可能在阅读过程中就已经放弃了探问这些问题真相的意愿，因为按照格非的一贯做法来说，他是不可能告诉我们的。但是，《月落荒寺》的出现似乎又重新打开了我们探知《隐身衣》中真相的欲望魔盒——敏锐的老读者一定在该书的第10节杨庆堂提及那位做音乐器材生意的老崔时就预感到了《月落荒寺》与《隐身衣》之间的某种诡秘联系——尽管我们知道，我们破解一个谜团的真相之后，格非自然会再抛给我们一个新的谜团，但对于急于了解丁采臣与"毁容女"的读者来说，这似乎并不重要。然而，令读者始料未及的是，在《月落荒寺》中，虽然格非借楚云之口，向我们解开了覆盖在丁采臣的部分谜团，但是更大的疑惑也与此同时呈现在读者面前。我们惊奇地发现，格非抛给我们的这一新的谜团竟然继续埋藏于原有故事的深处。而且这个谜团坚硬无比——甚至连直接当事人丁采臣以及为此遭受厄运的楚云也不清楚真正的答案。

从并联阅读的角度看，《隐身衣》和《月落荒寺》实际上是共同讲述了三个大故事：一是辉哥与楚云的故事；二是崔子故事；三是林宜生的故事。在这三个故事中，辉哥与楚云的故事则是整个小说的核心，但是，这个核心却处于一种"空缺"的状态。然而，或许我们还可以从另外一个角度来思考这个问题，那就是整个谜团的核心——丁采臣的故事与楚云被害之谜——并非一个实在的事件，或者干脆说丁采臣和楚云并非两个实有的人物形象，他们只是一个象征、一个意象，他们所代表的是人的存在，是人是之所是、在之所在的一种意象。崔子、林宜生以及读者无法窥探其中的秘密，其实就是我们无法知道人之所以存在的价值与意义之谜。我们通过《月落荒寺》揭开《隐身衣》所留下的谜团的一角，而又被新的、更加巨大的迷雾所笼罩，这只不过是在提示我们，希望探究人存在之谜的冲动与尝试只会将我们扔进更大的疑惑之中。

其实，这并非只是当代人的困惑与精神状态——它自欧洲启蒙运动之始、自人类尝试建立一个所谓理性、"澄明"的现代文明社会之初，就已经被深深地注入我们的基因里。我们还记得，早在三百多年前，笛卡尔就在试图构建人类存在与知识的根基，他想知道，在我们这个世界究竟什么是"真"的，究竟什么能够成为我们存在的根，最后他说出了"我思故我在"的那句旷世名言——我思考着所以我存在——这是能够确证我们自身并推动我们前进的根基——然而，当历史的车轮跨入20世纪，当人类经历了两次世界大战的绝世浩劫、当核被用作涂炭人类以及威慑弱小的武器之时，我们不禁要追问：我们如何用逻辑与理性证明"我思故我在"这个命题呢？这难道真的是一个可以不证自明的公理？

我们认为，这是并联阅读视野下《隐身衣》与《月落荒寺》给我们所留下的最大命题。

### 三、对两部作品串联阅读的阐释

串联阅读是将具有互相指涉关系的文本视作虽有联系但却互相独立的文本，它注重的是文本之间的同中之异，重视文本之间的裂隙以及在裂隙中生发的意义。

我们在前文曾经说道，在两个文本的三个故事中，丁采臣与楚云的故事在某种意义上可以被看作一种象征、一种意象，它象征着现时代条件下人的存在之谜。然而，作为另外两个故事的主人公，《隐身衣》中的崔子与《月落荒寺》中的林宜生对待这个谜团的态度及做法既有相同之状，又有不同之处。

从某种意义上说，崔子和林宜生都对生活抱着一种犬儒的态度：崔子似乎并不追求安逸、稳定，他也不愿去过那种有条不紊的生活，平时玩玩乐器、听听音乐，对于背叛他的人也没有表现出多少怨恨，在妻子玉芬与他离婚时，他甚至没有想过拿回那套他所购买的房子，而对母亲的死他更是显示出了一副冷漠的态度——在这一点上，或许会让读者想起加缪小说《局外人》的主人公莫尔索——在小说的最后，他对教授的无可理喻的苛责态度进行反击时，说出的也不过是："如果你能学会睁一只眼闭一只眼，改掉怨天尤人的老毛病，你会突然发现，其实生活还是她妈挺美好的"①——这恰如其分地诠释了他的生存哲学；而林宜生也与崔子如出一辙，除了对儿子伯远和后来的爱人楚云流露出一分难得的真情外，他似乎对任何事情都表现出一种让常人难以理解的淡漠态度，甚至在遭遇妻子白薇背叛，又被白薇恬不知耻地卷走

---

① 格非. 隐身衣［M］// 格非. 蒙娜丽莎的微笑. 上海：上海文艺出版社，2014：336.

他通过到全国各地讲课、辛辛苦苦挣来的三百万时，他仍旧没有什么太大的反应。而这种"犬儒式"的人物形象，其实一直存在于21世纪以来格非的小说中，形成了某种颇有意味的人物谱系，比如《春尽江南》中的谭端午、《蒙娜丽莎的微笑》中的胡惟丙等。

但是，格非对待这道人物谱系上的每个人物的态度显然是有所区别的。在《隐身衣》发表之初，有学者就敏锐地指出："格非对这个犬儒化的人物（指崔子——引者注）并没有显露半点鄙夷的神色，几乎是带着欣赏的目光来描写的，他潜意识里已经把这个人物看作自我的镜像了。"[①]但是笔者却认为，格非看待林宜生的态度却并不如此，虽然谈不上鄙夷，但至少是表示出不满或是有所怀疑的。这突出地表现在全书最后一节的那个"彩蛋"中：七年后，林宜生与楚云偶遇在苏州某地的司徒庙附近，这虽然"让两人百感交集"，但在林宜生心中仍旧有一丝微微的隐忧：

> 另外，林宜生的心里还藏着一个小小的烦恼。
>
> 他暗暗希望妻子在司徒庙里待得越久越好。
>
> 与此同时，宜生也在脑子里飞快地盘算着，如果她很快就回来，他不得不向楚云介绍自己的妻时，要不要撒个小谎，隐瞒一下她的真实身份。[②]

格非的这种态度甚至还表现在小说本身的一些技巧使用与细节处理上。比如在叙述人称的选用上，《隐身衣》是用了第一人称"我"，而《月落荒寺》则是采用了第三人称。在这里，第一人称的视角限定是明确的，小说中只有崔子知道的才能被读者所了解，文本中作者的

---

① 董外平.《隐身衣》和先锋作家的隐身哲学［J］. 南方文坛，2013（03）：123.

② 格非. 月落荒寺［M］. 北京：人民文学出版社，2019：205.

所思所感在表现形式上也就是主人公崔子的所思所感，这种叙事人称的使用同时也会给读者对小说的理解产生影响。比如有论者就提道："小说中第一主人公崔的身份其实并未坐实……如果从小说人物形象的连贯性和自洽性来看，无论是他的个性爱好、言谈举止还是他的思维方式、情感特质，都与世俗社会的乡愿格格不入，都不能算是地地道道的'平头百姓'。按照叙述，崔只念过一年电大，母亲刚去世，妻子（毕业于某职业技术学校）有外遇，姐姐又下逐客令，俨然无家可归的社会弱势群体；但他又能听懂教授们的后现代历史叙事，还知道'共同体''乌托邦'这类宏大语汇，更是不时发出些哲人似的感喟，比如'这个世界一定是出了什么问题''这个社会逼得人与人之间也开始互相残杀了'等等，几乎差一点就要说出异化、'单向度'这类文绉绉的词语来。"① 换句话说，第一人称的使用是格非在《隐身衣》中让主人公崔子"隐身"的一大"法宝"——在读者应该知道与不应该知道之间找到了一个绝妙的平衡点。

而在《月落荒寺》中，格非使用了第三人称视角。按照一般性的文学理论，第三人称视角又称"全知视角""上帝视角"，采用这一视角往往达到的效果是主人公知道的读者知道、主人公不知道的读者也知道。但是，格非在这部小说中采用的"第三人称"视角，更像是一种"伪第三人称视角"，从单纯的叙事功能角度来看，在绝大多数篇章里，它起到的也不过是第一人称的作用，或者我们更恰切一点说，这不过是披着"第三人称"外衣的"第一人称"视角而已。但是，在小说意义结构上的作用又不止于此——似乎，格非采用这种方式有一种隐含的道德与价值评判意味蕴藏其中，换句话说，格非有意让作者（叙述者）与主人公之间保持一种微妙的距离，从而表达了一种对主人公

---

① 唐小祥. 作为"方法"的"隐身衣"：论格非的《隐身衣》[J]. 东吴学术，2018（02）：83.

林宜生不认同，乃至拒绝的态度。

在笔者看来，这实际上是格非表达了这样一种观点：虽然崔子和林宜生都采取了一种犬儒主义式的生活方式，但由于二者身份及社会职能的不同，其采取的评判标准和态度是不一样的。作为生活在社会底层的小人物崔子来说，在这个纷繁驳杂的现代社会，他能够心安理得地生活，能够做到情感与心理上的自恰已经足矣，而他在精神上还有一定的追求就反而值得赞赏了；而对于身为高级知识分子的林宜生来说，其采取和崔子一样的生活方式就显得不能容忍。这并不是说崔子和林宜生在社会地位上有高低贵贱之分，而是说知识分子本就是以改造社会、以求"真"求"美"为存在依据的，否则他们职业和社会功能意义上存在的合理性又在哪里？更加值得玩味的是，格非给林宜生安排的专业是哲学，并且无论是西方哲学还是中国哲学，林宜生在求学的过程中都有涉猎。我们知道，哲学本身就是以追求真善美为己任的关于"人类美好生活如何可能"的学问，而身为哲学博士、大学教授的林宜生却放弃了这一学术，乃至人生理想，将自己变成了一个与崔子一样"事若求全何所乐"的人物——这不能说不是一个绝妙的反讽。

两相比较，格非在《隐身衣》和《月落荒寺》中展现出了一种颇具眼光的辩证态度。

## 四、存在的况味

人的存在的问题，是千百年来人类最难解的谜题之一。自人类诞生之初，无数西方圣哲和东方先贤们都在求索这一问题的答案。从某种意义上说，历史上西方哲学的两次转向，也无不是因既有思考方式回答这一问题而不得的无奈退却。最初，哲人们追问"我是谁"，不得；转而追问"怎样认识我自己"，又不得；最后只能追问"怎样言说我自己"。可以说，自现代社会以后，即尼采和福柯相继宣告"上帝死了"与"人死了"以后，追问人的存在的问题，就不再具有整全性质，就是说，对这一问题的回答并不是每一个人安身立命的根本，也不是每一个人都需要肩负的职责。作为一个普通人来说，他只需要在不违背基本道德的前提下，用一套仅仅适用私人的答案使自己安稳地度过这一生就已经足矣了。但是，作为研习哲学的人、作为人文知识分子来说，仅仅做到这一点恐怕是不够的，因为，世界需要他们带有公共性的答案以使自身繁衍、发展下去，否则，这个世界极有可能陷入一片混乱——这是他们是之所是、在之所在的原因与根本。

在上述意义上，崔子们可以穿上"隐身衣"去生活，只要他们能够安然自得就好，然而，林宜生们不能，因为这正是他们的社会职责所在。

### 五、先锋小说的阅读与先锋小说的价值

事实上，我们通过并联阅读和串联阅读两种方式对《隐身衣》和《月落荒寺》两部小说的解读，是与21世纪以来格非在小说中一直在表达的乌托邦主题紧密相连的。如果说《江南三部曲》是格非探讨"乌托邦"的现实可能性与合理性，那么《隐身衣》和《月落荒寺》实则在探讨这种现实可能性与合理性坍塌以后人的精神与价值选择问题。此前，早有论者注意到，格非的《江南三部曲》实则是"乌托邦叙事与反乌托邦叙事展开了十分艰难的博弈，清晰地呈现了格非左右为难的矛盾心态"[1]，也有论者谈及，格非的"思想及情感态度变化有一个大概的线索，即从'激愤'走向'悲悯'"[2]。如果说上述两种说法成立的话，

---

[1] 孙景鹏. 格非小说中的叙事博弈、思想交融与精神救赎 [J]. 福建论坛（人文社会科学版），2018（10）：123.

[2] 王增宝. 走向悲悯：从"乌托邦"到"隐身衣"——格非近十年（2004-2014）文学写作踪迹考察 [J]. 福建师范大学学报（哲学社会科学版），2015（06）：45.

那么格非在《隐身衣》和《月落荒寺》中所表达出来的就是处于矛盾之中后对突围的尝试，就是"悲悯"过后的再次寻找他路的重新起锚。由此延伸出去，两种解读方法也为我们理解先锋小说的价值提供了新的视角。

从一般意义上来说，文学作品是审美价值和思想价值兼具的有机体，丢失审美价值的文学作品充其量只能是一份思想材料，而放逐了思想价值的文学作品很可能与一堆杂乱无章的符码无异，而且，对于文学作品来讲，单纯的审美形式是否能构成文学的内在特质也是一个颇为值得怀疑的问题。但有意味的是，在20世纪80年代，中国先锋小说刚刚兴起之时，对于其是否存在思想意义的问题是有过争论的。对此，洪子诚一针见血地指出："在'先锋小说'家的作品中寻找象征、隐喻、寓言，寻找故事的'意义'都将是徒劳的——这种笼统说法，并不完全是事实；只不过有关社会历史、人性的体验和记忆，有时会以另类、隐秘的方式展开。"[①]我们探讨先锋小说的解读方法问题，其预设的前置条件就是先锋小说的文本不但不是取消了思想意义的纯粹审美形式，而且这种思想意义与价值同样是能够被解读出来的，只不过，传统的阅读方法和读解思维的钥匙已经不能打开先锋小说的这把锁了，其中的原因可能来自以下几个方面。

其一是先锋小说的思想意义不再如传统文学作品那样不加修饰地直接向阅读主体开放，而是以形式为外衣为其装裹了一层看似"神秘"的面纱，阅读在技术层面的问题由此多出了一个步骤，那就是如何剥去面纱，使其还原真实面目。

其二是传统的阅读思维模式已经不能再适配先锋小说文本，想要其思想意义对阅读主体予以不加修饰地直接呈现，要求的是阅读思维

---

① 洪子诚. 中国当代文学史（修订版）[M]. 北京：北京大学出版社，2007：295.

模式的彻底转换与更新。

其三是无论是剥去面纱的方法还是阅读思维模式的调整都不是一蹴而就，甚至不是一劳永逸的事情，因为"先锋"的价值就在于不断挑战既有的审美形式与审美规范，创造更新形态的文本，在这个意义上，阅读也变成了一次次的历险，而并不再是一片坦途的愉悦旅行。

而问题的复杂性还在于，即便是传统文本，其蕴含的思想意义与价值也并非恒定不变的，其不但在不同的阅读主体、不同的阅读视角那里可能存在着差异，而且即便是同一个阅读主体、固定的阅读视角，其意义还有可能因为阅读状态与读解语境的不同出现变化，人们常说的"一千个读者有一千个哈姆雷特"一语正是对这种情况的描述。而在此向度下，先锋小说的思想意义分析就变得更加复杂、更加多元、更加开放——任何追求同质化读解的企图都会被毫不留情地碾碎。

就上述意义而言，我们讨论先锋小说的并联阅读和串联阅读的解读方法，其价值与意义的大小同样处于犹疑的位置：一方面作为一种读解方法，只要它能够对文本做出富有价值的独特阐释，那么其价值和意义自然是可靠的；但另一方面，它不仅只是读解某一类特定先锋小说文本的众多方法之一，而且由此产生的答案也不能做唯一化、本质性的理解。换言之，并联阅读与串联阅读的阐释有效性要被框定在近乎严苛的范围之内，而从更大的范围讲，这也是所有先锋小说读解方法的共同属性。

但是，上述结论并非在说任何探究读解先锋小说方法的工作都是毫无意义的、没有价值的，因为每一种读解方法的发现与生成都是为重审其他文学作品，甚至是为其他形式的艺术作品打开了一条新的通路、提供了一种新的可能。从这个意义上说，为艺术审美提供了更多的阐释策略、更多元的理解途径，正是先锋小说的又一重要的价值。

# 第四章

# 先锋小说的遗产与反思

## 第一节 "反思"与"遗产"的理论合法性探讨

在进入本章的讨论之前，我们极有必要对与之有关的基本理论问题做一个原则性的交代，这不但是为我们此后的言说建立共识，以保证其合理性和有效性的必不可少的基础，更是进一步阐明整个研究意义和价值的一种途径和手段。

### 一、为何反思？

人文学科研究和自然科学研究的一个显著差异在于，对一个论题的讨论永远不可能一劳永逸地解决，也就是说，它在一定意义上将永远处于一种"未完成"的状态，因为与后者相比，人文学科研究可能更多的是一种"创造"而非"发现"。不同论者在讨论问题时，因为视角、立场、观念、价值取向的不同，得出的观点与结论都会出现不小的差异。而更为重要的是，"一切历史都是当代史"，一切人文学术的研究也都是基于当下的问题进行的。这样，由于社会的发展与历史的变化，同一个论题一定会随着社会条件和历史语境的不同而使其讨论基点呈现出不同面向，所以，每隔一段时间重温一个重要论题，不但是必要的，而且在某种意义上也是必需的。具体到先锋小说以及"80年代文学"这一论题来说，虽然自20世纪90年代以来学界对此的讨论就从来没有过中断，但是在今天再行加以讨论，仍将生发出新的价值与意义，原因有二：

一是，人类的历史已经迈进了21世纪的第三个十年，而先锋小说与"80年代"也距我们有三十余年之遥。在今天，无论是中国还是世界都发生了天翻地覆的变化。看中国，她已经由一个刚刚从极左阴霾里走出来的贫穷国家逐步发展为世界第二大经济体，国际政治影响力和文化影响力与日俱增，中国人的民族自豪感与政治认同感也达到了新的水平；望世界，随着20世纪90年代初期"冷战"的结束，国际经济全球化、政治多极化、文化多元化的格局逐步显现。在这种新的历史条件下，回溯20世纪80年代的思想与文化历程，以今天的视角辩证地总结这一过程，探讨其功过得失就变得极有必要。但可能需要说明的是，这种"功过得失"的探讨并非为了苛责古人，而是为了我们在今后的发展中能够以史为鉴，更好地前行。

二是，三十年后的今天，新一代学人开始走上历史与学术的舞台，这批学人多出生在20世纪七八十年代，虽然他们从"80年代"走来，但是由于此时正是他们的青少年，甚至是幼年时期，虽然他们对这一时代抱有一定的感情，但是彼时的他们事实上还没有真正进入当时的历史文化场域。或者说，他们虽然出生、成长在那个年代，但是对于"80年代"的历史本身来说，他们是外来者。这样，与前辈们相比，他们可能一方面具有探究"80年代"问题的动力与热情，另一方面他们又不像前辈那样对研究对象抱有极深的情感，这或许有助于他们更加"客观""中立"地对问题本身进行探讨。但是，可能需要进一步说明的是，这并非说前一代学人融入自身对研究对象的热情、情感所做的研究与探讨就是不"客观"、不"中立"的，乃至是没有价值的[①]，而是说，新一代学人以他们的视角所得出的结论，在某种意义上会与老一代学人的看法与观点形成对话，从而有助于我们进一步加深对研究对象的认识，帮助我们更好地前行。

从上述角度来说，在今天继续反思先锋小说及其所处的"80年代"不仅不是多余的，而且还是十分必要的，甚至可能是十分紧迫的。

### 二、因何遗产?

提到遗产，其实也就表明了本书对先锋小说持一种终结论的态度，换句话说，在本书看来，文学史所言的先锋小说实质上已经结束。但是，在这里需要说明的是，我们是如何理解这种"终结"的? 或者说，先锋小说是在何种意义上"终结"的?

在本书看来，我们可能首先需要辨析的是不同范畴下的先锋小说: 如果我们将"先锋小说"看成带有一种整体性特征的文学创作方法，那么毋庸讳言，先锋小说时至今日依然存在; 但是，如果我们把它看成一种创作思潮，那么它早已在20世纪八九十年代之交就已经结束。对于前者而言，之所以说它依然存在，是因为不但被文学史指认的、作为思潮意义的先锋小说概念下的很多作家还在以相同或相似的创作风格继续着他们的创作 (例如残雪、格非等)，而且还有更多的晚生作家不断加入这支队伍，在上述美学风格和审美范式的框架下寻找着创作的灵感、孕育着大量的作品。但是，在后者的意义上，他们至少在可预期的时间与空间范围内，已无法再以创作群落或思潮的方式，对当下文坛，乃至文学史书写产生如同20世纪80年代那样的影响了——这

---

① 这也是笔者为这两个词打上引号的原因，或者进一步说，从当下流行的后现代主义视角来看，至少在人文学科研究中，"中立"与"客观"本身就是一种幻象，是一种抱着本质主义偏见的"痴心妄想"。

种情况在20世纪90年代就已经开始发生，洪子诚就曾这样说道："进入90年代，'先锋'探索逐渐式微。并不是说所有的作家都放弃了这一艺术'前卫'的姿态，而是说作为潮流，形式探索相对地处于'边缘'位置。80年代中后期的'先锋小说'没有得到延续"①，虽然"小说和诗歌领域的先锋性实验仍在进行……只不过他们的方向不再具有相一致性，文学界只是将他们作为个例来看待"②。这一方面是由于，20世纪80年代先锋小说的兴起本就是当时特定的政治文化历史语境下的特殊生成，另一方面，作为思潮的先锋小说"在叙事和语言自觉意识上的探索，已成为一种文学'常识'被接受，融入普遍写作实践之中"③了。

　　另外，这一问题恐怕还有另外一个面向，那就是，在本书的意义上，对上述问题的讨论，其实是将"先锋小说"中的"先锋"看成了一种带有本质化、实体化意味的概念，但是在本书看来，由于"先锋"一词本身就内嵌着自我解构的意义倾向，这让任何以"先锋"命名的事物都将随时面临自行瓦解的风险，换句话说，"先锋"并不适宜作为一种概念、定义的用词。所以，在这个意义上，我们认为，如果要使上述讨论变得在逻辑上自恰，"先锋"可能更应该被看成一种空洞的能指，即一个符号而已，否则上述讨论无论如何辨析，都有可能陷入合法性、适恰性的危机。而本文对于先锋小说遗产的讨论就是在这个意义上进行的。或许我们有必要再次强调一遍，我们所要讨论先锋小说遗产中的先锋小说是作为一个空洞的能指符号来看待的，它指涉的文学事实是被今天文学史指认为先锋小说的那批作品及其作家。

　　在这一意义上，我们认为，"先锋小说"是具有丰富的遗产的，因为其不但在20世纪80年代时曾经搅动过中国文坛的神经，而且它的一

① 洪子诚. 中国当代文学史（修订版）[M]. 北京：北京大学出版社，2007：332.

② 洪子诚. 中国当代文学史（修订版）[M]. 北京：北京大学出版社，2007：332-333.

③ 洪子诚. 中国当代文学史（修订版）[M]. 北京：北京大学出版社，2007：332.

些观念、技巧以及遗留的一系列理论问题还不断地出现在我们今天的
讨论之中。

## 第二节　基于概念与文学史的"先锋"反思

在本书第二章对先锋小说文学史的讨论中，实则隐含着一系列带
有一般性质的理论问题，这包括：兴起于20世纪80年代的先锋小说与
"五四"时期的新文化运动是否存在理论关联？"先锋精神"是否存
在？其又与文学创新存在怎样的关系？存在一个所谓的"纯文学"吗？
文学与政治又应该是怎样的关系？这些问题看似零散，其实背后都存
在一个对"文学"之本体的认识问题。本节试图将以上问题勾连起来，
以先锋小说文学史为出发点，加以辨析与反思。

### 一、"先锋"与"五四"

（一）"五四"与"80年代文学"的理论关联

在当代史研究中，人们常常将"新时期"比附于"第二个'五四'"，
因为"在80年代，从'文革'中走出的人，普遍认同'文革'是'封
建主义'的'全面复辟'，实行的是蒙昧主义的'封建法西斯专制'，
是对人性、个体尊严、价值的剥夺和蹂躏。因此，'新时期'存在着如
'五四'那样的将人从蒙昧、从'现代迷信'中解放的'启蒙'的历史
任务，在思想文化上，'新时期'也因此被看成是另一个'五四'。这
种与'五四'的联接，还根源于对中国现代历史的有关'救亡'与'启
蒙'的关系的论断，即'五四'开启的启蒙的历史任务，由于民族危机、
革命战争的原因，受到'挤压'，始终是未竟之业，'新时期'急迫的

任务是要补'五四'的课,'反封建'成为'新时期'的'总任务'"①。据现有资料来看,最早提出这种观点的是周扬,他在1979年中国社会科学院召开的一次关于五四运动六十周年纪念活动的讲话中,就将"新时期"表述为继五四运动与延安整风运动之后的"第三次伟大的思想解放运动"②。而后,李泽厚那篇影响深远的长文《启蒙与救亡的双重变奏》则在一定意义上对这种观点的合法性进行了较为充分的论证。

在这个被称为"另一个'五四'"的"新时期"里,文学在某种意义上承受了远远超出其自身属性规定的任务,也激发出了远远超出其自身价值与意义规定的可能。这一方面,自然是由于在第一个"五四"中"新文学"的社会责任性传统,使文学在"新文化运动"以后的"中国"构造与想象中被赋予了极为重要的使命与意义;另一方面,也更在于,20世纪80年代的文学青年们在创作企图上也并不完全指向审美一途,甚至就某种意义而言,在很多文学从业者那里,"文学"很可能本身就意味着参与历史进程与改造社会的媒介与手段,而其自身的审美属性往往会被有意无意地淡化、放逐,乃至取消。其中,最为典型的例子,莫过于被文学史指认为"伤痕文学"的代表作、短篇小说《伤痕》。作者卢新华在回忆创作该作的动机时说:"为什么想到写《伤痕》?起因是入学不久,有一次上作品分析课,老师讲鲁迅先生的小说《祝福》,提到许寿裳先生曾评论说:'人世间的惨事,不惨在狼吃阿毛,而惨在封建礼教吃祥林嫂。'这段话给了我极大的震动和启发。那时,在揭批'四人帮'的过程中,我们的报刊讲得最多的便是说'四人帮'将国民经济弄到了崩溃的边缘。而我则忽然想到:'文化大革命'中贯穿始终的那条极左路线,给我们的社会造成的最深重的破坏,其

---

① 洪子诚. 中国当代文学史(修订版)[M]. 北京:北京大学出版社,2007:203.

② 周扬. 三次伟大的思想解放运动——在中国社会科学院召开的纪念五四运动六十周年讨论会上的报告 [N]. 人民日报,1979-5-7(2).

实主要是给每个人的精神和心灵都留下了难以抚慰的伤痕。由此，下课后走在回宿舍的路上，有关《伤痕》的故事和人物便开始躁动于我的腹中。"①在这里，卢新华的创作动力直接来源于对现实的不满，而创作的目的则在于用审美化的手段表达对当时社会的不满与控诉，它直接指向的是社会的现实。而后来的"反思文学""改革文学""知青文学""大墙文学"，乃至1985年以后产生的"寻根派"，无一不是具有强烈的现实变革企图藏于其中。而更重要的是，"五四"中那些极为重要的文学议题讨论被帝国主义侵略与抵御外辱以及建立新中国的历史任务所中断。而新中国成立以后，这些议题也同样没有得到重新讨论和进一步解决，其中原因一方面在于年轻的新中国此时仍然承受着防范外部颠覆与建设社会主义国家的沉重历史负担，另一方面，高度政治一体化的文化管理体制客观上挤压了重启这些议题讨论的可能与空间。进入80年代以后，随着思想解放思潮的深入人心与改革开放基本国策的落地实行，各式各样的西方思潮随着商品、资本、人员的流动不断涌入中国，政治与文化、思想之间高度一体化的关系也得以松绑，在这种情况下，原有"五四"时期的这些尚未完全解决的文学议题再次被唤醒。故而，从这个意义上说，"五四"与"80年代文学"之间的联系与其说是后者对前者的征用，不如说是文学在历史旅行中的必然道路。

（二）"五四"时期是否也有"先锋"？

关于这个问题，可能要分几个层面才能够说清楚。

首先，我们大致明确的是，根据本书第一章第一节中我们对"先锋"一词词源的梳理，在"五四"发生的同时，"先锋"一词已经进入了西方的艺术领域，而被称为"历史先锋派"（historic avant-garde）的

---

① 卢新华，汪建强. 卢新华：直面"伤痕"的心灵直白［J］. 上海党史与党建，2008（03）：38.

达达主义、未来主义与超现实主义也已经纷纷登场亮相，并在我国开始传播。但是，笔者通过梳理历史文献发现，在新中国成立以前，"先锋"一词极少出现于国内与文学艺术有关的文章或著述中，即使出现也如同陈独秀在《文学革命论》中该词的用法一样，如《平民月刊》1934年第10卷第4期上所载的《人物：文学革命的先锋》、《文镜丛刊》1944年第1期上所载的《近代文艺先锋——莎士比亚》等。故而，此时在中国，还未发现本书意义上"先锋"一词在艺术领域中的应用。也就是说，在本书的意义上，此时"先锋"的能指并未出现。但是，我们可以在其所指的意义上尝试进行一番梳理与考察，这也存在两个层面：其一是西方艺术领域层面的"先锋"所指；其二是该词本意层面的所指。

在第一个层面，我们注意到，1985年第3期《中国现代文学研究丛刊》上发表的题为《中国新文学与"先锋派"文学理论》的文章。这篇文章是澳大利亚学者麦克杜戈尔（Bonnie S.Mcdougall）的著述《西方文艺理论对现代中国的影响导论》（*The introduction of western literary theories into modern China, Printed by Kyodo Obkn Center Co., Lrd.1977*）中的一部分，译者是温儒敏。该文"就论列了西方现代派早期一些文学流派（又统称'先锋派'），如表现主义、未来主义、象征主义乃至达达主义等流派理论最初介绍到中国的情况，以及郭沫若、郁达夫、沈雁冰等一些新文学开拓者对于这些理论所做的批判、吸收和借鉴"[①]。从本书来看，我们可以注意到，"五四"时期，中国新文学的倡导者和实践者们已经开始吸收、借鉴西方先锋派文学的相关资源并进行了一定的创作实践，并且这一现象被后来的海外汉学界所注意，形成了一定的成果。

---

① ［澳大利亚］麦克杜戈尔，温儒敏. 中国新文学与"先锋派"文学理论［J］. 中国现代文学研究丛刊，1985（03）：157.

相较之下，第二个层面的问题可能要稍微复杂一些。在前文中我们曾经提及，在本意层面上，"先锋"一词是一个具有自我解构性质的词，其能指和所指之间的关系仅在意象或隐喻层面上存在着稳定性，一旦将其所指落实到实存物的层次上，该词也将随时出现词意上的坍塌。而规避这种情况的唯一方式是，人为地为其建构其固定的参照物。比如，我们将晚清乃至以前的中国文学视为参照物，那么毫无疑问，从"五四"开始的"新文学运动"就是先锋，且不用说列举具体作家作品，单就"新文学"对白话文的倡导这一意，就足以谓之"先锋"。而现代文学中第一篇白话小说、鲁迅的《狂人日记》无论从形式，还是从思想价值来说，甚至可堪"先锋之范"。但是，退一步来讲，这样指认"先锋"或许是毫无意义的，因为其参照物的设立也并没有一定的规约。换句话说，只有在具体的语境下对参照物的设置才可能是具有意义的，建立在这样一种条件下的"先锋"论述才能够具有适恰性与合法性。

（三）"五四"的"先锋"与"80年代"的"先锋"的比较

文艺上所讲的"先锋"，如果说得简单一些，不过是由创作上某一面向（如形式、手法、技巧等）的变化所引起的审美范式的变革。而从理想化的角度讲，文学艺术活动本就应该是人类生活中最为自由的领域，是人在现实的物质纠葛中抵抗异化、突破世俗、重返本真的唯一途径。在这个意义上，任何作品、任何作者、任何读者都是绝对平等的，是不存在等级的，"先锋"也就丧失了指认的意义与可能；从功利的角度而言，如果说"先锋"是以"创新"为前提的，那么文学艺术本身就是在追求一种非同质化的存在，"创新"与其说是让人意外的"特例"，不如说是其本质属性所规定的必然路向，在这个意义上说，指认何者为"先锋"同样没有意义。或许，"先锋"存在的意义只不过是在现代及现代化的历史语境中生发的，是对现代性中同质化的克服及超越，如果站在这个基点上，可能比较两种“先锋”才是具有意义与价值的。

从某种意义上来说，两次“先锋”并无本质上的区别，二者都是借鉴与吸收当时西方最新的文学创作观念与创作方法并结合所在时期中国社会的具体政治文化背景进行的创作实践。其区别可能仅仅是，由于“80年代”已经处于20世纪的尾声，西方解构主义与后现代主义思潮已经成为其人文社会科学中的主角，所以在这个角度上，与“五四”的“先锋”相比，“80年代”的“先锋”显得在形式上更为开放、更为激进。可能二者最大的区别在于，当时的文学批评以及后世的文学史是否将其指认为“先锋”从而获得命名。之所以说这是“最大的区别”，是因为命名的本身在表层上是对已有创作实绩的总结与阐扬，但其深层的更可能意味的是对此后相同或相似创作风格的规训，用德勒兹（Gilles Louis Rene Deleuze）的概念来说，这是一个辖域化（territorialize）的过程。换句话说，被指认为作品具有“先锋”风格或“先锋性”的作家很可能在此后的创作过程中，以某种“先锋”姿态规约着自己的文学行为与创作实践。本书认为，这种情况的出现可能并非是有益处的，因为这种规定性一旦成为作家的创作自觉，那么其很可能会限制作家的思维自由——虽然，“先锋”自称是开放的、创造性的、自由的。在这个意义上，本书反倒认为，“五四”的“先锋”可能因没有被指认、被规训的束缚是更加自由的，是更接近于文学史中所谓的“先锋”的实质的——当然，这种说法的前提是，文学艺术中真的有一种名为“先锋”的本体。

## 二、“先锋精神”与文学创新

### （一）“先锋精神”一词的由来

作为一种文学存在，有人激进地宣称：“先锋是不死的”，因为先锋是一种精神，亦即"先锋精神"。这种说法如果仅仅作为一种口号似的呐喊或者宣传上的策略，可能还无可厚非，但是，倘若将其上溯到学理层面的讨论，就会大有问题。

在20世纪80年代，"先锋精神"的说法始自1984年。这一年，夏仲翼在该年《复旦学报（社会科学版）》的第1期和第2期连续刊载了长篇论文《论现代主义文艺思潮》，其中提道："现代主义文学……如果说一度还有过种种'先锋'精神的表现，七十年代以来却日见其疲软……"[①] 四年之后的1988年，又有两篇文章提到了这个概念。第一篇是吴亮在《当代作家评论》第4期上发表的《一个臆想世界的诞生》一文，其中就写道："我想说，1985年对残雪而言肯定是个十分要紧的历史机会——她实际上从1983年起就开始着手写小说——这一年中国文学的五花八门和先锋精神的抬头使一些人狂喜不已，又使另一些人大为不解和困惑。"[②] 另一篇是李庆西在《文学评论》第4期上发表的《寻根：回到事物本身》一文，文中说："当时在杭州进行对话[③]的小说家和评论家们，都不能忽略这样一个背景：一些具有先锋精神的小说家的思维形态发生了很大变化，他们正在从原有的'政治、经济、道德与法'的范畴过渡到'自然、历史、文化与人'的范畴。"[④] 90年代，"先锋小说"式微以后，学界对其讨论逐渐开始增多，其中，洪治纲是关注该问题较多的学者之一，在其1996年发表的一篇论文中，他就认为九十年代的文学创作"先锋"已经"失位"，"作家在选择叙事话语时，更侧重于对平民欲望的关注与认同，'生活在此处'，这就是大多数作家的写作原则，也是他们的精神安顿场所。面对日趋膨胀的物欲现

---

① 夏仲翼. 论现代主义文艺思潮（下）[J]. 复旦学报（社会科学版），1984（02）：44.

② 吴亮. 一个臆想世界的诞生——评残雪的小说 [J]. 当代作家评论，1988（04）：75.

③ 文中所称的"在杭州的那次对话"，指的是1984年12月由《上海文学》杂志社、浙江文艺杂志社和《西湖》杂志社在杭州联合举办的那次关于"寻根派"的文学研讨会——引者注。

④ 李庆西. 寻根：回到事物本身 [J]. 文学评论，1988（04）：15.

实，面对被遗弃的形而上精神，他们已失去了检视和甄别的勇气，更丢弃了先锋精神所必备的反抗品质。"在这一意义上，洪治纲进一步认为："这种先锋精神的丧失，直接加剧了时下创作向世俗全面妥协的进程，使得当前的大量作品不断地靠拢、认同物欲生活，甚至对那些毫无精神深度的空泛的灵魂大加奉扬，使欲望化的叙事法早也越来越得到强化……"①而在2005年其出版的《守望先锋》一书中，洪治纲再次论及了这个概念，他写道："先锋文学，并非是局限于某个文学流派的审美范式，而是泛指一种动态性的、永远处于探索前沿的实验性文学，是指那种从不轻易地满足于创作现状、对一切作品的自律性概念进行不断解构和破坏的审美动向。"②"尽管我们反复地强调，真正的先锋应该是一种精神的先锋，但这种精神并不只是局限于其作品的审美内涵，它还同样必须体现在各种独特而强劲的审美形式之中。"③20世纪末年，"青年批评家葛红兵等人提出的'后先锋'文学概念，致力于对20世纪以来文学发展历史的反思，对当下的——90年代以来——文学创作现状的关注"④。在葛红兵看来："后先锋的出场并不是终结先锋写作的，相反它是将先锋的旗帜接手于创作界的新人，因而它是先锋精神的另一种延续。"⑤

其实，如果我们打开这些关于"先锋精神"概念的论述详加考察就会发现，它很可能同文学语境下的"先锋"一词一样，是一个舶来

---

① 洪治纲. 先锋精神的还原与重铸——兼论九十年代先锋文学存在的必要性 [J]. 小说评论，1996（02）：14.

② 洪治纲. 守望先锋：兼论中国当代先锋文学的发展 [M]. 桂林：广西师范大学出版社，2005：254.

③ 洪治纲. 守望先锋：兼论中国当代先锋文学的发展 [M]. 桂林：广西师范大学出版社，2000：245.

④ 梁艳萍. "后先锋"的理论追求及其创作探索 [J]. 当代文坛，1999（05）：24.

⑤ 葛红兵，王韬. 先锋之后中国文学的趋向问题——关于"后先锋"写作的对话 [J]. 探索与争鸣，2000（09）：35.

品——1984年生活·读书·新知三联书店在《现代外国文艺理论译丛
（第一辑）》中，出版了一本名为《法国作家论文学》的文论集，其中
编译者以《论先锋派》为题选译了罗马尼亚裔法国作家欧仁·尤奈斯
库（Eugène Ionesco）1959年6月在国际戏剧学会主办的赫尔辛基先锋
派戏剧讨论会开幕式上的演讲稿，其中尤奈斯库就在文中宣称："所谓
先锋派，就是自由。"[①]而这一表述在某种意义上恰与后来中国学界一直
讨论的"先锋精神"在含义上有着极大的重叠之处。

如果将上述表达归结为一句话，所谓的"先锋精神"不过是不受
世俗与传统羁绊、自由地表达意志，并能于其中不断突破此前艺术"边
界"与思维范式限定的创新精神。

（二）"先锋精神"作为学术概念的困难

在本书看来，"先锋精神"作为一种情绪表达或许是可以的，但是
倘若作为一个有着严谨边界的学术话题进入讨论中，很可能会遭遇巨
大的困难。这并不是说，我们无法从一种文学现象、文学潮流与文学
事实中提炼出一种精神，更不是说，从中提炼出的精神无法作为学术
话题。"先锋精神"的上述困难的产生并不在于其本身的性质，而在于
"先锋"一词在内涵上的特质。从某种意义上说，"先锋"一词内嵌着
一种情绪化、理想化的内涵，如果剥除掉这种内涵，将其严格予以界
定，那么它可能会在文艺美学的题域，与一些相关概念发生无法厘清
的逻辑纠缠，例如"艺术"的概念。

我们知道，在艺术理论领域，一直存在着艺术功利论与艺术非功
利论的分野。笼统地说，对于这个问题，可以分为三种看法：第一种是
认为，艺术是具有功利性的，它指向一定的现实目的与实际需求，例
如为政治宣传服务、为宗教教谕服务，甚至是作为医疗救治的一种手

---

① ［法］欧仁·尤奈斯库. 论先锋派［M］. 李化译 // 法国作家论文学. 王忠琪等译. 北京：生
活·读书·新知三联书店，1984：579.

段，等等；第二种是认为，艺术是非功利的，这一看法最典型的代表是康德，比如，他认为："鉴赏是凭借完全无利害观念的快感和不快感对某一对象或其表现方法的一种判断力"①；当然，也有第三种看法，即认为艺术是功利性与非功利性的辩证统一。在以上三种观点的基础上，我们可以对上述"先锋精神"的概念予以重审。

如果认为艺术是具有目的性、功利性的，那么"先锋精神"所强调的"自由"与"创新"就要受到艺术目的的制约，那么"自由"便无从谈起，纯粹的"创新"也将无所依凭；如果认为艺术是无目的的、非功利的，那么艺术本身就是自由的王国，是现实的繁杂生活中存在的最后的心灵领地，在这样一块纯粹的土地上，添加上"创新"的压力，岂不是自相矛盾？更何况，艺术是人类情感的表达，离开了坚实、醇厚的情感，进行"纯粹"的"创新"，那么这种"创新"又价值几何？

从以上角度而言，笔者认为，所谓"先锋精神"在学理意义上乃是一个站不住脚的伪概念。

## 三、纯文学、文学工具论与中国文学的政治传统

2001年，《上海文学》三月号上发表了一篇题为《漫说"纯文学"》的访谈录，接受访谈的是文学评论家李陀。在这次访谈中，李陀给予了"纯文学"这一概念较为负性的评价，他认为，"纯文学"的概念"削弱了甚至完全忽略了在后社会主义条件下，作家坚持知识分子的批判立场，以文学话语参与现实变革的可能性……"②。该文一经发表，就在文学界，乃至整个思想界引起了强烈震动，蔡翔等批评家相继跟进讨论，甚至四年后的2005年，身为李陀老友的吴亮还在网络上就该问题

---

① ［德］康德. 判断力批判（上卷）［M］. 宗白华译. 北京：商务印书馆，1964：47.

② 李陀，李静. 漫说"纯文学"——李陀访谈录［J］. 上海文学. 2001（03）：5.

与他发起论战①。其中原因是显而易见的，作为当时"纯文学"思潮的重要支持者之一，李陀的"反水"也代表着某种"80年代文学界"的分裂。但是，或许正是由于李陀的这种"出卖"行为，使文学界更加谨慎地回望"新时期文学"某些在当时看来"正确"的观念，这些"观念"的正当性与合法性也与此同时受到盘诘。在这一点上，李陀不但是敏锐的，而且是极具责任感的。但是，在本书看来，李陀质疑"纯文学"概念背后更加实质的问题可能并不仅仅停留于"新时期文学"的框架内，它实则更指向文学与政治的关系问题，这背后更牵扯着两种文学观之间的历史博弈，甚至牵扯到"新时期文学"观念之于中国古代文学传统、"五四"白话文学传统的某种游离企图。

说清这一问题，就不得不先谈"纯文学"概念的起源及其演变问题——毫无疑问，这是一个更加复杂的问题，好在，刘小新的长文《"纯文学"的概念及其不满》对该问题做了详尽的考证与阐扬。在文章中，刘小新指出，历史上的"纯文学"概念实质上有三种不同的用法：第一种是指与古代"文学"概念相对的现代独立的文学学科观念；第二种是指与工具论文学观相对立的自律的审美的文学观；第三种是与商业文化相对抗的纯文学观②。在这其中，80年代的"纯文学"概念无疑是在上述第二种意涵的指涉之下。可以说，"从左翼文艺运动的兴起到'文艺为政治服务'理念的确立，自律的纯文学概念逐渐被工具论文学观所取代。直到80年代，纯文学概念又重新出场了。从政治化文学到人性的文学，从外部研究到内部研究，从反映论再现论到自我表现，从写什么到怎么写，从拒斥形式主义到对形式实验的肯认……

---

① 吴亮和李陀的这些讨论"纯文学"的帖子后来以《李陀、吴亮网络之争》为题刊登在2005年《天涯》第4期上；2015年，李陀又将其中比较重要的9个帖子收录在了他评论集《雪崩何处》（中信出版社）中。

② 刘小新."纯文学"概念及其不满［J］.东南学术.2003（01）.

当代文论再一次确认了文学的自律性、独立性和自足性。黄子平所谓'回复到自身'和'自生产能力'说，孙津的'文艺不是什么'等都从不同的层面阐释了文学的自律理念。文学是独立自足的世界和文学重返自身成为80年代纯文学观的典型表述方式"①。换句话说，"纯文学"概念在20世纪80年代的崛起是当时文学界面对极左思潮与文学工具论横亘文坛的策略性话语生成，它本身就是极为"政治"的。也正是在这个意义上，蔡翔一针见血地指出："在我们进入文学史的时候，常常会发现，某些概念本身有时候并不重要，重要的是它作为一个语词，一个'移动的能指'，或者说作为'一个叙事范畴'，是当代文学依靠'纯文学'这个概念究竟讲述了一些什么样的'故事'。因此，把'纯文学'概念历史化、阶段化就显得非常必要。"②那么，在今天我们应该如何"历史化""阶段化"地审视这一概念呢？这又涉及我们是如何看待"政治"的，如何看待"文学工具论"的。

我们说，包括政治、宗教在内的现实体制、意识形态对文学过度捆绑、压抑，自然是有害的，这只要看看中国"文革"时期、欧洲中世纪时代的文学状况便会清楚。但是，文学并不可能与政治做到完全隔离。所谓政治，本质上是人与人的关系及由此构成的一整套社会运行机制。人是政治的载体，也是政治的中心，人不可能离开特定的政治环境存在，即使在蛮荒时代、在野外环境，只要存在人、人与人存在关系，那么世界上就必然会存在政治生活，而文学是人学，是以表现人、人的生存状态及人与人的关系为内容的一种活动，倘若文学驱逐了政治，那在某种意义上就是驱逐了人，那么文学存在的合法性与合理性势必受到威胁与质疑。从这个意义上说，企图让文学抛弃政治从而变身为一种纯粹存在就是一种不切实际的幻想，是不可能实现的

---

① 刘小新."纯文学"概念及其不满［J］.东南学术.2003（01）：141.

② 蔡翔.何谓文学本身［J］.当代作家评论，2002（06）：31.

"神话"。但是，这并非说80年代的"纯文学观念""文学向内转"等思潮（话语）是完全错误的，而是说，这些思潮（话语）乃是那个特定时代，在文学遭遇政治过度捆绑时所做出的一种策略选择，是一种在具体语境下的历史生成，在当时的环境下是具有合理性的。但当其一旦脱离了相应的历史与政治语境，我们倘若继续将其视为一种带有本质性、绝对性意义的自然生成，那其不但合法性会受到盘诘，而且还会贻害文学自身的健康发展。

接下来的问题是，我们该如何看待文学充当政治工具论的问题呢？是否可以说，虽然文学离开政治是不可能的，但文学工具化就是有害的呢？本书认为，这个问题也应该被辩证地、历史地看待。

首先，文学本身就是表达人的情感，反映人的精神状态的工具，一般地反对"文学工具论"，势必有取消文学本质的危险，会损害文学是之所是、在之所在的根基，这恰恰是与那些反对"文学工具论"的人的最终目的相悖的。

其次，中国文学中的政治表达是具有强大的传统的。早在先秦时期，孔子就有"兴观群怨"之说，表达个人情感的抒情文学与虚构的叙事文学往往被视为"小道"，而"载道之文"才是正途、才是根本。而到了"五四"时期，白话文革命与新文化运动本身就内嵌着极强的变革现实的政治企图。"新文化运动本质上是企求中国现代化的思想启蒙运动。在西方现代思潮影响下，先进的知识分子总结了晚清以来历次社会变革的经验教训，意识到中国要向现代社会转变，建立名副其实的民主共和制度，必须在意识形态尤其是价值观领域彻底反对封建伦理思想，击退在辛亥革命后愈加嚣张的尊孔复古逆流。"[①] 这就是说，从文学传统的角度看，无论是中国古典文学还是中国现代文学，政治

---

① 钱理群，温儒敏，吴福辉. 中国现代文学三十年（修订版）[M]. 北京：北京大学出版社，1998：4.

基因都天然地内嵌其中，而"新时期文学"的一系列恢复文学本位的观念及其行动，其本质上仍然具有极强的政治企图，换句话说，非政治口号下包裹的恰恰是政治性的目的。虽然我们不认为所有文学传统都必然内嵌着"文以载道"的传统，但是不顾文学传统而生硬地与之割席，也许可以成为一时的策略选择，但很难成为永久的变革方案。

再次，从后现代主义的角度来看，"文学"本身就是一个非本质化的存在，其功能、角色以及在社会系统中的属性、定位都是在其他因素的互动中生成、变化的，任何将其本质化的公共企图都会损害文学的发展，任何将其固定化的私人幻想将会受到来自"文学"内部力量的无情拒绝。在这个意义上，"文学"在某一时期内被"工具化"乃是其在当时的时事所需，不考虑历史与现实条件地对文学的政治工具论进行绝对意义上的拒绝都是一种故步自封。这也就是为什么梁实秋、张爱玲、沈从文等人在20世纪三四十年代并未受到重视，甚至还一度受到贬抑，而却在80年代得到重新挖掘与关注的原因。

总而言之，文学是属人的，既然它不可能离开"人"而存在，那么它就无法做到离开历史、离开政治、离开其他人文因素而自为存在。

## 第三节　基于文本的"先锋"反思

虽然兴起于20世纪80年代的先锋小说的确在文艺美学意义上取得了不小的成绩，但它并非完美的，这其中仍有很多问题值得我们进一步厘清、辨析、反思。

### 一、先锋、现代主义与现实主义

对于"先锋"来说，其中一个重要的美学问题就是其与现代主义、与现实主义存在着怎样的关系，不说清楚这个问题，我们很难将其与同时期其他文学思潮在文艺美学的意义上区别开来。与此同时，这个问题还与本书第一章第二节的内容相联系，因为对"先锋"概念的辨析与厘清将有助于作为一个文学史概念的"先锋小说"在合法性上的巩固。

具体而言，在上述意义上，我们可以将这个问题进一步落实为先锋小说与现实主义，尤其是与1942年毛泽东发表《在延安文艺座谈会上的讲话》①以后的革命的现实主义创作理论的关系问题。这是因为，一方面，兴起于20世纪80年代中期的中国先锋小说往往被视作对上述理论的拒绝和否定；但另一方面，在隐秘之处，二者又是剪不断理还乱地纠缠在一起的。

要廓清先锋小说与现实主义、现代主义②的边界需要依次回答三个问题：一是在西方语境中先锋派艺术与二者的区别在哪里？二是这种区别对中国当代文学语境中的三者之关系是否产生了影响？三是三者在中国当代文学内部又呈现出怎样一种关系格局？

（一）西方语境下的三者关系梳理

对于第一个问题来说，西方学界是存在某种程度上的共识性意见

---

① 在本书看来，中国现当代文学的分界点并非1949年新中国的成立，而应该是1942年《在延安文艺座谈会上的讲话》的发表，因为，前者属于政治事实而非文学事实，其不可能在文学史分期中具有意义。更为重要的是，新中国成立以后的文学艺术审美范式的开启均可从《在延安文艺座谈会上的讲话》中找到逻辑与事实起点。事实上，这也并非笔者的一己之见。陈晓明在其所著的《中国当代文学主潮》一书中，就将1942–1956年视为中国当代文学史的"第一时期"，在他看来："这是从新民主主义革命文学向社会主义文学过渡的时期，也是社会主义文学的初创时期。尽管说在三四十年代的国统区，左翼文学运动就开始兴起，并有过关于无产阶级革命文学的论争，但只有到了延安时期的解放区，在毛泽东发表《讲话》之后，五四启蒙文学转变为无产阶级革命文学的具体实践才开始真正展开。《讲话》确立了中国文学的性质、方向、任务与艺术风格。"（陈晓明. 中国当代文学主潮（第二版）[M]. 北京：北京大学出版社，2013：6.）

② 在中国当代文学语境下又可称为"现代派文学"。

的，美国文学理论家 M.H. 艾布拉姆斯在《文学术语词典》中说："现代主义显著的特征之一是先锋派这一现象。一小群自我意识强烈的艺术家和作家有意从事埃兹拉·庞德称为'创新'的活动：他们破坏艺术和社会话语中已被人们接受的规范和繁文缛节，创造不断更新的艺术形式和风格，描绘迄今为止无人问津、有时遭忌讳的题材。前卫派艺术家往往表现为对现存秩序的'异化'。他们主张自成一统，想达到的主要目的是让墨守成规的读者从情感上受到震动，并向占据主导地位的资产阶级文化准则和正统性挑战。"① "现代主义不但有意识地与一些西方文化艺术的传统基础彻底决裂，还与整个西方文化彻底决裂。"② 我国学者陈旭光则认为，如果将现代主义视为一种创作原则、文学精神与美学倾向的话，"现代主义标榜向西方传统的理性精神和主张再现现实的现实主义文学原则挑战，张扬个性、回返内心世界和表现复杂化的主体自我，艺术上则标新立异，致力于探索新奇别致的形式技巧和表现手法。与现实主义创作原则相比，它不屑于追求表面的客观真实；与浪漫主义创作原则相比，它表现自我，但又摒弃狂放无度的个人情感抒发。因此，它致力于表现表层意识以下的深沉情感世界或潜意识领域，用冷峻严肃的笔调表现出心理深处深邃的主观状态和客观真实"。③ 而"现代主义的主体是一批被称为'先锋'的作家和诗人，现代主义与'先锋'派有着密不可分的联系。借用一个逻辑学的术语，我们不妨说'先锋作为一个特殊阶层而产生'，这是现代主义的一个充分必要条件"④。但是，由于对现实主义存在着不同的理解，通常学界在现

---

① ［美］M.H. 艾布拉姆斯. 文学术语词典（第7版）（中英对照）［M］. 吴松江等编译. 北京：北京大学出版社，2009：337.

② ［美］M.H. 艾布拉姆斯. 文学术语词典（第7版）（中英对照）［M］. 吴松江等编译. 北京：北京大学出版社，2009：335.

③ 陈旭光. 现代主义：名称、含义和性质［J］. 学术研究，2002（02）：117–118.

④ 陈旭光. 现代主义：名称、含义和性质［J］. 学术研究，2002（02）：119.

实主义与现代主义的关系的问题上也就存在着不同的看法，最为典型的是法国学者罗杰·加洛蒂（Roger Garatldy）。他在其所著的《论无边的现实主义》一书中倾向于把现实主义看成一种可以无限扩大的概念，这样，现代主义就被包含在现实主义之中了。对于这一点，有学者精辟地总结道："加洛蒂从绘画、诗歌、小说三个方面对当代现实主义的形态提出了自己的观点，他认为现实主义可以在自己所允许的范围之内进行'无边'的扩大，当然这种扩大也并非是毫无限度的，而是根据新时期特有的文艺作品，赋予现实主义以新的尺度。"[①]但是，笔者认为，这种理解不但使我们在审美范式意义上对现代主义与先锋派的理解趋于困难，而且还有取消现实主义合法性的危险。故而，本书认为，先锋派、现代主义、现实主义三者的关系应该是：在西方艺术的语境下，先锋派约等于现代主义（或者不严谨地说它就是现代主义的一种别称），其产生的原因就恰恰在于对现实主义美学规范的反动——而这可能也正是在西方视域中"先锋派"概念其能指和所指没有必要给予确切界定的原因。

（二）西方语境中三者之间的关系对中国文学的影响

单就"先锋"来说，西方文学对其产生的影响是毋庸置疑的，其原因我们在上文中已经论述过，在此不再赘言。但问题的关键很可能是另一个层面的，即这种影响的结果是怎样呈现的？从某种意义上来说，自"五四"以后，我国在人文社会领域的西方概念和理论引进基本或多或少地都存在着一个"变异"的问题。对于"现代派"这一概念来讲，贺桂梅就曾指出："这个概念本身是相当80年代化的和中国化的。在80年代，'现代派'这一概念指涉了几乎所有'现实主义'之外的20世纪西方文学，并强调将他们作为一个具有共同特征的'整体'

---

① 王雅华. 西方文学中现实主义的含义及其嬗变［J］. 国外文学，2018（01）：12.

来看待和理解……80年代理解'现代派'的方式……是在50-70年代的历史语境中特定的语义坐标中形成的……"[①]但是，在笔者看来，与50-70年代相比，80年代的"现代派"概念还是存在着一些细微的变化，其最主要的不同是与我们前文提及的那种"情绪大于理性"的社会症候性特征伴生着的，换句话说，80年代的"现代派"概念正是当时整个中国自上而下进行"现代化之路"求索的一种在文学艺术领域的体现与表达。

（三）三者在中国语境内部的关系形态

在上述意义上，我们可以进一步回答中国当代文学论域内现代主义与现实主义之间的关系问题以及第三个大问题，即三者在中国当代文学内部又呈现出怎样一种关系格局的问题。

对于前者而言，笔者认为，在20世纪世界文学的范围内，现实主义与现代主义存在着一种非此即彼式的互斥关系。不过，需要指出的是，这种"现实主义"并不是西方语境意义上的"现实主义"，而是被中国化了的"现实主义"。在这里，受制于笔者学识、篇幅、讨论问题等众多因素所限，我们不可能再来详细阐释何谓中国化了的"现实主义"。不过，蒋承勇2019年发表于《浙江社会科学》的题为《现实主义中国传播70年考论》的文章或许可以给我们某种启示。在这篇文章中，他认为，中国当代文学语境下的"现实主义"（也即"社会主义现实主义"）是直接学习、效仿、借鉴苏联的社会主义现实主义，换句话说，"历史地看，中国的'社会主义现实主义'实际上是苏联社会主义现实主义的一种'翻版'或者'变体'"，而苏联的社会主义现实主义"之确立的根本目的是：社会主义苏联的文学必须体现社会主义思想并为无产阶级和广大劳动人民服务；而在创作理念与方法上，又汲取了包

---

① 贺桂梅. "新启蒙"知识档案：80年代中国文化研究 [M]. 北京：北京大学出版社，2010：118.

括高尔基在内的俄罗斯现实主义乃至西欧现实主义的'写实'精神与传统。因此，笔者认为，苏联的社会主义现实主义无疑是19世纪现实主义的一种'变体'，而且，因其影响广泛而久远，实际上'已经成了国际的文学现象'。所以，从国际传播与影响的角度看，它实际上已不仅仅只是一种文学创作方法与文学批评方法，而且也是一种新的现实主义文学思潮或者流派。"[1] 本书认同这一观点。

对于后者而言，如果说在西方语境中，现代主义约等于先锋派文学的话，那么在中国当代文学视域内则全然不是如此。在今天的文学史表述中，中国的"现代派文学"探索可以追溯至70年代末期王蒙、茹志鹃等人的创作，但其形成高潮却是在以1985年为标志的80年代中期。洪子诚就这样说道："大致在80年代中期，文学界革新力量积聚的旨在离开'十七年'的话题范围和写作模式的'革新'能量，开始得到释放，创作、理论批评的创新出现'高潮'"，"因为1985年发生的众多文学事件，使这一年份成为作家、批评家眼中的转变的'标志'"，"出现了一批与'伤痕'、'反思'小说在艺术形态上不同的作品"[2]。而在当时的评论家李劼看来："如果说在85年文学新潮发生之前的整个现代文学史基本上是承袭了西方十九世纪的古典文学并且在这一文学的影响和笼罩之下发展过来的话，那么在85年文学新潮发生之后的中国当代新潮文学则显示了二十世纪世界文学的种种特征。"[3] 从这里，我们可以看见现代派文学在当时被赋予某种历史使命。而先锋小说则是被视为现代派文学中一种更为"高级"的文学形态，其原因就在于如果说先锋小说之前的现代派文学只是对"写什么"的新发展的话，那么先锋小说的"怎么写"的理念则被视为是对包括此前现代派文学在内

---

① 蒋承勇. 现实主义中国传播70年考论［J］. 浙江社会科学，2019（11）：109.

② 洪子诚. 中国当代文学史（修订版）［M］. 北京：北京大学出版社，2007：201.

③ 李劼. 论中国当代新潮小说［J］. 钟山，1988（05）：116.

的中国文学传统的一种最决绝的拒绝——虽然这并非当时被称为"先锋小说"作家们的想法。而在文学使命的意义上,如果说现代派文学被赋予的是寻找中国文学的现代化之路的使命的话,那么先锋小说则是承载了中国文学与世界文学接轨,并赶超世界文学最高水平的一种渴望与梦想。或许,吴亮的态度正是这种判断的最好佐证,"他宁愿在中国文坛看到第二个博尔豪斯,而不想看到一百个巴尔扎克"①——然而,从今天的角度来看,即使是这种渴望,其合理性也是需要加以认真反思的。

综上所述,在20世纪80年代的政治历史语境中,现代主义意味着对此前以现实主义为美学规范的文学传统的反动,而"先锋"则是现代主义的"高级"形态,其中存在着一个情绪化的理论分野,那就是"先锋"就是"带领"中国文学到达世界文学高峰的力量。

## 二、理解先锋小说文本的政治化维度

在过去学界的讨论中,先锋小说的创作实践大都被仅仅视为一种纯文学意义上的形式实验与叙述创新,几乎很少有人在思想意义层面对其予以带有整体意义的考察,更少有人将其纳入一种政治维度的视野中予以观照。但是,在本书看来,先锋小说不仅不是与政治、与80年代的政治/文化现实无涉的,甚至它本身就携带着极为强烈的政治企图。对此,张旭东就曾这样说道:"……先锋文学在80年代后期所表象的当下的真理,在今天只有神话意义了,因为在今天很难不把它看作是某种主流意识形态——个人自由,私有财产,等等——的想象性的符号预演。正因为是想象性的审美预演,所以它在当时仍然是'非功利'的。但在今天,它的非功利性和形式创新色彩就不得不被放在一

---

① 李兆忠. 旋转的文坛——"现实主义与先锋派文学"研讨会纪要[J]. 文学评论,1989(01):28.

个历史语境里，作为一个大的历史趋势的注脚来看。"①

但是，在这里，我们所说的"政治"也不仅仅就是狭义地指涉着其小写形式（politics），它同时也是大写的POLITICS，是指人为了实现自身及其所在群体更好地发展所采取的特定行为以及由此结成的关系的总和。更具体地说，此处我们试图将先锋小说文本置于20世纪80年代的历史／文化语境中予以解读，以来阐释其价值与意义。

（一）"后文革"的文本话语景观

本书所称的"后文革"中的"后"，并非西方解构主义立场中的"post"前缀，而是单纯地指代时间意义上的"文革"之"后"——既有在"文革"之后的写作之意，又有以"文革"之后的视角重审之思——这又分为三个面向：其一是直接将故事置于"文革"的历史背景中展开；其二是虽或不言明，或有意淡化，或在表面上干脆取消、放逐历史，但文本本身的写作方式处处表征着其背后的"文革"影响；其三是书写的是作者创作文本时当下的历史背景，但其中的指向又是与"文革"紧密相连的。当然，这样的概括并不能覆盖先锋小说的全部文本。

上述文本特征恐怕与先锋作家的人生经历与生活记忆不无关系，但在笔者看来，更为重要的是80年代的独特历史位置造就了这一独特景观，而背后隐藏的更深的意味或许在于，"后文革"时代恰恰是造就先锋小说及其被指认为"先锋"的重要原因——前面我们曾经说过，"80年代文学"（或称"新时期文学"）得以被建构的合法性来源正在于对"文革"后期由极左思潮建构起来的美学规范的强烈拒斥与否定。与此同时，从某种意义上说，虽然"文革"结束以后，由"伤痕文学"作为始端的"新时期文学"对"文革"进行了反拨与矫正，但在很多评

---

① 张旭东等. 当代性·先锋性·世界性——关于当代文学六十年的对话［J］. 学术月刊, 2009（10）: 10.

论者眼中，这种"反拨与矫正"仅仅是思想意识层面的，其并没有触及带有根本性的美学规范，加之由改革开放而带来的大规模西方思潮涌入的影响，文学中普遍存在着某种比"社会现代化焦虑"更为强烈的"文化现代化焦虑"。马原所言的"方法论上的突围"①正是这种"文化现代化焦虑"的一个典型注脚。从这个意义上说，由马原开启的先锋小说写作正是源于"文革"所建构起的美学规范亟待拆解的需要与80年代"文化现代化焦虑"的双重压力——虽然，这两种"压力"在今天看来是否真正存在或者说其背后还是否存在着某种"误判"是值得再次详细讨论与辨析的。

在先锋派作家中，直接将"文革"予以批判性呈现并给予否定性指认的最具代表性的作家要数残雪和余华，但是二人在写作风格上又有着很大的不同。余华偏重于将故事所发生的历史环境坐实，但人物的行为、思想与举止呈现出某种荒诞性，这样二者呈现出一种强烈的违和感，从而表达对"文革"历史的批判与否定，比较有代表性的作品如《一九八六年》《十八岁出门远行》；而残雪的小说，往往在起笔之初就开始勾勒出怪诞而不真实的氛围，活动于其间的人物更是荒诞不经，而作品的整个风格给读者以强烈的压迫感与昏暗感。似乎在残雪的小说中，天气永远是阴暗而潮湿的——而这更像指涉的是"文革"时期的政治气候，其中比较有代表性的作品如《黄泥街》《苍老的浮云》等。

相较之下，同样是以"文革"作为文本故事的发生背景，马原的此类小说似乎并不注重在政治的、历史的维度下对"文革"做出价值判断。抛开形式实验的层面，他似乎更在意的是人与人之间的关系构成及"命运"给人的生活带来的不确定感。"文革"的历史背景与其说

---

① "作家一开始关心内容，但是到了85年的时候内容已经不能满足那些有独创性的作家们的热情了，所以大家不约而同向方法论这个方向突围，被称先锋就是（缘于）在方法论上的突围。"（木叶. 先锋之刃［M］. 上海：上海人民出版社，2018：12.）

是故事及人物行为得以发生的前提性条件，不如说是为了展现故事和人物行为合理性所提供的现实环境，这样的作品如《错误》《上下都很平坦》《大元和他的寓言》等。

与之相比，洪峰和格非的作品更倾向于在"文革"的历史以外回望"文革"本身，洪峰更愿意在80年代，即"文革"结束以后社会条件下的人际变迁中寻找"文革"的痕迹及其影响，如《奔丧》；而格非更倾向于回到新中国成立之前，于历史的纵深处探寻中国的历史发展根由，如《迷舟》。

我们认为，"后文革"构成了先锋小说文本的某种前提性历史条件，也是其得以命名的一个原因。

（二）另一种"伤痕文学"

从世俗的、功利主义的角度来看，"新时期"文学的发展脉络，在命名上呈现出一种达尔文式的文学进化论趋向，由"伤痕"而"反思"，由"反思"而"改革"，在由"改革"到"寻根"，最后的"先锋"与"新写实"更像是为中国"文革"以后的文学在寻找某种可行的解决方案与发展路向。但是，笔者清楚地意识到，这种说法本身可能会遭到很多人（尤其是视"80年代"为中国当代文学的"黄金时代"与倡导"为艺术而艺术"观念的人）的强烈鄙夷，甚至是激烈的抨击。这里面涉及的一个重要理论问题是对文学艺术价值功用的判断，亦即对文学艺术本质的理解问题。在笔者看来，在后现代主义思潮对我们的思维观念影响愈久愈深的今天，仍旧对事物的属性抱着本质主义迷梦的想法显得越来越天真而幼稚。在此，笔者想表达的观点是：我们固然不能单纯用纯粹功利主义，甚至是政治思维的视角去理解文学艺术，但只把文学艺术单纯理解为非功利化的审美性存在何尝不是再次陷入了逻各斯的泥淖了呢？所以，笔者倾向于，分别在多种角度、多种面向、多种视野中去审视事物，这样既有助于我们理解事物的不同面目，还有可能因为这些不同的理解向度而产生碰撞，让我们深化对事物本身的认识和理解。

从上述意义上，如果我们也循此路径，将"新时期文学"看作一个线性的、不断向前发展的历史脉络的话，那么从一定意义上讲，抛开其审美上的创新与形式上的实验，在面对社会现实问题与精神问题时，就整体意义而言，先锋小说是倒退而非进步了。与此前的文学流派相比，在思想意义层面上，先锋小说更接近于"伤痕文学"，换句话说，它又重回到对社会问题进行声讨和控诉的角度上来，而不具有任何现实指向上的建设性，更没有提出合适的解决思路与解决方案。在这个意义上，毋宁说，先锋小说更像是经过形式因素伪装、打着审美实验旗号的另一种"伤痕文学"——虽然，它在艺术的复杂性与思想深度上较之后者的确有进步之处。

（三）发展焦虑的异性表达

如果将先锋小说视为80年代文学（亦即"新时期文学"）在文化机械进化论意义上的文学巅峰，那么"先锋"二字除了其我们在本书第一章中讨论的含义外，其实更隐藏着现代性角度下的"先进的""进步的"意涵，是一种对中国文学已经或者将要实现现代化，甚或比肩世界文学最高水平与层次的错觉与幻想。在这里，我们之所以称上述看法是"错觉与幻想"并非是在贬斥与否定"80年代文学"的创作实绩，而是从以下两种意义上做出这种表述的：其一，从解构主义的立场来看，由"先进"与"进步"构成的价值判断本身就是一种含有逻各斯中心倾向的本质主义偏见，事实上，这种说法是不能够成立的，因为构成"先进"与"进步"的衡量标准本身也是语言建构的产物，实际上并不存在客观的恒定标准；其二，从艺术审美的角度而言，文学艺术作品本身就是人类情感的表达物，它承载的是作品创作者、读者以及所涉及的其他人的情感与精神状态的此在表达。在这个意义上，一部文学作品、一个文学流派就更不能用诸如"先进的""进步的"这样的价值判断标准去衡量、去把握。

本书认为，先锋小说及其文学史命名其实本身就隐含着一种对于"进步"与"发展"的焦虑，而其文本所表达的内容更是在这一意义上的进一步延伸与拓展。

### 三、先锋小说的长篇之困

（一）先锋长篇的现实影响之困

长篇小说历来在文学创作领域被赋予某种特殊位置，它往往被视为某个时代、某个流派、某个作家文学成就高低与否的重要衡量指标。某些文学巨擘也曾因一生没有长篇小说作品发表，其地位受到盘诘与责难，比如王朔就曾质疑鲁迅的文学成就，其原因就在于鲁迅一生中没有发表过哪怕一部长篇小说作品[①]，而台湾作家李敖也持有相似看法。虽然这种观点存在很大的有待讨论与商榷的空间，或者说基本很难站得住脚，但这种观点的盛行也从一个侧面反映出长篇小说在整个文学创作领域中颇为独特且重要的地位。就上述意义而言，在"新时期文学"中被赋予了极高文学史地位的先锋小说其长篇实绩过于暗淡。在1985–1989年，仅有马原的《上下都很平坦》（1987）和残雪的《突围表演》（1988）两部长篇小说问世，并且这两部小说的篇幅和容量也极为有限，而情况却还不止于此。

---

① 王朔撰文称："我认为鲁迅光靠一堆杂文几个短篇是立不住的，没听说有世界文豪只写过这点东西的……我坚持认为，一个正经作家，光写短篇总是可疑，说起来不心虚还要有戳得住的长篇小说，这是练真本事，凭小聪明雕虫小技蒙不过去……鲁迅没有长篇，怎么说都是个遗憾，也许不是他个人的损失，而是中华民族的损失。"（王朔. 我看鲁迅［M］// 葛红兵，朱立冬编. 王朔研究资料. 天津：天津人民出版社，2005：98–99.）

　　作为80年代文坛上的"明星",自马原和残雪引起文学界轰动以后,几乎他们的每一部作品都会在一定程度上引起学界和评论界的关注,然而《上下都很平坦》与《突围表演》的境遇似乎并不在此列。笔者在中国知网上进行检索①,其结果可从一个侧面佐证我们的上述看法。关于马原的《上下都很平坦》的情况是:以"《上下都很平坦》"为关键词,设置检索项为"篇名",结果数量为2篇②,且发文时间均在2002年。以《上下都很平坦》为关键词,设置检索项为"全文",结果数量为164篇,其中1987—1990年的发文数量为17篇。而与此形成鲜明对比的是,我们以"马原"为关键词进行检索,设置检索项为"篇名",发文数量为128篇,其中1987—1990年发文数量为15篇;设置检索项为"全文",发文数量则为4528篇,其中1987—1990年发文数量为274篇。关于残雪的《突围表演》的情况是:以"《突围表演》"为关键词,设置检索项为"篇名",结果数量为15篇,其中1988–1990年发文数量为4篇③。以"《突围表演》"为关键词,设置检索项为"全文",结果数量为432篇,其中1988—1990年发文数量为14篇。同样形成对比的是,我们以"残雪"为关键词进行检索,设置检索项为"篇名",发文数量为343篇,其中1988—1990年发文数量为16篇;设置检索项为"全文",发文数量则为6376篇,其中1988—1990年发文数量为281篇。

　　在价值判断上,两部作品发表之初评论界的反映与二人之前的作

---

① 在中国知网的查询截止日期为2020年12月7日,文献分类目录单取"哲学与人文科学"下的"中国文学"一类,且查询类别仅限于期刊,特此说明。

② 两篇文章分别为:《饥饿的美学——读马原长篇小说〈上下都很平坦〉》(王春林、周宝东,《新闻出版交流》,2002年第4期)、《知青的喜剧——读马原的〈上下都很平坦〉》(胡晓青,《新闻出版交流》,2002年第4期)

③ 四篇文章分别为《向生存边界的冲击 评残雪的〈突围表演〉》(郜元宝,《当代作家评论》,1989第1期)、《残雪的突围——读残雪的〈突围表演〉》(黄中俊,《理论与创作》,1989年第2期)、《伪造形式的迷宫——读残雪的〈突围表演〉》(舒文治,《文学自由谈》,1989年第3期)、《表演人生——论残雪的〈突围表演〉》(沙水,《文学评论》,1989年第5期)。

品相比，同样不容乐观。《上下都很平坦》并不见单篇评论，而往往是在评析马原整体倾向时一语带过。如在张颐武看来："《上下都很平坦》中，生命变成了极为无聊的日常生活，一群知青在一个农场的生活是极为平庸而微末的，人们活着，死去，既没有宏大的理想和英雄精神，也没有任何生存的理由和依据，他们就像大自然的四季运动一样，周而复始地循环，几乎失掉了精神的要求。马原展现了一个含混的，无法界定与分离的世界。"① 同时，也有论者当时因《上下都很平坦》对马原的创作提出了某种担心："马原自《上下都很平坦》之后，作品似乎日见其稀少了，我实在担心他是否也要走到那种'高处不胜寒'的地方去了。"② 而对于残雪的《突围表演》，虽然评论界不乏赞许之声③，但是很多论者（尤其是一些具有影响的先锋批评家）都表达了对该作的不满。舒文治直言："我的怀疑的精灵在提醒我：对于扭曲得太厉害的作品，尽管它的作者有奇才异觉，并刻意探索新领域，但是我同样以疑虑的目光看待她的实验。"④ 而一向力挺先锋小说的吴亮也因《突围表演》罕见地对残雪的创作提出了批评。他说："1988年初，我读到了残雪的第一部长篇小说《突围表演》，我不讳言我的失望：那是怎样一部冗长、抽象、枯燥之极的小说啊！滔滔无尽的议论，连篇累牍的废话，直接的精神分析弥漫在长达二十余万字的文字徒刑中，人形木偶被说话代替，细节和氛围都荡然无存，抽象语词终于喷涌而出，一泻千里。残雪终于向人们证实了她的思考能力，可那种思考即使再有价值，都

---

① 张颐武. 人：困惑与追问之中——实验小说的意义 [J]. 文艺争鸣，1988（05）：25.

② 胡河清. 马原论 [J]. 当代作家评论，1990（05）：83.

③ 如沙水认为："1987年下半年完稿的《突围表演》，是残雪的第一部长篇小说。在这部作品里，残雪首次真正把人生变成了艺术，把艺术变成了人生。艺术和人生的融洽无间，在其中达到了天衣无缝的纯熟程度。在这里，她既是作者，又是作品中的人物，还是对自己作品的评论家；而在她同时成为这三者的时候，她甚至不需作特别的说明。"（沙水. 表演人生——论残雪的《突围表演》[J]. 文学评论，1989（05）：125. ）

④ 舒文治. 伪造形式的迷宫——读残雪的《突围表演》[J]. 文学自由谈，1989（03）：37.

没有艺术地体现在《突围表演》之中。"①

综上,20世纪80年代的先锋小说在长篇创作上一直处于一种难以突围的困境之中。

(二)先锋长篇的艺术理想之困

先锋小说的长篇创作之所以既没有取得丰硕的实绩,又没有像中短篇一样迎来预期的掌声,其原因正在于其艺术创作上的困难。我们知道,先锋小说之所以获得"先锋"之名,正在于其被视为一种在美学范式上对中国小说传统及"五四"以后,乃至《在延安文艺座谈会上的讲话》发表以后的革命文学传统的全方位的艺术突破与创新,简单来说就是从"写什么"向"怎么写"进行转变。

要实现上述艺术企图,不但需要精巧的艺术构思,还需要各种艺术技巧的有机融合,这是一件颇为需要创造性与审美感悟力的工作。中短篇小说文字容量有限,结构相对紧凑,将上述艺术与形式技巧进行整合并达到艺术企图的目标相对容易纳入较短的篇幅内。另外,在追求一种淡化所指的能指的游戏中,中短篇的现实空间有助于通过眼花缭乱的形式因素布局去冲淡,乃至彻底取消、放逐掉传统故事中的情节要素,最终展现出创作主体最初的艺术设想。但是在长篇小说中,由于少则十万字、多则几十万字的实体空间需要被填充,频繁使用形式因素填充其中就变得困难重重,且如此之长的篇幅如果过分放逐或取消意义,仅仅同样由一堆形式技巧予以搭建情节,那么读者很容易迷失在毫无意义的游戏中,最终产生审美倦怠感从而放弃阅读。所以,在长篇小说创作中,作家只有两个选择:要么重拾对文本背后思想意义的考虑与开掘,要么承担放弃读者的风险。在这个意义上,不严谨地说,马原的《上下都很平坦》更多地属于前者,而残雪的《突围表演》

---

① 吴亮. 一个臆想世界的诞生 [J]. 当代作家评论, 1988 (04): 83.

更多的属于后者[1]。

在上述意义上，90年代以后，即作为一种思潮的先锋小说结束以后，以形式探索为旨归的长篇小说渐渐丰富起来，尤其是当年"先锋五虎"中的格非，至今还在进行着先锋意义上长篇小说的探索，如他在2019年国庆前夕推出了长篇小说《月落荒寺》。但是，值得注意的是，与80年代的先锋试验相比，在格非21世纪以后的长篇创作中，其创作意图明显不再是进行所谓的小说实验，毋宁说，是尝试将传统小说或者说现实生活及其思考进行先锋表达——这里的区别是，形式因素不再是目的，而只是一种创作手段。

就此而言，我们认为，形式在长篇小说中必须依附思想意义而存在，方法论探索（形式实验）也要以社会存在的可能性限度（或者需要）为基础、为前提、为限度——这不但是今天的先锋文学创作所要面临的问题，也是80年代作为一种思潮的先锋小说在后来衰败的自身原因之一。

## 第四节　基于文本的"先锋"遗产

虽然先锋小说的很多问题还处于极不稳定的状态中，其产生也具有极大的历史偶然性，但不可否认的是，先锋小说以其独特的叙事特点深刻参与了20世纪90年代以后中国小说创作的重构过程，甚至可以

---

[1]　笔者之所以在这里强调"更多的"，是指上述说法本身是一种纯粹理论上的探讨和逻辑上的推演，事实上，上述两种情况并不存在，也不可能存在绝对意义上的分野。我们说马原的《上下都很平坦》属于前者，残雪的《突围表演》属于后者，是相对而言。换句话说，《上下都很平坦》并非没有让读者离去的可能，而《突围表演》也并不是不承载思想意义，相反，《突围表演》中的"性"的思考，放置在80年代的社会语境里，或许还有着特别的意义。

说，如果没有先锋小说的影响，今日中国文坛还会不会形成今天之美学格局是一件极不确定的事情——至少，在文学史的意义上，这一点是极具变数的。而对这一点进行指认与明确，对于本书来讲，同样具有十分重要的意义。其一，从概念论的角度说，对一个文学流派进行命名，其并不只是因为这些作家具有一致的创作倾向或美学倾向，更在于其在文学史中是富有意义的，换句话说，其存在构成了后续文学史发展的一个基点，甚至对后来的文学创作主流形成了一定的影响，这才是对其命名在学理上的合法性所在，没有这一点，所谓的“命名”不过就是一种理论游戏。所以从这个意义上说，一种文学现象所产生的艺术影响与艺术效应也许不是概念表述中所必须提及的内容，但却是概念界定时不可或缺的前置条件，是概念之所以有必要进行深入讨论的理据所在。其二，从文学史、思想史的角度来说，对其后续遗产的进一步清理，将有助于我们从一个新的视野进入相关问题，从而为先锋小说，乃至整个“新时期文学”的讨论打开新的面向与新的可能。其三，从先锋小说文本的角度讲，我们通过考察先锋小说那些艺术的质素、理念的考量被带入了“90年代”以后文学的建构与规划中，也会给我们带来新的实践启发与思想提示。以上这些，无疑都将给我们关于这一问题的讨论，甚至与这一问题或联系或同构或同质的其他议题的理解带来极大的助益。

本书根据上述考虑，将从以下三个角度对该问题进行梳理、阐释：先锋小说在20世纪90年代以后的发展路向、先锋小说文本对90年代以后小说创作在艺术上的影响、先锋小说在文学思想上对现实主义的影响。

## 一、先锋小说在20世纪90年代以后的发展路向

本书认为先锋小说在1989年就已经结束，这一说法是建立在其作

为一种文学史思潮意义上的，而非是对其作为文学事实的整体描述。对此，洪子诚也在《中国当代文学史》中这样说道："在八九十年代之交的'转折'的历史语境中，'先锋小说'作家的写作很快分化，大多数的'先锋'色彩减弱，后继作品也不再被当作有相近特征的潮流加以描述。"① 这又体现为以下三个方面：

其一，80年代先锋小说作家中的格非、残雪、孙甘露等人90年代以后的作品中仍然在延续着此前的创作方式。

格非在1990年之后，相继创作近40部中短篇小说和8部长篇小说② 作品，其中"江南三部曲"、《望春风》以及2019年发表的《月落荒寺》都曾引起文坛不同程度的关注，乃至震动。而在这些小说文本中，其早期的先锋痕迹依然不时出现在笔端。其中，比较典型的是，在其2012年发表的中篇小说《隐身衣》与后来的长篇小说《月落荒寺》，二者之间不但形成了某种程度上的互相指涉而且在两者互相指涉之间继

---

① 洪子诚. 中国当代文学史（修订版）［M］. 北京：北京大学出版社，2007：295.

② 格非1990年以后发表的作品有：长篇小说《敌人》（花城出版社，1991）、《边缘》（浙江文艺出版社，1993）、《欲望的旗帜》（江苏文艺出版社，1996）、《人面桃花》（上海文艺出版社，2004）、《山河入梦》（作家出版社，2007）、《春尽江南》（上海文艺出版社，2011）、《望春风》（译林出版社，2016）、《月落荒寺》（人民文学出版社，2019），中短篇小说《嗳哨》（《时代文学》1990年第5期）、《傻瓜的诗篇》（《钟山》1992年第5期）、《锦瑟》（《花城》1993年第1期）、《湮灭》（《收获》1993年第4期）、《雨季的感觉》（《钟山》1993年第5期）、《公案》（《钟山》1993年第5期）、《相遇》（《大家》1994年第1期）、《武则天》（《江南》1994年第1期）、《初恋》（《花城》1995年第1期）、《凉州词》（《收获》1995年第1期）、《去罕达之路》（《佛山文艺》1996年第6期［上］）、《紫竹院的约会》（《东海》1995年第11期）、《镶嵌》（《花城》1996年第1期）、《半夜鸡叫》（《青年文学》1996年第5期）、《时间的炼金术》（《钟山》1996年第5期）、《谜语》（《作家》1996年第6期）、《窗前》（《作家》1996年第6期）、《喜悦无限》（《人民文学》1996年第11期）、《解决》（《小说家》1997年第2期）、《月亮花》（《小说家》1996年第2期）、《沉默》（《天涯》1997年第5期）、《赝品》（《收获》1997年第5期）、《未来》（《山花》1998年第4期）、《失踪》（《时代文学》1998年第4期）、《让它去》（《钟山》1998年第3期）、《打秋千》（《收获》1998年第6期）、《苏醒》（《长城》1999年第3期）、《马玉兰的生日礼物》（《作家》1999年第1期）、《暗示》（《作家》2000年第1期）、《戒指花》（《天涯》2003年第2期）、《不过是垃圾》（《长城》2006年第1期）、《蒙娜丽莎的微笑》（《收获》2007年第5期）、《隐身衣》（《收获》2012年第3期）。

续留下大量的关键性"空缺",从而使两部作品具有了典型的80年代先锋小说的美学特征。但或许需要指出的是,格非在这一时期的创作的文本虽然依旧存在着先锋痕迹,但在大多数情况下,他已经不再将形式实验视为文本的创作动机与目的,而是将其视为深化、丰富小说内容与主题的一种手段。

残雪似乎始终没有受到文学史评价与文学形式变化的影响,一直延续着此前的风格进行创作,并在长篇、中篇、短篇中都有着较大收获。其中20世纪90年代以后她比较重要的作品有:长篇小说《单身女人琐事纪实》(北京十月文艺出版社,2004)、《最后的情人》(花城出版社,2005)、《边疆》(上海文艺出版社,2008)、《新世纪爱情故事》(作家出版社,2013)、《黑暗地母的礼物(上)》(湖南文艺出版社,2015)、《黑暗地母的礼物(下)》(湖南文艺出版社,2017)、《赤脚医生》(湖南文艺出版社,2019),中篇小说《痕》(《人民文学》1994年第1期),短篇小说《从未描述过的梦境》(《珠海》1993年第5期)等。残雪的小说由于其晦涩性,往往受到普通读者的忽视,但评论界和学界却一直对其保持了相当的关注。截至2020年3月1日,在中国知网上,以"残雪"二字为检索项进行检索,期刊论文近400篇,学位论文85篇,这一数字无疑是庞大的。此外,残雪时至今日仍然受到国外文学界的关注:"从1987年到1997年,在残雪出版的20部作品里,海外(包括中国香港、台湾)出版社出版的有15部,中国大陆的简体版只有5部。十年间,残雪的作品已被翻译成日、英、法、德、意等多种文字出版,并成为美国哈佛、康奈尔、哥伦比亚等大学和日本东京中央大学、国学院的文学教材。日本、美国、法国的纯文学杂志均多次刊登残雪作品。一些有影响的大报对残雪都有评介。"[①]在某种意义上,残雪

---

① 卓今. 残雪研究 [M]. 长沙:湖南文艺出版社,2012:443.

更加让西方人了解了中国文学——虽然这种价值离文学本身多少存在一定距离。

　　孙甘露是前文我们提到的那场1989年在中国作协上海分会举行的以"保卫先锋文学"为主旨的会议的六个参加者之一，也是唯一一个小说家。在那次会议上，他曾颇为激进地这样说道："自言自语的勇气，有时是逃亡的勇气。从人群里逃掉。我的小说所要表达的最基本的母题，就是逃跑……我想所谓'先锋'，大概就是率先从种族空间撤退的人。当肉体仍然遭到禁锢时，灵魂就先走一步。先锋作家，我觉得就是灵魂上彻底孤独的人，但他们的肉体却留在大众中间，和他们同呼吸共患难……用最不先锋的肉体作为代价，去换取最先锋的灵魂的自由。"① 正如他所表达的那样，进入20世纪90年代，孙甘露延续此前的风格，又相继发表了小说《忆秦娥》(《收获》1992年第6期)《呼吸》(花城出版社，1993)《时间玩偶》(《收获》1999年第5期)等作品。这些作品不但在普通读者群鲜有过多关注，即便在评论界和学界受到的关注也极为有限。不过，孙甘露的创作的确构成了作为一种文学思潮的先锋小说结束后的新的"先锋"景观。评论家程德培的一段话，可能更为恰切地说明了孙甘露作品的状态，他说："孙甘露的小说肯定不是我们现在的生活(包括精神)所需要的，但他绝对又是我们所缺乏的那一部分。这是悖论，又是一种极大的反差……"②

　　其二，在先锋小说中90年代以后转型了的作家中，很多人成为90年代以后直至当下文坛创作中的扛鼎人物，这其中较为典型的有余华、苏童、叶兆言等人。而更加富有意味的是，他们这一时期的创作在某种程度上实现了当初批评界和理论界对于借助先锋小说实现中国文学

---

① 朱大可，张献，宋琳等. 保卫先锋文学［J］. 上海文学，1989（05）：79.

② 程德培. 对白天来说，黑夜很可能是他的一束光照——由孙甘露引发对先锋小说的思考［M］//郭春林编. 为什么要读孙甘露. 上海：上海人民出版社，2014：298.

与世界文学接轨的愿望。进入20世纪90年代以来，余华和苏童的小说被翻译成英、法、日、韩、瑞典语、丹麦语、意大利语等多种文字在海外传播。与此同时，二人也斩获了国外文学界的很多重要奖项，主要有：1998年，余华的长篇小说代表作《活着》荣获格林扎纳·卡佛文学奖（此奖为意大利最高文学奖）；2003年，余华的长篇小说《许三观卖血记》（英文版）荣获美国巴恩斯·诺贝尔新发现图书奖；2004年，余华获法国政府颁发的法国艺术与文学骑士勋章；2008年，余华凭借长篇小说《兄弟》获法国国际信使外国小说奖；2009年，苏童凭借长篇小说《河岸》荣获第三届英仕曼亚洲文学奖。而2012年莫言①获得诺贝尔文学奖更是被一些讨论者视为是80年代先锋小说在21世纪所取得的突破性成就。上述作家在海外文学界受到关注，其在某种意义上正是80年代先锋小说给中国文坛留下的最为重要的遗产之一。

其三，继80年代先锋小说在文学思潮意义上终结以后，又有一批年轻的小说"先锋"登上中国文坛，这主要包括刘恪、韩东、鲁羊、东西、宁肯等人。与"前辈"不同的是，这批作家对"先锋"的标识极为认同且努力使自己的创作朝这一向度发力。比如刘恪就明确宣称："我永远都会坚持一种先锋性的写作姿态。"② 与此同时，一种名为"后先锋"的理论与创作也在90年代崛起。"他们主张继承五四文学在思想上和创作上的双重创新意识，对于生活现实和写作现实进行双重否定，追求永恒的探索精神；反乌托邦，反道德理想主义；回归身体——我的世界，我的对象的世界；回归汉语言本位的写作。"③ 这里所要表达

---

① 莫言在20世纪80年代的创作是否也属于先锋小说目前是具有争议性的，但就其后来的创作看，他在小说中有意识进行叙事实验却是不争的事实，如其长篇小说《酒国》《生死疲劳》《檀香刑》就是如此。

② 刘恪. 致先锋书 ［M］// 何锐主编. 世界的罅隙：中国先锋小说选. 南京：江苏文艺出版社，2012：114.

③ 梁艳萍. "后先锋"的理论追求及其创作探索 ［J］. 当代文坛，1999（05）：24.

的意思是，在作为一种文学思潮的先锋小说结束以后，其"后继者们"仍然没有中断相关的探索与试验，他们以自己的写作实践构成了90年代以后，直到今天的中国文学版图中的重要一元。

## 二、先锋小说文本对90年代以后小说创作在艺术上的影响

从一般的逻辑上来讲，一种人文社会思潮当被赋予"先锋"之名时，也就意味着它具有超前性和与所在社会主流思想的不兼容性。那么，在这个意义上说，其结局就只可能存在两种形式：一是最终消弭在历史之中，不知所终；二是促进主流思想的生长或与其达成某种和解，成为后者的一部分，先锋小说显然属于后者。对此，孟繁华就曾这样说道："这些小说改变了中国文学长久不变的'一体化'状况，重建了文学秩序，'形式的意识形态'开始统治中国文坛。一方面，这一文学潮流是一场具有'地震级'的文学潮流，它不仅改变了小说的写法，开启了小说写作的另一种可能性，重要的是它改变了我们与文学的情感方式和感受方式，丰富了我们对文学的理解和认知。后来我曾说过，在当代文坛，是否受过先锋文学的洗礼是大不一样的。另一方面，作为文学潮流的先锋文学虽然已经落潮，但是，先锋文学的遗产已经成为我们文学血液的一部分，它的遗风流韵仍然散发着长久的芬芳。"[①]这样来看，先锋小说对于90年代之后当代文学的第二个影响是其在艺术技巧方面的遗产已经在当下小说创作中成为某种常态化的东西，其表现为：如果说先锋小说作家考虑的着眼点是故事应该"怎么写"，那么今天很多作家在回归"写什么"的基础上会兼顾到"怎么写"。本书仅举麦家小说创作的一例试图说明这种影响。

麦家是21世纪以来中国文坛崛起的重要小说作家，其创作的长篇小说《解密》《暗算》《风声》《风语》《人生海海》等作品一经发表就

---

① 孟繁华. 先锋文学的遗风流韵——纪念先锋文学三十周年［J］. 南方文坛，2015（03）：13.

受到了文学界的极大关注，其中《暗算》还获得了第七届茅盾文学奖。在这些作品中，可以看出先锋小说在艺术形式和叙事技巧方面对麦家的影响。例如，在其公开发表的首部长篇小说《解密》中，小说讲述了20世纪五六十年代一个在我国隐蔽战线上工作的数学天才容金珍的故事。在叙述时，麦家有意使用元叙事、迷宫营造、空缺等明显来源于先锋小说的叙事技巧搭建故事架构，其中最为典型的是《外一篇》中对容金珍笔记的"直接摘抄"：这些笔记是凌乱的、互相看不出什么联系，甚至也无法与前述故事形成情节上或逻辑上的关联，从一定意义上讲，它不但不能延续读者之前的阅读，甚至还有可能在某种程度上对之前的阅读形成干扰。这种叙事方法我们在马原80年代的众多先锋小说作品中都曾见到，如《冈底斯的诱惑》中马原分别托名姚亮和陆高的两首现代诗《牧歌走向牧歌》和《野鸽子》；再如长篇小说《上下都很平坦》中题名为《星期六扑克》的《章外章》。再比如，在长篇小说《暗算》中，主人公之一的黄依依在回国工作以前是世界著名数学家冯·诺伊曼的助手，而这个冯·诺伊曼实则在历史上实有其人：冯·诺伊曼（John von Neumann）是美籍匈牙利犹太人，是20世纪最重要的科学家之一，其在数学、计算机、物理学等多个领域都造诣颇深，甚至被后人尊称为"现代计算机之父""博弈论之父"。让真实的历史人物进入虚构的小说文本中，这是80年代先锋小说最常用的拆解虚构与现实之墙的写作手法之一。

　　事实上，评论界和学界早有人注意到了麦家小说中的此种先锋质素。例如王迅就曾发表题为《麦家小说叙事的先锋性》[1]的评论文章，同时，在2018年11月3日于苏州大学举办的"麦家作品学术研讨会"

---

① 王迅. 麦家小说叙事的先锋性［J］. 中国现代文学研究丛刊，2013（12）：180–189.

上，"先锋"也是与会者们讨论中常常提及的词语①。而在麦家的长篇小说《风声》获得第六届"华语文学传媒大奖"时，组委会给予麦家的"授奖辞"，则从另一个角度反映了评论界对其作品的"先锋"指认。"授奖辞"说："麦家的小说是叙事的迷宫，也是人类意志的悲歌；他的写作既是在求证一种人性的可能性，也是在重温一种英雄哲学……麦家独树一帜的写作，为恢复小说的写作难度和专业精神、理解灵魂不可思议的力量敞开了广阔的空间。"② 这其中的"叙事迷宫""恢复小说写作难度"的说法可以被看作"先锋"内涵的技术性指认。而就先锋小说对其创作的影响，麦家本人也曾公开承认。2009年，麦家参加一个访谈活动，当在被问及如何评价先锋作家时，他表示："马原最领风骚，格非的味道最正，苏童让我迷恋，余华最成功，莫言最受益。他们都曾经是我喜欢的作家，有的现在还是。"③ 而在2021年《上海文学》第2期发表的他与评论家何平的对谈中，何平评论麦家的作品道："从今天的中国小说格局看，你是少有的能够将上世纪80年代先锋传统转移和安放在当下，并在当下激发出新的创作活力的作家。先锋小说家普遍征用的'元叙事''第一人称叙述策略''非道德化视角''解构历史''游戏化'以及'语言策略'等技艺，这些在你小说中被运用得娴熟老到。"而作为回应，麦家则谈到了自己对于"先锋"当下文化处境的理解，他说："上世纪80年代的先锋文学今天大概是找不到了，连气味都闻不到。但对什么是先锋文学我有自己的理解，不是一味往前走就是先锋，有时大踏步回头也是先锋。"④ 在这里，麦家对新语境下"先锋"的处境

---

① 吴义勤，张未民，孟繁华等. 真正的密码是人的内心——麦家作品学术研讨会发言选录 [J].
东吴学术，2019（01）：67-90.

② 王安忆，麦家，杨键等. 第六届"华语文学传媒大奖"专辑 [J]. 当代作家评论，2008（03）：
43-44.

③ 姜宽平，麦家. 写作的清醒　叙事的智慧——麦家访谈 [J]. 文学港，2009（02）：172.

④ 麦家，何平. 关于《风声》的风声，或一个小说家的怕与爱 [J]. 上海文学，2021（02）：134.

以及未来发展可能显然有着自己独特的理解。

### 三、先锋小说在文学思想上对现实主义的影响

在文学思想与观念的层面上，我们说作为一种文学思潮的先锋小说在90年代初期走向终结，同样也并不是说它彻底消失，而是说它"已成为一种文学'常识'被接受，融入普遍写作实践之中"①。在本书看来，这种"融入"主要体现在其与一直处于中国文坛主导地位的现实主义创作方法及其美学观念的关系之中。在学界的一些观点看来，从某种意义上说，先锋小说起家自对现实主义的某种反叛之中，但是，其与现实主义创作方法和美学规范并不存在着决然的对立。不但如此，二者在90年代以后还呈现出了某种"合流""融合"之势，这又可以分为以下两种情况。

其一，现实主义从先锋小说中吸收了养分、继承了后者的大部分遗产，使自身得到了新的发展。对此，李运抟在其所著的《中国当代现实主义文学六十年》一书中曾用"意识融合"这一概念来加以表述："所谓'意识融合'，是说在现实主义和现代主义的结合中，思想和精神的交汇成为主要，借鉴形式则退居其次。换言之，在意识融合的创作中，现实主义的基本原则和现代主义的现代意识及现代思维方式有了深层的交融，体现了两者结合的自觉和深化。"②这也使现实主义突破了自身原有的理论局限，呈现出更加旺盛的生命力，而这也在一定程度上构成了从20世纪90年代至今中国当代小说发展的巨大动力之一。

其二，由于先锋小说与现实主义的上述"融合"也促使文坛出现了新的创作方式与美学观念。例如，中国首位获得"卡夫卡文学奖"的小说家阎连科所提出的"神实主义"的概念就应归功于此。在阎连

① 洪子诚. 中国当代文学史（修订版）[M]. 北京：北京大学出版社，2007. 332.
② 李运抟. 中国当代现实主义文学六十年 [M]. 南昌：百花洲文艺出版社，2008：213.

科看来，所谓"神实主义"就是"在创作中摒弃固有真实生活的表面逻辑关系，去探求一种'不存在'的真实、看不见的真实、被真实掩盖的真实。神实主义疏远于通行的现实主义，它与现实的联系不是生活的直接因果，而更多的是仰仗于人的灵魂、精神（现实的精神和事物内部关系与人的联系）和创作者在现实基础上的特殊臆思。有一说一不是它抵达真实和现实的桥梁。在日常生活与社会现实土壤上的想象、寓言、神话、传说、梦境、幻想、魔变、移植，等等，都是神实主义通向真实和现实的手法与渠道"①。他进一步解释说："正是这种中国现实前所未有的丰富、复杂、怪诞与当下现实主义写作旧有习规的矛盾，以及对西方现代主义学习借鉴后的明悟，在催生着一种可谓'神实主义'的当代小说创作"②，"创造真实，是神实主义的鲜明特色"③。从上述阎连科的表述来看，所谓"神实主义"就是基于中国的现实主义传统与当下的中国现实并融入20世纪世界文学创作经验所产生的。阎连科还说："我是现实主义的不孝之子。"④这一表述颇为耐人寻味，一方面，"不孝"意味着存在"叛父""弃父"乃至"弑父"的倾向；另一方面，"现实主义之子"的定位又意味着无论如何，现实主义都将如同一脉之血一样在其艺术的血管中流淌。虽然阎连科这种观点的学理性、有效性乃至合法性还有很大值得商榷的余地，但仅从本书的视点加以审视，这恰恰是先锋小说与现实主义结合而成的某种变异性存在。

---

① 阎连科. 发现小说［M］. 北京：人民文学出版社，2014：154.
② 阎连科. 发现小说［M］. 北京：人民文学出版社，2014：161.
③ 阎连科. 发现小说［M］. 北京：人民文学出版社，2014：155.
④ 阎连科. 发现小说［M］. 北京：人民文学出版社，2014：2.

# 结　语

一

先锋小说之所以重要，是因为它涉及深入探究关于中国80年代文学的意义与价值的问题。"八十年代就不仅仅是一个关涉到'起源'的时代，它既是'起源'也是'终结'，既是'原点'也是'终点'，或者说，它是一段真正叠加的'历史'，这一叠加，不是简单的时间段落上的重合，而是一种'质'的意义上的'生成'，八十年代就是一个浓缩的取景器，在这里，蕴含了一切'大历史'所具备的要素：'时间'和'空间'互相指涉，清晰的历史界限被抹平，断裂性和连续性互相纠缠，主体被多种意识形态裹挟，并最终形成一种如安德森所言的空洞的时间观念和幻象的共同体意识形态。"① 换句话说，从某种意义上看，如何理解"80年代"直接关涉我们如何理解近代以来的中国历史的问题。但需要说明的是，这并非说我们以前对"80年代"的理解存在问题与偏差，而是说，从后现代主义史学的角度予以观照，对任何历史问题的理解都是基于言说时的时代问题与当时人的生存意义而建立起来的，也就是说，"一切历史都是当代史"。今天，人类21世纪第二个十年的征程已经结束，第三个十年业已开始，中国也以自鸦片战争以来前所未有的昂扬姿态屹立于世界的东方，而此时回首看看来时

---

① 杨庆祥. 在"大历史"中建构"文学史"——关于"重返八十年代文学"［M］// 程光炜，杨庆祥主编. 文学史的潜力：人大课堂与八十年代文学. 北京：文化艺术出版社，2011：67.

的过程就显得极有必要。先锋小说无疑构成了中国80年代文学地图的一个重要坐标，这样说来，其文学史意义与价值也就不言而喻了。

对先锋小说研究的另一个意义或许在于，作为一种文学思潮的先锋小说已经终结了近三十年，而从某种意义上说，作为一种史学研究，只有我们与其拉开了相当的距离——这既包括时间距离也包括情感距离——加以审视的时候，或许其结论才能够足够客观。而且更重要的在于，由于时间的流逝，其对后来历史的影响才能够逐渐显现并清晰起来。

这样说来，从更宽广的视野来看，对先锋小说的观照不仅仅是对当代文学史的一个瞬时考察，更是在关注我们的过去、我们的现在，乃至我们的未来。

## 二

先锋小说的衰落在一些研究者那里具有了一种不同寻常的悲剧色彩，即使在那些认为先锋小说的衰落是一种历史必然的论者那里，这一过程也萌生了一层遗憾、悲情、壮烈的情感基调。但是，从一定角度说，先锋小说是不可持续的。因为，在某种意义上，一个时代文学风貌是由以下因素合力促成的：现实需要、审美需要与既往文学传统。就这几个方面而言，先锋小说因为其背后所倚重的西学资源，在一定程度上存在着当时现实需要的某种呼唤，但是从今天的角度望去，这种"现实需要"究竟是一种"真需要"还是一种"伪需要"尚是一个有待认真辨识、讨论的问题。而在其他两个向度上，先锋小说既没有审美之需（因为当时的普通读者，甚至文学界对西方的现代、后现代的文学面貌还知之甚少），也与中国的古代叙事传统、《在延安文艺座谈会上的讲话》发表以来的革命现实主义传统相去甚远，即使与看似具有某种同源性质的"五四"白话文学传统也存在一定的藩篱。从文学史的角度来看，其在80年代的突然崛起，背后并不是读者之需①，而是期刊、文学评论家与文学活动家合力助推的结果。从这点来看，先锋小说的迅速衰落是一种必然。

在本书的框架下，"先锋"更不存在持续的理由。从概念的角度说，"先锋"被命名为"先锋"，就已经蕴藏下了自我解构的力量，一旦其不能超越自己，那么先锋之名将沦为笑柄。而超越总是少数的，任何艺术形式、任何一种物质力量也不可能一直超越自身。同时，超越也要看现实的需要，不符合现实需要的，为了超越而超越，是没有任何意义的，也是不可能具有生命力的。从文学史的角度来看，先锋小说实则是一种通过多种外力共同作用而产生的文学思潮，其内生动力并不在于其审美力量或者有其文本、作品内在本质所产生的动力，而在于外界的推动，这种东西本身就是不牢靠的，一旦多种耦合力量中有一种力量撤退，那么先锋的衰落将不可避免。从作品文本角度看，先锋小说并不适合于大众阅读，中国也没有产生能够让普通读者接受这种美学形式的读者土壤，它只能沦为一些文学研究者自我欣赏的玩物，换句话说，先锋小说并不具有支持其进一步发展的读者阅读动力。

这样看来，先锋小说的衰落不仅称不上一种"遗憾"，而且其一开始的崛起本身就具有某种"意外"意味。

## 三

对一个历史事实的评价应该建立在一座多维坐标系的基础之上，

---

① 其中一个带有佐证意味的例子是，1987年《收获》第5期发表部分先锋小说作品，期刊销量开始下滑。余华在1988年4月2日给时任《收获》编辑程永新的信中就提道："去年《收获》第5期，我的一些朋友们认为是整个当代文学史上最出色的一期。但还有很多人骂你的这个作品，尤其对我的《四月三日事件》，说《收获》怎么会发这种稿子。后来我听说你们的5期使《收获》发行数下降了几万，这真有点耸人听闻。尽管我很难相信这个数字，但我觉得自己以后应该写一篇可读的小说给你们。"（程永新. 一个人的文学史 [M]. 天津：天津人民出版社，2007：44.）

这一"坐标系"应有以下几个面向组成。

其一是对某一历史事实的还原与重构是"彼时"与"此时"的辩证统一。站在解构主义立场上看，对"历史现场"的"还原"与"重构"是一种带有极强本质主义色彩的迷思。但是一个无法忽视的事实是，倘若我们真的放逐、取消掉对"事实真相"的追寻，那么历史必然虚化，人类的存在之基势必受到侵蚀，甚至坍塌，这无异于敲响"人"之丧钟。所以，重建历史"追寻"之路就显得格外重要。在本书看来，这种"重建"并非一种奢望，而是具有现实可能性的，其着眼点就在于历史事实"彼时"与"此时"的辩证性理解中。具体而言，就是我们并不将"还原"与"重构""历史"看成一个一蹴而就的过程，而是在"还原"与"重构"时的具体历史语境与现实需要的双重规约下对"历史"的"打捞"，换句话说，所谓"历史事实"不但是其本然真相，而且是特定时空维度下的"需要之相"，是二者的融合与统一。易言之，我们所言的"历史事实"并非本质性的存在，而是动态的当下生成。这种"重建"不但可以保证人类存在历史之基的稳固，而且可以适应"人"之存在的新环境、新需要 ①。

其二是对特定事实的评价也是随着"此时"的状况因"需"而"变"的。这种因"需"而"变"并非古希腊智者的诡辩，其原因在于，我们并不将"此时"的结论与早先结论对立起来，而是将其看作一脉相承的思维之河，换句话说，二者（抑或更多"者"）并非非此即彼的互相攻讦，而是"你""我"共存的互为补充、互为助益，他们共同构成了理解同一"事实"的历史谱系。

---

① 　这种想法本身也会面临着一个威胁，即其也需要一个带有恒定性价值维度予以规约，在"真""善""美"都面临解构的情况下，什么应该成为下一个价值维度呢？我们认为，最现实的可能是，是否有利于"人"的可持续发展。由于这并非本书讨论的核心议题，故本书仅为保证逻辑自洽性在此一提，并不加以展开。

在上述意义上，专门史视野中的历史事实的评价还应被框定在"专门"的论域之中，比如文学史事实，就应该同时还具有两个规定：一是思想史之规定，二是审美之规定。倘若脱离了这种规定性，那么即便我们讨论的是一篇文学作品的历史旅行，它也恐怕很难具有文学史的意义。

以上两点，正是本书考察先锋小说的理论之基。

结合正文中的论述，本书认为，在当下的视野下，先锋小说具有以下的价值面向：

其一，先锋小说的生成与其说是中国当代文学审美流变的自然生成，不如说是文学与文学以外众多因素"耦合"的结果，虽然这种"耦合"仍然内嵌着某种带有必然性的历史逻辑，但无论是缺少20世纪80年代"中国"与"世界"之互动关系，还是缺少彼时中国社会自身的政治、经济、文化影响，抑或缺少中国近现代史中一直悬而未决的历史课题的加持，先锋小说的发生与兴起都可能不会成为现实——至少，它不会成为文学史意义上的"现实"。

其二，单就审美意义来看，先锋小说对于中国文学的贡献是不能够被抹杀的。易言之，如果没有先锋小说之发生，当下的中国文坛是否能够呈现为"今天"之美学格局，是一件极不确定的事情——先锋小说以其独特的对于"叙述"与"虚构"理解，为中国当代文学打开了其依靠自身美学逻辑决然不可能打开的空间。

其三，但这并非说先锋小说是完美无瑕的。从一定意义上说，"先锋小说"的发生也使中国文学自身出现了一种带有否定自身传统的极端倾向，在这种"倾向"引领下，极端的"为艺术而艺术"观念、排斥政治（无论是大政治还是小政治）的天真企图、取消历史的幼稚尝试纷纷乍现中国文坛，并在某种语境下被视之为"绝对真理"，这也给中国当下的文学形成，乃至其他领域的生态造成了不良影响。

在上述意义上，本书认为，我们对先锋小说的研究事实上可以成为一种方法，这种"方法"不但指向中国文坛，甚至或许可以指向"中国"、指向"世界"。

## 四

本书由四章构成，但从某种意义上说，唯有第四章才是笔者论述的重点所在，而前三章是一种导入，是一种铺垫。这是说，对于今天的历史研究而言，先锋小说究竟应该如何界定说到底只具有工具论的意义，其目的是让本书的论述（甚或学界的讨论）具有可供依存的言说共识；先锋小说的文学史讨论并非历史真相的追寻，而是按照今日之需的"重新组装"。相较之下，或许对先锋小说文本的重审更具有意义，然而一个不容辩驳的事实是，昔日之"先锋"恐怕早已远离今天大众审美之视野——试问今天哪一个以休闲、娱乐为目的的普通读者会翻阅三十年前的故纸堆，从这些并不能称得上"世界经典名著"的先锋小说作品里去获得审美愉悦呢？真相甚至可能是，在今日的大众读者那里，不但《冈底斯的诱惑》《褐色鸟群》这样的小说篇目闻所未闻，就是马原、洪峰这些作家的名字也恐怕和张三、李四没有什么不同。我们今天仍然来讨论这些作家、这些小说篇目以及考察与之相关的历史，其视点在于关注上述文学事实背后所隐藏的理论问题——这些理论问题在今天依然是我们进行文学艺术建设、文化建设、思想建设所要回答的东西——不在新的历史环境下回答这些带有一般性、本质性的理论问题，在新时期构筑符合这个时代之中国需要的思想文化体系不是一句空话，也至少会缺少一些重要的参照坐标。

## 五

就以上意义而言，先锋小说并不仅仅是一个侧卧于文学史的文学现象，它更是一个拥有海量思想史信息、文化史信息、观念史信息的复合"标本"，在不同历史条件下对其展开不间断的回望，有助于我们打开一道道与现实交织的文化与理论之门！

# 参考文献

## 一、著作

[1][德]H.R.姚斯，[美]R.C.霍拉勃. 接受美学与接受理论[M]. 周宁，金元浦译. 沈阳：辽宁人民出版社，1987.

[2][德]彼得·比格尔. 先锋派理论[M]. 高建平译. 北京：商务印书馆，2002.

[3][德]康德. 判断力批判（上卷）[M]. 宗白华译. 北京：商务印书馆，1964.

[4][法]茨维坦·托多罗夫编选. 俄苏形式主义文论选[C]. 蔡鸿滨译. 北京：中国社会科学出版社，1989.

[5][美]艾布拉姆斯. 文学术语词典（第7版）（中英对照）[M]. 吴淞江等编译. 北京：北京大学出版社，2009.

[6][美]菲利普·津巴多等. 津巴多普通心理学（原书第5版）[M]. 王佳艺译. 北京：中国人民大学出版社，2008.

[7][美]海登·怀特. 形式的内容：叙事话语与历史再现[M]. 董立河译. 北京：文津出版社，2005.

[8][美]海登·怀特. 元史学：19世纪欧洲的历史想象[M]. 陈新译. 南京：译林出版社，2004.

[9][美]卡林内斯库. 现代性的五副面孔[M]. 顾爱彬，李瑞华译. 北京：商务印书馆，2002.

［10］［美］勒内·韦勒克，［美］奥斯汀·沃伦. 文学理论［M］. 刘象愚等译. 南京：江苏教育出版社，2005.

［11］［英］理查德·墨菲. 先锋派散论：现代主义、表现主义和后现代性问题［M］. 朱进东译. 南京：南京大学出版社，2007.

［12］北村. 玛卓的爱情［M］. 武汉：长江文艺出版社，1996.

［13］残雪. 残雪文集 第一卷·苍老的浮云［M］. 长沙：湖南文艺出版社，1998.

［14］残雪. 残雪文集 第二卷·痕［M］. 长沙：湖南文艺出版社，1998.

［15］残雪. 残雪文集 第三卷·开凿［M］. 长沙：湖南文艺出版社，1998.

［16］残雪. 残雪文集 第四卷·突围表演［M］. 长沙：湖南文艺出版社，1998.

［17］曹文轩. 中国八十年代文学现象研究［M］. 北京：人民文学出版社，2010.

［18］查建英主编. 八十年代访谈录［M］. 北京：生活·读书·新知三联书店，2006.

［19］陈国球. 文学史书写形态与文化政治［M］. 北京：北京大学出版社，2004.

［20］陈嘉明. 现代性与后现代性十五讲［M］. 北京：北京大学出版社，2006.

［21］陈平原. 文学史的形成与建构［M］. 南宁：广西教育出版社，1999.

［22］陈思和主编. 中国当代文学史教程（第二版）［M］. 上海：复旦大学出版社，2005.

［23］陈晓明. 表意的焦虑［M］. 北京：中央编译出版社，2002.

［24］陈晓明. 解构的踪迹：历史、话语与主体［M］. 北京：中国社会科学出版社，1994.

［25］陈晓明. 审美的激变［M］. 北京：作家出版社，2009.

［26］陈晓明. 无边的挑战：中国先锋文学的后现代性（修订版）［M］. 北京：中国人民大学出版社，2015.

［27］陈晓明. 无边的挑战：中国先锋文学的后现代性［M］. 长春：时代文艺出版社，1993.

［28］陈晓明. 无法终结的现代性：中国文学的当代境遇［M］. 北京：北京大学出版社，2018.

［29］陈晓明. 现代性的幻象——当代理论与文学的隐蔽转向［M］. 福州：福建教育出版社，2008.

［30］陈晓明. 中国当代文学主潮（第二版）［M］. 北京：北京大学出版社，2013.

［31］陈晓明. 众妙之门：重建文本细读的批评方法［M］. 北京：北京大学出版社，2015.

［32］陈亚平，王晓华主编. 新世纪后先锋文学编年史［G］. 北京：中国戏剧出版社，2013.

［33］程波. 先锋及其语境：中国当代先锋文学思潮研究［M］. 桂林：广西师范大学出版社，2006.

［34］程光炜，杨庆祥主编. 文学史的潜力：人大课堂与八十年代文学［C］. 北京：文化艺术出版社，2011.

［35］程光炜. 当代文学的"历史化"［M］. 北京：北京大学出版社，2011.

［36］程光炜. 文学讲稿："八十年代"作为方法［M］. 北京：北京大学出版社，2009.

［37］程光炜. 文学史二十讲［M］. 上海：东方出版中心，2016.

［38］程光炜．文学史研究的兴起［M］．福州：福建教育出版社，2008．

［39］程永新．一个人的文学史［M］．天津：天津人民出版社，2007．

［40］邓小平文选（第三卷）［M］．北京：人民出版社，1993．

［41］法国作家论文学［C］．王忠琪等译．北京：生活·读书·新知三联书店，1984．

［42］甘阳编．八十年代的文化意识［M］．上海：上海人民出版社，2006．

［43］格非．春尽江南［M］．上海：上海文艺出版社，2012．

［44］格非．褐色鸟群［M］．上海：上海文艺出版社，2014．

［45］格非．蒙娜丽莎的微笑［M］．上海：上海文艺出版社．2014．

［46］格非．人面桃花［M］．上海：上海文艺出版社，2012．

［47］格非．塞壬的歌声［M］．上海：上海文艺出版社．2001

［48］格非．山河入梦［M］．上海：上海文艺出版社，2012．

［49］格非．望春风［M］．南京：译林出版社，2016．

［50］格非．雨季的感觉［M］．上海：上海文艺出版社，2014．

［51］格非．月落荒寺［M］．北京：人民文学出版社，2019．

［52］葛红兵，朱立冬编．王朔研究资料［C］．天津：天津人民出版社，2005．

［53］古远清．中国当代文学理论批评史［M］．济南：山东文艺出版社，2005．

［54］广东、广西、湖南、河南辞源修订组，商务印书馆编辑部编．辞源（修订本）第二册［G］．北京：商务印书馆，1980．

［55］郭春林编．马原源码：马原研究资料集［G］．上海：同济大学出版社，2007．

［56］郭春林编. 为什么要读孙甘露［G］. 上海：上海人民出版社，2014.

［57］何锐主编. 世界的罅隙：中国先锋小说选［M］. 南京：江苏文艺出版社，2012.

［58］贺桂梅. "新启蒙"知识档案：80年代中国文化研究［M］. 北京：北京大学出版社，2010.

［59］洪峰. 瀚海［M］. 北京：华夏出版社，1997.

［60］洪峰. 绝杀局［M］. 北京：华夏出版社，1997.

［61］洪治纲. 审美的哗变［M］. 天津：百花文艺出版社，1998.

［62］洪治纲. 守望先锋：兼论中国当代先锋文学的发展［M］. 桂林：广西师范大学出版社，2005.

［63］洪治纲. 无边的迁徙［M］. 济南：山东文艺出版社，2004.

［64］洪治纲. 中国当代文学思潮十五讲［M］. 杭州：浙江大学出版社，2017.

［65］洪治纲编. 余华研究资料［G］. 天津：天津人民出版社，2007.

［66］洪子诚. 当代文学的概念［M］. 北京：北京大学出版社，2010.

［67］洪子诚. 问题与方法：中国当代文学史研究讲稿［M］. 北京：北京大学出版社，2010.

［68］洪子诚. 中国当代文学概说［M］. 北京：北京大学出版社，2010.

［69］洪子诚. 中国当代文学史（修订版）［M］. 北京：北京大学出版社，2007.

［70］洪子诚等著，程光炜编. 重返八十年代［C］. 北京：北京大学出版社，2009.

[71]黄轶编. 叶兆言研究资料[G]. 北京：人民文学出版社，2016.

[72]焦明甲. 新时期先锋文学本体论[M]. 北京：中国社会科学出版社，2012.

[73]孔范今，施战军主编. 中国新时期文学思潮研究资料[C]. 济南：山东文艺出版社，2006.

[74]李建周. 先锋小说的兴起[M]. 北京：中国社会科学出版社，2014.

[75]李建周编. 先锋小说研究资料[C]. 南昌：百花洲文艺出版社，2018.

[76]李欧梵. 中国现代文学与现代性十讲[M]. 上海：复旦大学出版社，2002.

[77]李陀. 雪崩何处[M]. 北京：中信出版社，2015.

[78]李运抟. 中国当代现实主义文学六十年[M]. 南昌：百花洲文艺出版社，2008.

[79]刘复生编. "80年代文学"研究读本[C]. 上海：上海书店出版社，2018.

[80]刘心武. 我是刘心武[M]. 天津：天津人民出版社，2006.

[81]刘云生. 先锋的姿态与隐在的症候：多维理论视野中的当代先锋小说[M]. 成都：巴蜀书社，2009.

[82]陆贵山主编. 中国当代文艺思潮（第三版）[M]. 北京：中国人民大学出版社，2014.

[83]马克思恩格斯文集[M]. 北京：人民出版社，2009.

[84]马原. 马原文集（1）：虚构[M]. 北京：作家出版社，1997.

[85]马原. 马原文集（2）：旧死[M]. 北京：作家出版社，

1997.

　　［86］马原. 马原文集（3）：爱物［M］. 北京：作家出版社，
1997.

　　［87］马原. 马原文集（4）：百窘［M］. 北京：作家出版社，
1997.

　　［88］马原等. 重返黄金时代：八十年代大家访谈录［M］. 长春：
吉林出版集团股份有限公司，2016.

　　［89］麦家. 暗算［M］. 北京：人民文学出版社，2009.

　　［90］麦家. 非虚构的我［M］. 广州：花城出版社，2013.

　　［91］麦家. 风声［M］. 杭州：浙江文艺出版社，2009.

　　［92］麦家. 解密［M］. 北京：人民文学出版社，2006.

　　［93］孟繁华. 当代文学：终结与起点：八十、九十年代的文学与
文化［M］. 北京：人民文学出版社，2017.

　　［94］木叶. 先锋之刃［M］. 上海：上海人民出版社，2018.

　　［95］南帆. 先锋的多重影像［M］. 北京：现代出版社，2016.

　　［96］南帆. 隐蔽的成规［M］. 福州：福建教育出版社，1999.

　　［97］南帆主编. 二十世纪中国文学批评99个词［C］. 杭州：浙
江文艺出版社，2003.

　　［98］钱理群，温儒敏，吴福辉. 中国现代文学三十年（修订版）
［M］. 北京：北京大学出版社，1998.

　　［99］盛宁. 人文困惑与反思：西方后现代主义思潮批判［M］. 北
京：生活·读书·新知三联书店，1997.

　　［100］盛子潮选评. 新实验小说选［G］. 杭州：浙江文艺出版社，
1993.

　　［101］宋耀良选编. 中国意识流小说选（1980–1987）［M］. 上海：
上海社会科学院出版社，1988.

[102] 苏童. 1934年的逃亡 [M]. 上海: 上海社会科学院出版社, 1988.

[103] 苏童. 刺青时代 [M]. 武汉: 长江文艺出版社, 1993.

[104] 苏童. 红粉 [M]. 武汉: 长江文艺出版社, 1992.

[105] 苏童. 妻妾成群 [M]. 广州: 花城出版社, 1991.

[106] 苏童. 骑兵 [M]. 上海: 上海文艺出版社, 2004.

[107] 苏童. 桑园留念: 苏童短篇小说编年 (1984–1989) [M]. 北京: 人民文学出版社, 2007.

[108] 苏童. 向日葵 [M]. 上海: 上海文艺出版社, 2004.

[109] 苏童. 寻找灯绳 [M]. 南京: 江苏文艺出版社, 1995.

[110] 苏童. 纸上的美女——苏童随笔选 [M]. 北京: 人民日报出版社, 1998.

[111] 孙甘露. 请女人猜谜 [M]. 长春: 时代文艺出版社, 2001.

[112] 汪晖. 去政治化的政治: 短20世纪的终结与90年代 [M]. 北京: 生活·读书·新知三联书店, 2008.

[113] 汪政, 何平编. 苏童研究资料 [G]. 天津: 天津人民出版社, 2007.

[114] 王春荣等. 中国新时期文学三十年: 1978—2008 [M]. 北京: 文化艺术出版社, 2012.

[115] 王德威. 想象中国的方法: 历史·小说·叙事 [M]. 北京: 生活·读书·新知三联书店, 1998.

[116] 王蒙. 王蒙文集第23卷 [M]. 北京: 人民文学出版社, 2014.

[117] 王庆生主编. 中国当代文学史 [M]. 北京: 高等教育出版社, 2003.

[118] 王尧, 林建法主编. 中国当代文学批评大系: 1949-2009:

全6卷［M］. 苏州：苏州大学出版社，2012.

［119］王尧. 在汉语中出生入死：关于汉语写作的高端访谈［M］. 沈阳：春风文艺出版社，2005.

［120］王尧. 作为问题的八十年代［M］. 北京：生活·读书·新知三联书店，2013.

［121］温儒敏，李宪瑜，贺桂梅，姜涛等. 中国现当代文学学科概要［M］. 北京：北京大学出版社，2005.

［122］温儒敏，赵祖谟主编. 中国现当代文学专题研究（第二版）［M］. 北京：北京大学出版社，2013.

［123］吴俊总主编. 中国当代文学批评史料编年［G］. 上海：华东师范大学出版社，2017.

［124］吴亮，程德培选编. 新小说在1985年［M］. 上海：上海社会科学院出版社，1986.

［125］吴亮. 或此或彼［M］. 北京：作家出版社，2019.

［126］吴亮. 批评者说［M］. 杭州：浙江文艺出版社，1995.

［127］吴秀明主编. 中国当代文学史写真（全本）［M］. 北京：北京大学出版社，2010.

［128］吴义勤. 中国当代新潮小说论（修订版）［M］. 北京：中国人民大学出版社，2018.

［129］吴义勤主编. 格非研究资料［G］. 南昌：百花文艺出版社，2019.

［130］吴义勤主编. 文学制度改革与中国新时期文学［M］. 北京：文化艺术出版社，2013.

［131］夏征农，陈至立主编，杨治良等编著. 大辞海. 心理学卷［G］. 上海：上海辞书出版社，2013.

［132］谢有顺. 文学的路标：1985年后中国小说的一种读法［M］.

广州：广东人民出版社，2009.

[133] 徐林正. 先锋余华 [M]. 杭州：浙江文艺出版社，2003.

[134] 阎连科. 发现小说 [M]. 北京：人民文学出版社，2014.

[135] 杨庆祥. "重写"的限度："重写文学史"的想象和实践 [M]. 北京：北京大学出版社，2011.

[136] 杨庆祥等著，程光炜编. 文学史的多重面孔：八十年代文学事件再讨论 [C]. 北京：北京大学出版社，2009.

[137] 叶立文. 启蒙视野中的先锋小说 [M]. 武汉：湖北人民出版社，2007.

[138] 叶兆言. 五月的黄昏 [M]. 长春：时代文艺出版社，2001.

[139] 叶兆言. 叶兆言中篇小说选 [M]. 上海：上海社会科学院出版社，2004.

[140] 尹昌龙. 1985：延伸与转折 [M]. 北京：人民文学出版社，2017.

[141] 尹国均. 先锋试验：八九十年代的中国先锋文化 [M]. 北京：东方出版社，1998.

[142] 余华. 河边的错误 [M]. 武汉：长江文艺出版社，1992.

[143] 余华. 黄昏里的男孩 [M]. 上海：上海文艺出版社，2004.

[144] 余华. 偶然事件 [M]. 广州：花城出版社，1991.

[145] 余华. 我能否相信自己——余华随笔选 [M]. 北京：人民日报出版社，1998.

[146] 余华. 鲜血梅花 [M]. 上海：上海文艺出版社，2004.

[147] 余华. 现实一种 [M]. 上海：上海文艺出版社，2004.

[148] 扎西达娃. 西藏，系在皮绳结上的魂 [M]. 天津：百花文艺出版社，1986.

[149] 扎西达娃. 扎西达娃小说集 [M]. 北京：中华书局，2011.

［150］张玞. 作家的白日梦［M］. 广州：花城出版社，1992.

［151］张国义编. 生存游戏的水圈［C］. 北京：北京大学出版社，1994.

［152］张清华. 中国当代先锋文学思潮论（修订版）［M］. 北京：中国人民大学出版社，2018.

［153］张旭东. 改革时代的中国现代主义：作为精神史的80年代［M］. 崔问津等译. 北京：北京大学出版社，2014.

［154］张旭东. 批评的踪迹. 文学理论与文化批评：1985—2002［M］. 北京：生活·读书·新知三联书店，2003.

［155］赵一凡，张中载，李德恩主编. 西方文论关键词（第一卷）［G］. 北京：外语教学与研究出版社，2017.

［156］郑家建. 中国文学现代性的起源语境［M］. 上海：上海三联书店，2002.

［157］中共中央宣传部文艺局编. 当代文艺思潮的若干理论问题与重大事件［C］. 北京：中国文联出版社，1991.

［158］中国文学艺术界联合会编. 中国文学艺术工作者第四次代表大会文集［G］. 成都：四川人民出版社，1980.

［159］周韵主编. 先锋派理论读本［C］. 南京：南京大学出版社，2014.

［160］朱栋霖，朱晓进，吴义勤主编. 中国现代文学史1917—2013第3版［M］. 北京：高等教育出版社，2014.

［161］朱立元主编. 当代西方文艺理论（第2版，增补版）［M］. 上海：华东师范大学出版社，2005.

［162］朱立元主编. 后现代主义文学理论思潮论稿［M］. 上海：上海人民出版社，2015.

［163］朱立元主编. 美学大辞典（修订本）［G］. 上海：上海辞书

出版社，2014.

[164] 朱伟. 重读八十年代. [M]. 北京：中信出版集团，2018.

[165] 卓今. 残雪研究 [M]. 长沙：湖南文艺出版社，2012.

## 二、期刊文献

[1][澳大利亚] 麦克杜戈尔，温儒敏. 中国新文学与"先锋派"文学理论 [J]. 中国现代文学研究丛刊，1985（03）.

[2][苏联] M. 罗姆，富澜. 艺术中的现代性 [J]. 世界电影，1985（01）.

[3] 白亮. "向内转"与八十年代文学的知识谱系——对新时期文学"向内转"的再认识 [J]. 当代文坛，2008（03）.

[4] 蔡翔. 何谓文学本身 [J]. 当代作家评论，2002（06）.

[5] 蔡咏春. 虚构性的汉语迷宫：语词中的世界——马原、格非、孙甘露与先锋叙事实验 [J]. 文艺争鸣，2009（04）.

[6] 昌切，陆丽霞. 绝对主义 历史面向 价值面向——美籍华裔学者眼中的中国先锋小说 [J]. 中国文学研究，2018（03）.

[7] 昌切. 先锋小说一解 [J]. 文学评论，1994（02）.

[8] 陈独秀. 文学革命论 [J]. 新青年，第二卷第六号.

[9] 陈剑晖. 形式化了的叙述本体——走向本体的文学之四 [J]. 云南社会科学，1989（01）.

[10] 陈舒劼. 先锋的复出与失语 [J]. 扬子江评论，2015（05）.

[11] 陈思和. 先锋与常态——现代文学史的两种基本形态 [J]. 文艺争鸣，2007（03）.

[12] 陈晓明，张晓琴. 从先锋批判到从容对话——北京大学中文系陈晓明教授访谈录 [J]. 甘肃社会科学，2014（04）.

[13] 陈晓明. 关于九十年代先锋派变异的思考 [J]. 文艺研究，

2000（6）．

［14］陈晓明．先锋派的历史、常态化与当下的可能性——关于先锋文学30年的思考［J］．文艺争鸣，2015（10）．

［15］陈晓明．先锋文学三十年：辨析与反思［J］．南方文坛，2015（03）．

［16］陈晓明．最后的仪式——"先锋派"的历史及其评估［J］．文学评论，1991（05）．

［17］陈旭光．缅怀"先锋"［J］．天津社会科学，1999（03）．

［18］陈旭光．现代主义：名称、含义和性质［J］．学术研究，2002（02）．

［19］陈阳．先锋散落后的精神碎片［J］．文艺研究，2005（10）．

［20］陈忠志．汉语语言变革与中国先锋小说的话语方式［J］．贵州师范大学学报（社会科学版），1995（04）．

［21］程波．先锋的传统：20世纪90年代中国先锋小说的"完成性"和"未完成性"［J］．上海大学学报（社会科学版），2006（04）．

［22］程波．中国当代先锋文学与新的"意识形态论争"［J］．文艺理论研究，2007（02）．

［23］程德培．折磨着残雪的梦［J］．上海文学，1987（06）．

［24］程光炜，张亮．"重返八十年代"文学课堂的缘起与展望——程光炜教授访谈［J］．当代文坛，2018（04）．

［25］程光炜．"八十年代"文学的边界问题［J］．文艺研究，2012（02）．

［26］程光炜．"当代文学"的理解：基于八十年代文学研究［J］．艺术评论，2011（06）．

［27］程光炜．"人道主义"讨论：一个未完成的文学预案——重返80年代文学史之四［J］．南方文坛，2005（05）．

[28] 程光炜. 当代文学60年通说 [J]. 文艺争鸣，2009（10）.

[29] 程光炜. 二十世纪八十年代的"现代派文学"[J]. 文艺研究，2006（07）.

[30] 程光炜. 经典的颠覆与再建——重返八十年代文学史之二 [J]. 当代作家评论，2005（03）.

[31] 程光炜. 历史回叙、文学想象与"当事人"身份——读《八十年代访谈录》并论对"80年代"的认识问题 [J]. 文艺争鸣，2009（02）.

[32] 程光炜. 如何理解"先锋小说"[J]. 当代作家评论，2009（02）.

[33] 程光炜. 文学史与八十年代"主流文学"[J]. 清华大学学报（哲学社会科学版），2007（03）.

[34] 程光炜. 怎样对"新时期文学"做历史定位？——重返八十年代文学史之一 [J]. 当代作家评论，2005（03）.

[35] 程光炜. 重评"先锋文学"[J]. 文艺研究，2005（10）.

[36] 程永新，走走. 关于先锋文学的对话 [J]. 南方文坛，2008（01）.

[37] 初清华，王干.《钟山》（1988-1998）与先锋文学 [J]. 文艺争鸣，2015（10）.

[38] 戴锦华. 裂谷的另一侧畔——初读余华 [J]. 北京文学，1989（07）.

[39] 邓善洁. "先锋小说"不再令人兴奋 [J]. 文学自由谈，1990（02）.

[40] 瞿红. 先锋小说：勃兴与退缩——对80年代中国先锋小说的再度凝视 [J]. 南方文坛，2006（01）.

[41] 丁帆. 八十年代：文学思潮中启蒙与反启蒙的再思考 [J]. 当代作家评论，2010（01）.

［42］丁润生. 价值取向与文学自主性追求——先锋小说创作论［J］. 江汉论坛，2006（09）.

［43］董外平.《隐身衣》和先锋作家的隐身哲学［J］. 南方文坛，2013（03）.

［44］董燕，郑家建. 观念嬗变与文体革新：先锋小说的价值及其限度［J］. 山东师范大学学报（人文社会科学版），2017. 62（06）.

［45］樊星. 人性恶的证明——余华小说论（1984—1988）［J］. 当代作家评论，1989（02）.

［46］冯骥才. 中国文学需要"现代派"！——冯骥才给李陀的信［J］. 上海文学，1982（08）.

［47］郜元宝. 向生存边界的冲击 评残雪的《突围表演》［J］. 当代作家评论，1989（1）.

［48］格非，李建立. 文学史研究视野中的先锋小说［J］. 南方文坛，2007（01）.

［49］格非. 先锋文学的幸与不幸［J］. 文艺争鸣，2015（12）.

［50］葛红兵，王韬. 先锋之后中国文学的趋向问题——关于"后先锋"写作的对话［J］. 探索与争鸣，2000（09）.

［51］郭银星，辛晓征. 评论马原小说的两难设计［J］. 当代作家评论，1987（03）.

［52］韩松刚. 先锋小说的古典精神与复古倾向［J］. 中国现代文学研究丛刊，2017（11）.

［53］郝魁锋. 20世纪90年代文学期刊与先锋小说的发展转型——以《收获》《花城》为例［J］. 河南大学学报（社会科学版），2014. 54（02）.

［54］何龙. 冲破传统叙述模式之后——探索中的小说叙述艺术［J］. 文艺理论研究，1989（02）.

［55］何平."国家计划文学"和"被设计"的先锋小说［J］.小说评论,2015（01）.

［56］何平."先锋文学"止于"先锋姿态"［J］.小说评论,2015（06）.

［57］何平.可疑的先锋性及"虚伪的现实"［J］.小说评论,2015（03）.

［58］何平.香椿树街的成长史,或者先锋的遗产［J］.小说评论,2015（04）.

［59］何平.怎样的八十年代?如何记忆?［J］.当代作家评论,2009（02）.

［60］何锡章,鲁红霞."先锋小说":文学语言的革命与撤退［J］.学术月刊,2008.40（09）.

［61］何新."先锋"艺术与近、现代西方文化精神的转移——现代派、超现代派艺术研究之一［J］.文艺研究,1986（01）.

［62］贺殿广.先锋小说再反思［J］.社会科学家,2010（03）.

［63］贺桂梅.打开六十年的"原点":重返八十年代文学［J］.文艺研究,2010（02）.

［64］贺桂梅.先锋小说的知识谱系与意识形态［J］.文艺研究,2005（10）.

［65］贺绍俊,潘凯雄.柔软的情节——马原小说近作中的叙述结构［J］.文学自由谈,1987（05）.

［66］贺云.西方现代文学视域中的中国当代先锋小说［J］.当代文坛,2011（04）.

［67］洪峰,马原.谁难受谁知道——洪峰和马原的通信［J］.文艺争鸣,1988（04）.

［68］洪治纲.洪治纲专栏:先锋文学聚焦之六 另一种启蒙［J］.

小说评论，2000（06）.

［69］洪治纲. 洪治纲专栏：先锋文学聚焦之三——在历史的选择中选择［J］. 小说评论，2000（03）.

［70］洪治纲. 启蒙意识与先锋文学的遗产［J］. 文艺争鸣，2015（10）.

［71］洪治纲. 先锋精神的还原与重铸——兼论九十年代先锋文学存在的必要性［J］. 小说评论，1996（02）.

［72］洪治纲. 先锋文学：概念的缘起与文化的流变［J］. 当代作家评论，2005（04）.

［73］洪治纲. 先锋文学与形式主义的迷障［J］. 南方文坛，2015（03）.

［74］洪治纲. 现代性的追问与当代先锋的崛起——重审中国当代先锋文学的历史语境之一［J］. 南方文坛，2005（04）.

［75］洪治纲. 中国当代先锋文学发展主潮［J］. 小说评论，2005（05）.

［76］洪治纲. 中国当代先锋文学发展主潮（下）［J］. 小说评论，2005（06）.

［77］洪子诚. "作为方法"的"八十年代"［J］. 文艺研究，2010（02）.

［78］胡河清. 论阿城、马原、张炜：道家文化智慧的沿革［J］. 文学评论，1989（02）.

［79］胡河清. 马原论［J］. 当代作家评论，1990（05）.

［80］胡晓青. 知青的喜剧——读马原的《上下都很平坦》［J］. 新闻出版交流，2002（4）.

［81］黄发有.《收获》与先锋文学［J］. 当代作家评论,2014（05）.

［82］黄力之. 先锋文学与文学观念——对先锋文学的最低限度批

评［J］.理论与创作，1989（06）.

［83］黄平.“文本”与“人”的歧途——“新批评”与八十年代“文学本体论”［J］.当代文坛，2007（05）.

［84］黄平.“重返八十年代”与当代文学的变局［J］.当代作家评论，2010（03）.

［85］黄中俊.残雪的突围——读突围表演［J］.理论与创作，1989（02）.

［86］黄子平.关于“伪现代派”及其批评［J］.北京文学，1988（02）.

［87］姜宽平，麦家.写作的清醒 叙事的智慧——麦家访谈［J］.文学港，2009（02）.

［88］蒋承勇.现实主义中国传播70年考论［J］.浙江社会科学，2019（11）.

［89］乐绍池.“1980”是如何通向“1990”的？——对先锋小说兴起与衰落的再解读［J］.南方文坛，2017（02）.

［90］李斌.后现代文学与中国当代先锋文学［J］.南京社会科学，1999（06）.

［91］李定春.个人主义：“重返八十年代”的重要视角［J］.当代文坛，2011（04）.

［92］李海霞.作为社会象征行为的“意识流”叙述——论王蒙的早期意识流创作［J］.南方文坛，2012（01）.

［93］李建周.形式策略与文化政治——先锋小说十年（1984—1993）［J］.文艺争鸣，2015（10）.

［94］李建周.在文学机制与社会想象之间——从马原《虚构》看先锋小说的“经典化”［J］.南方文坛，2010（02）.

［95］李劼.《冈底斯的诱惑》与思维的双向同构逻辑［J］，文学

自由谈. 1986（04）.

　　［96］李劼. 论中国当代新潮小说［J］. 钟山，1988（05）.

　　［97］李劼. 论中国当代新潮小说的语言结构［J］. 文学评论，
1988（05）.

　　［98］李劼. 写在年轻的集束力作的爆炸声里［J］. 文学角，1988
（01）.

　　［99］李劼. 中国当代语言革命论略［J］. 社会科学，1989（06）.

　　［100］李洁非，张陵. 马原小说与叙事问题［J］. 当代文艺探索，
1987（06）.

　　［101］李洁非，张陵. 一九八五年中国小说思潮［J］. 当代文艺
思潮，1986（03）.

　　［102］李洁非. 实验和先锋小说（1985—1988）［J］. 当代作家评
论，1996（05）.

　　［103］李敏. 文学期刊与1990年代先锋小说的在场——兼谈先锋
文学的终结问题［J］. 文艺争鸣，2016（07）.

　　［104］李其纲. 苏童放飞的姐妹鸟［J］. 文学评论，1989（03）.

　　［105］李庆西. 寻根：回到事物本身［J］. 文学评论，1988（04）.

　　［106］李锐. 现代派——一种刻骨的真实，而非一个正确的主义
［J］. 文艺研究，1989（01）.

　　［107］李陀，李静. 漫说“纯文学”——李陀访谈录［J］. 上海
文学，2001（03）.

　　［108］李陀. “现代小说”不等于“现代派”——李陀给刘心武的
信［J］. 上海文学，1982（08）.

　　［109］李陀. 另一个八十年代［J］. 读书，2006（10）.

　　［110］李雪. 余华与“先锋文学史”［J］. 文艺争鸣，2014（08）.

　　［111］李阳. “重返八十年代”视野下的“现代通俗文学”研究［J］.

文艺评论, 2014 (05).

[112] 李杨. 重返八十年代: 为何重返以及如何重返——就"八十年代文学研究"接受人大研究生访谈 [J]. 当代作家评论, 2007 (01).

[113] 李永东. 重读《三寸金莲》与重返80年代 [J]. 中国现代文学研究丛刊, 2017 (12).

[114] 李有亮. 先锋派文学的价值重估及定位 [J]. 当代文坛, 1998 (05).

[115] 李运抟. 中国当代先锋小说新解 [J]. 小说评论, 1989 (05).

[116] 李兆忠. 旋转的文坛——"现实主义与先锋派文学"研讨会纪要 [J]. 文学评论, 1989 (01).

[117] 李振声. 读苏童——限于他一九八七年的小说 [J]. 上海文论, 1988 (03).

[118] 李子云. 女作家在当代文学史所起的先锋作用 [J]. 当代作家评论, 1987 (06).

[119] 练暑生. "现代文学"、艺术自律与重述"先锋"的可能性——"先锋文学"的谱系学考察 [J]. 中国现代文学研究丛刊, 2017 (06).

[120] 练暑生. 作为"革命文学"话语之外的边缘接合——八十年代文学史写作中的"个人" [J]. 中国文学研究, 2013 (01).

[121] 梁艳萍. "后先锋"的理论追求及其创作探索 [J]. 当代文坛, 1999 (05).

[122] 梁艳萍. "后先锋文学"论纲 [J]. 文艺争鸣, 2000 (02).

[123] 刘火. 1986年小说: 启蒙的余辉, 或者先锋的滥觞 [J]. 中华文化论坛, 2016 (02).

[124] 刘火. 关于马原小说及马原小说评论的断想 [J]. 百家, 1988 (02).

［125］刘小新. "纯文学"概念及其不满［J］. 东南学术,2003（01）.

［126］刘心武. 需要冷静地思考——刘心武给冯骥才的信［J］. 上海文学, 1982（08）.

［127］刘云生. 批判的姿态与隐在的症候——论先锋小说与当代审美现代性的历史建构［J］. 小说评论, 2008（S2）.

［128］刘忠. "先锋小说"是一个历史概念［J］. 小说评论, 2006（04）.

［129］卢新华, 汪建强. 卢新华：直面"伤痕"的心灵直白［J］. 上海党史与党建, 2008（03）.

［130］卢衍鹏. 论八十年代与九十年代文学的现代性关联［J］. 中南大学学报（社会科学版）, 2017（03）.

［131］罗岗. "读什么"与"怎么读"——试论"重返80年代"与"中国当代文学60年"之一［J］. 文艺争鸣, 2009（08）.

［132］罗岗. 在"缝合"与"断裂"之间——两种文学史叙述与"重返八十年代"［J］. 文艺研究, 2010（02）.

［133］吕世民. 论近几年中国先锋文学的嬗变［J］. 人文杂志, 1989（04）.

［134］马文美. 永远的异项——论中国当代先锋小说的标出性［J］. 江苏社会科学, 2012（03）.

［135］麦家, 何平. 关于《风声》的风声, 或一个小说家的怕与爱［J］. 上海文学, 2021（02）.

［136］孟繁华. 九十年代：先锋文学的终结［J］. 文艺研究, 2000（06）.

［137］孟繁华. 先锋文学的遗风流韵——纪念先锋文学三十周年［J］. 南方文坛, 2015（03）.

［138］木弓. 错误方式——读马原的《错误》［J］. 北京文学,

1989（07）.

　　[139] 南帆. 八十年代：多义的启蒙 [J]. 文学评论，2008（05）.

　　[140] 南帆. 八十年代：话语场域与叙事的转换 [J]. 文学评论，2011（02）.

　　[141] 南帆. 八十年代与"主体问题"[J]. 当代作家评论，1998（05）.

　　[142] 南帆. 先锋文学的多重影像 [J]. 文艺争鸣，2015（10）.

　　[143] 南帆. 先锋文学与大众文学 [J]. 文艺理论研究，1988（03）.

　　[144] 南帆. 相反相成：奔丧与瀚海 [J]. 当代作家评论，1988（01）.

　　[145] 南帆. 再叙事：先锋小说的境地 [J]. 文学评论，1993（03）.

　　[146] 潘友林. "意识流"漫谈 [J]. 山东师院学报（哲学社会科学版），1981（02）.

　　[147] 钱谷融. 论"探索小说"——中国新时期文学的一个侧面 [J]. 社会科学辑刊，1989（Z1）.

　　[148] 钱颖伟. 先锋小说研究述评 [J]. 淮阴师范学院学报（哲学社会科学版），2001（2）.

　　[149] 任南南. 元话语：八十年代文化语境中的"救亡压倒启蒙"[J]. 当代文坛，2008（02）.

　　[150] 沙水. 表演人生——论残雪的《突围表演》[J]. 文学评论，1989（05）.

　　[151] 邵牧君. 现代化与现代派 [J]. 电影艺术，1979（05）.

　　[152] 史健生. 意识流在中国现代文坛上的传播和影响 [J]. 外国文学研究，1987（04）.

　　[153] 舒. 1957年西方先锋派电影活动 [J]. 世界电影，1958（02）.

　　[154] 舒文治. 伪造形式的迷宫——读残雪的《突围表演》[J].

文学自由谈，1989（03）.

［155］孙甘露. 先锋文学与外国文学［J］. 文艺争鸣，2007（10）.

［156］孙景鹏. 格非小说中的叙事博弈、思想交融与精神救赎［J］. 福建论坛（人文社会科学版），2018（10）.

［157］谭桂林. 评残雪近期创作的蜕变倾向［J］. 理论与创作，1989（02）.

［158］唐俟，吴亮，沙水. 关于残雪小说论争的通信［J］. 文学角，1989（01）.

［159］唐小祥. 作为"方法"的"隐身衣"：论格非的《隐身衣》［J］. 东吴学术，2018（02）.

［160］滕威. 从政治书写到形式先锋的移译——拉美"魔幻现实主义"与中国当代文学［J］. 文艺争鸣，2006（04）.

［161］汪民安. 文学先锋派的当下境况［J］. 文艺评论，1994（04）.

［162］汪民安. 文学先锋派的当下境况扫描［J］. 江汉大学学报，1994（05）.

［163］汪跃华. 亢奋时代的低烧——从"寻根文学"、"现代派"到"先锋小说"的"现代"攻略［J］. 当代作家评论，2002（06）.

［164］王安忆，麦家，杨键等. 第六届"华语文学传媒大奖"专辑［J］. 当代作家评论，2008（03）.

［165］王安忆谈先锋作家［J］. 当代作家评论，1996（01）.

［166］王彬彬. 余华的疯言疯语［J］. 当代作家评论，1989（04）.

［167］王斌，赵小鸣. 《世事如烟》释义的邪说——简评余华的《世事如烟》［J］. 北京文学，1989（07）.

［168］王斌，赵小鸣. 迷宫之门——马原小说论［J］. 文学自由谈，1987（05）.

［169］王春林，周宝东. 饥饿的美学——读马原长篇小说《上下

都很平坦》[J]. 新闻出版交流，2002（4）.

[170] 王干，费振钟. 苏童：在意象的河流里沉浮[J]. 上海文学，1988（01）.

[171] 王干. 寻求超越：小说文体实验[J]. 小说评论，1987（05）.

[172] 王宁，陈晓明. 后现代主义与中国当代先锋文学[J]. 人民文学，1989（06）.

[173] 王宁. 传统与先锋 现代与后现代——20世纪艺术精神[J]. 文艺争鸣，1995（1）.

[174] 王天桥. 重返上世纪八十年代：“先锋小说”的读者研究[J]. 理论月刊，2012（10）.

[175] 王晓平. 论八十年代“先锋小说”中的历史经验与形式实验[J]. 中国现代文学研究丛刊，2011（12）.

[176] 王迅. 麦家小说叙事的先锋性[J]. 中国现代文学研究丛刊，2013（12）.

[177] 王雅华. 西方文学中现实主义的含义及其嬗变[J]. 国外文学，2018（01）.

[178] 王尧. “‘现代派’通信”述略——《新时期文学口述史》之一[J]. 文艺争鸣，2009（04）.

[179] 王尧. “重返八十年代”与当代文学史论述[J]. 江海学刊，2007（05）.

[180] 王尧. 1985年“小说革命”前后的时空——以“先锋”与“寻根”等文学话语的缠绕为线索[J]. 当代作家评论，2004（01）.

[181] 王尧. 冲突、妥协与选择——关于“八十年代文学”复杂性的思考[J]. 文艺研究，2010（02）.

[182] 王增宝. 走向悲悯：从“乌托邦”到“隐身衣”——格非近十年（2004-2014）文学写作踪迹考察[J]. 福建师范大学学报（哲

学社会科学版），2015（06）.

[183] 温儒敏. 从学科史回顾八十年代的现代文学研究 [J]. 北京大学学报（哲学社会科学版），2004（05）.

[184] 文新. 李陀、吴亮的网络之争 [J]. 天涯，2005（04）.

[185] 文懿. 走出黄泥街——评残雪现象 [J]. 理论与创作，1989（02）.

[186] 吴方.《冈底斯的诱惑》与复调世界的展开 [J]. 文艺研究，1985（06）.

[187] 吴亮，李陀，杨庆祥. 八十年代的先锋文学和先锋批评 [J]. 南方文坛，2008（06）.

[188] 吴亮. 告别1986 [J]. 当代作家评论，1987（2）.

[189] 吴亮. 马原的叙述圈套 [J]. 当代作家评论，1987（03）.

[190] 吴亮. 向先锋派致敬 [J]. 上海文论，1989（01）.

[191] 吴亮. 一个臆想世界的诞生——评残雪的小说 [J]. 当代作家评论，1988（04）.

[192] 吴晓明. 当代中国的精神建设及其思想资源 [J]. 中国社会科学，2012（05）.

[193] 吴义勤，刘永春. 先兆与前奏——20世纪80年代先锋作家走向90年代的转型历程 [J]. 解放军艺术学院学报，2003（1）.

[194] 吴义勤，张未民，孟繁华等. 真正的密码是人的内心——麦家作品学术研讨会发言选录 [J]. 东吴学术，2019（01）.

[195] 吴义勤. 秩序的"他者"——再谈"先锋小说"的发生学意义 [J]. 南方文坛，2005（06）.

[196] 武跃速. 转换：走出枫杨树——苏童近作印象 [J]. 当代作家评论，1989（04）.

[197] 夏仲翼. 论现代主义文艺思潮（下）[J]. 复旦学报（社会

科学版），1984（02）.

［198］晓华，汪政. 余华小说现象［J］. 上海文论，1989（05）.

［199］谢刚. 进化论、后现代主义与圈子批评——1980年代先锋小说批评的话语脉络及存在形态［J］. 福建师范大学学报（哲学社会科学版），2014（01）.

［200］谢有顺. 从"文化"的乡愁到"存在"的乡愁——先锋文学对乡土文学的影响考察之一［J］. 文艺争鸣，2015（10）.

［201］谢有顺. 救赎时代——北村与先锋小说［J］. 文艺评论，1994（02）.

［202］谢有顺. 历史时代的终结：回到当代——论先锋小说的转型［J］. 当代作家评论，1994（2）.

［203］谢有顺. 先锋文学并未终结——答友人问［J］. 当代作家评论，2005（01）.

［204］辛力. 对一个遥远世界的发现——马原西部小说的视角特点［J］. 辽宁师范大学学报（社会科学版），1986（05）.

［205］徐迟. 现代化与现代派［J］. 外国文学研究，1982（01）.

［206］徐迟. 新诗与现代化［J］. 诗刊，1979（03）.

［207］徐刚，李道君. 余华先锋小说与中国传统文化［J］. 宁夏大学学报（人文社会科学版），2006（06）.

［208］徐南. "意识流"能否流到中国来［J］. 外国文学研究，1981（02）.

［209］许振强，马原. 关于《冈底斯的诱惑》的对话［J］. 当代作家评论，1985（05）.

［210］许振强. 马原小说评析［J］. 文学评论，1987（05）.

［211］阎晶明. 不肖子孙：先锋派的风貌［J］. 小说评论，1989（01）.

［212］阎秋霞. "重返八十年代"与知识分子的精神焦虑［J］. 文艺争鸣，2010（07）.

［213］杨丹珂. "重返八十年代"怀旧思潮之反思［J］. 小说评论，2015（05）.

［214］杨庆祥. 在"大历史"中建构"文学史"——关于"重返八十年代文学"［J］. 文艺研究，2010（02）.

［215］杨小滨. 意义熵：拼贴术与叙述之舞——马原小说中的后现代主义［J］. 文艺争鸣，1987（06）.

［216］叶立文. 从东方主义到中国经验——先锋小说的巫术传奇［J］. 天津社会科学，2017（05）.

［217］叶砺华. 马原现象与后现代主义的终结［J］. 当代文坛，1989（02）.

［218］余昌谷. 自由与障碍——20世纪80年代先锋写作回叙［J］. 安徽大学学报（哲学社会科学版），2008（05）.

［219］余竹平. 断裂与生成——先锋小说的发生［J］. 当代文坛，2019（02）.

［220］俞敏华. 论"先锋小说"的出场［J］. 文艺争鸣，2010（19）.

［221］张德明. "重返80年代"语境下的"重写文学史"反思［J］. 南方文坛，2013（06）.

［222］张法. 何以获得先锋——先锋小说的文化解说［J］. 求是学刊，1998（01）.

［223］张放. 王蒙小说中"意识流"手法的运用［J］. 文艺理论研究，1980（03）.

［224］张福贵. 新世纪文学的哀叹：回不去的"八十年代"［J］. 当代作家评论，2013（01）.

［225］张光芒. 论八十年代"新启蒙"的科学观念［J］. 江汉论坛，

2007（10）.

[226] 张丽凤. 程光炜"重返八十年代"学术再认知 [J]. 晋阳学刊, 2018（06）.

[227] 张清华. 从启蒙主义到存在主义——当代中国先锋文学思潮论 [J]. 中国社会科学, 1997（6）.

[228] 张清华. 关于先锋文学答问 [J]. 文艺争鸣, 2016（03）.

[229] 张清华. 如何缅怀"黄金时代"——关于马原和80年代的一些话题 [J]. 当代文坛, 2019（03）.

[230] 张清华. 谁是先锋, 今天我们如何纪念 [J]. 文艺争鸣, 2015（10）.

[231] 张慎. "重返八十年代"的"新左翼"立场及其问题 [J]. 当代作家评论, 2015（04）.

[232] 张伟栋. "重返八十年代"的历史关联及其文学史效应——论程光炜的"重返八十年代"研究 [J]. 文艺争鸣, 2011（18）.

[233] 张旭东, 徐勇. "重返八十年代"的限度及其可能——张旭东教授访谈录 [J]. 文艺争鸣, 2012（01）.

[234] 张旭东. 重访八十年代 [J]. 读书, 1998（02）.

[235] 张旭东等. 当代性·先锋性·世界性——关于当代文学六十年的对话 [J]. 学术月刊, 2009（10）.

[236] 张颐武. 人：困惑与追问之中——实验小说的意义 [J]. 文艺争鸣, 1988（05）.

[237] 张语和. 重估先锋文学的意义 [J]. 文艺争鸣, 2007（6）.

[238] 张媛忻, 李陀. 谈电影语言的现代化 [J]. 电影艺术, 1979（03）.

[239] 张志忠. 一个现代人讲的西藏故事 马原小说漫议 [J]. 上海文学, 1986（04）.

［240］张子华，窦兴斌. 从文学史背面谈"先锋文学"流变［J］. 小说评论，2018（05）.

［241］赵黎波."重返八十年代"与"十七年文学"研究［J］. 理论与创作，2010（02）.

［242］赵黎波. 反思立场和历史视野——"重返八十年代"文学研究［J］. 当代文坛，2011（01）.

［243］赵黎波. 站在"启蒙"之外的反思——"重返八十年代"对启蒙主义文学观的清理［J］. 文艺争鸣，2012（04）.

［244］赵玫. 特洛伊的木马——马原印象［J］. 文学自由谈，1989（05）.

［245］赵玫. 先锋小说的自足与浮泛——对近年来先锋实验小说的再认识［J］. 文学评论，1989（01）.

［246］赵牧."重返八十年代"与"重建政治维度"［J］. 文艺争鸣，2009（01）.

［247］赵普光. 时代的钟摆：论八十年代文学制度的重建［J］. 社会科学，2018（01）.

［248］郑伯农. 心理描写和意识流的引进［J］. 文学评论，1981（03）.

［249］钟本康. 余华的幻觉世界及其怪圈［J］. 小说评论，1989（04）.

［250］周航.《花城》与"重返八十年代"［J］. 小说评论，2012（04）.

［251］周志强."先锋"命名的历史语境透视［J］. 天津社会科学，2001（04）.

［252］朱斌. 禅与先锋写作［J］. 成都大学学报（社科版），2001（4）.

［253］朱斌. 先锋小说的传统文化意味［J］. 甘肃理论学刊，

2003（6）.

[254] 朱大可，张献，宋琳等. 保卫先锋文学 [J]. 上海文学，1989（05）.

### 三、报纸

[1] 白村. 谈"生活平淡"与追求"轰轰烈烈"的故事的创作态度 [N]. 光明日报. 1951-04-07（6）.

[2] 陈涌. 萧也牧创作的一些倾向. 人民日报 [N]. 1951-06-10（5）.

[3] 李准. 现代化与现代派有着必然联系吗 [N]. 文艺报. 1983-02-07（65）.

[4] 理迪.《现代化与现代派》一文质疑 [N]. 文艺报. 1982-11-07（13）.

[5] 徐迟. 文艺与"现代化" [N]. 文艺报. 1978-09-15（3）.

[6] 尹明耀. 也谈现代化与现代派 [N]. 文艺报. 1983-03-07(61）.

[7] 张炯. 也谈文学的现代化与"现代派" [N]. 文汇报，1983-07-12（3）.

[8] 周扬. 三次伟大的思想解放运动——在中国社会科学院召开的纪念五四运动六十周年讨论会上的报告 [N]. 人民日报. 1979-05-07（2）.

# 后　记

　　这本书是在我的博士学位论文的基础上略加修改而成的。之所以读博之初会以先锋小说为选题，原因有二：一是我至今始终无法忘怀本科期间初次阅读马原的小说所给我带来的那种"惊异"的感觉——借用莫言先生在谈及他初次阅读马尔克斯的《百年孤独》感受时的一句话来说，这所谓的"惊异"就是"原来小说可以这么写"；二是我出生于20世纪80年代，对这个时代始终怀揣着一种独特的情感，二者比较起来，似乎后者的分量更重一些。然而，有趣的是，这种"情感"多少显得有些可疑。这是因为，自我记事起，时间的车轮就已经跨越了1990年，换句话说，"80年代"的形象于我而言更多的是一种"幻象"、一种建基于"想象"的"揣测"。但是，有趣的地方也恰恰暗藏于此处——一种事实意义上的"在场"与记忆意义上的"不在场"所形成的张力。

　　我想，上述"80年代"的这种"张力"是属于全体中国80后年轻学人的。即便是在1980年出生的人迈入90年代时也只不过10岁，这意味着这些人至多对那个自我诞生的年代的后半段有一些零散而感性的记忆，他们事实上无法以自己的切身经历整体而理性地留下关于那个时代的系统性思考。而更为重要的是，不满10岁的他们更不可能事实上介入到这一时期的文化场域、文学场域中去，所以他们对于"80年代文化""80年代文学"来说是"不在场"的外来者。然而，正如前文所说，他们对那个时代是抱有情感，而且这种情感是极为特殊的，因为，"80年代"是他们时间意义上的"故乡"，而且是永远回不去的"故乡"。在这个意义上，80后学人对"80年代"的观察与体悟是一种极具独特价值的思考，是一种具有无法替代性的思考。

情况还不止于此。有人会说，倘若将我上述"理论"（姑且大言不惭地称之为"理论"吧）套用在其他时代出生的学者身上也是成立的。60后学者会有他们独特的"60年代"、70后学者会有他们独特的"70年代"、未来的00后也会有他们独特的"21世纪"——这些不仅是成立的，而且是毫无疑义的。上述看法无疑是正确的，但问题或许还有另一个维度——"80年代"及其属于它的文化／文学之于整个中国当代（文化／文学）史的独特意义。

在学界，常常有一些学者将"80年代"与"五四"相比附，认为他们同样具有"过渡"的内质，他们同样承担了由"旧"向"新"转换的责任，他们同样结束了一个时代而开启了另一个时代。我们姑且先不论这种比附是否成立，更不去深究其背后的学理机制，仅仅只从最浅层的理解来说，它至少蕴含了这样一层意义："80年代"之于中国当代史，至少在文化／文学层面产生了很多其他时代所无法产生的独特品（至少截止到今天情况是这样的），而这些"独特品"恰恰是那个时代给予出生于她母体的我们的一份馈赠。我们不仅不应忽视这份馈赠，而且还应该对其做出属于我们的独特思考，并且与其他代际的学人形成对话以丰富、深化我们对于她的理解与认识。

本书以及作为其基础的博士学位论文是在很多人的帮助和关心下完成的，所以，在这里我要对这些师长亲友表示感谢。

首先要感谢的是我的导师刘雨先生。先生性情温和，儒雅宽厚。他从来没有催促与责备，永远都是赞赏与鼓励。记得在博士论文写作时，我的精神和身体一直处于疾病与疲惫状态，先生每每打来电话，无论事情多么重要，他永远都是首先询问我的身体状况。他总是对我说，慢慢来，别着急，你没问题。在论文指导上，老师也总是以商量的口吻与我探讨、沟通，从来不曾让我有压抑之感，但每句话却都能直指要害，令人醍醐灌顶。老师是在我生活与工作都陷入危机与困顿时接我入师门的，在博士学习的四年中我的状态也始终起起伏伏、时好时坏，倘若没有老师温暖的关怀与辛勤的付出，我可能最后也会落得个惨遭学校清退的结果。先生的师恩重于泰山，今生我必铭记于心。

要感谢徐强教授、高玉秋教授、艾春明老师，三位老师既是我的师长，也是我的同门师兄（姐），他们总是在我最困难的时候给予我最为宝贵的帮助，没有他们的慷慨，我四年的博士学习生活恐怕要多出许多艰难。

要感谢东北师大文学院的吴景明教授、苏奎教授、张文东教授、侯颖教授、韩晓芹教授以及吉林省文联的陈耀辉先生、吉林外国语大学的宋学清老师，他们在我博士论文写作的不同阶段给予了我宝贵的指点。

感谢我现在供职的单位宿州学院的领导与同事，从生我养我的东北来到举目无亲的皖北，是他们给了我宝贵的帮助，这本书也是在他们的勉励与支持下才得以出版的。他们是文学与传媒学院基建与后勤管理处处长杨文艺博士、文学与传媒学院党委书记王金岭老师、院长李月云教授、党委副书记刘影老师、副院长满建教授、副院长李娟教授以及同事朱曙辉博士、徐文斌博士、魏逸扬老师、张琳老师、张良斌老师等。

感谢我的学生陶淑娴、王悦、万有琴和徐婷婧，他们在繁忙的学习之余承担了这本书稿的校对工作。

最后，同时也是最为重要的，我特别要感谢我的母亲刘红霞女士。我出生时因难产带来的伤害造成了身体上的不便，但母亲却不离不弃，三十余年如一日的给予最精心的照顾，她为了我放弃许多她本应该享受到的东西，而没有她，也就不会有我的今天。在这里，我想说，妈妈，我爱你！

在这里，我也想告慰我的父亲：爸爸，我已离开了故乡，来到了安徽，生活和工作都算已经有了着落，您安息吧！

2023年8月17日午间于宿州学院博士工作间